타랑

구 효 서   장 편 소 설

헌대문학

1

산은 아침이라는 걸 알았다. 다시 아침이 되었다는 걸 알았다.

나는 여기에 있다, 지금…….

중얼거리고 나면 산은 기분이 좋아졌다.

아침마다 그랬다. 지금 나는 여기에 있는 거야. 눈을 감은 채 속으로 몇 번이고 되뇌었다. 중얼거림이 말이 되지는 않았다. 숨처럼 흘렀다.

지금, 여기라서, 좋은 건가……. 산은 자신에게 물었다. 일주일 동안 아침마다 그랬다. 지금 여기에 있다는 것, 아침이 되었다는 것, 그 사실을 아는 자신을 확인하고 싶었다.

까마귀 소리를 들었다. 부겐빌레아 공원이 멀지 않은 곳에 있다는 걸 산은 알았다. 무언가 들려온다거나 무언가 멀지 않다는 사실 따위가 기꺼웠다.

침대 시트에 한쪽 뺨을 댄 채 산은 눈을 떴다. 천천히 떴다. 침대 시트에 배어 있는, 섬유 유연제가 아닌 또 다른 향을 콧속 깊이 들이마셨다.

까마귀는 독수리처럼 컸고 역청처럼 빛났고 트럼펫보다 큰 소리를 냈다. 그랬다는 걸 산은 기억했다. 공원의 큰 나뭇가지에서 느리게 퍼덕거리던 까마귀들을 산은 침대에 엎드려 떠올렸다.

큰 나무들과 고운 잔디로 어우러진 공원이었다. 로마에 대항했다는 켈트족 영웅이 공원 한편에서 푸르게 녹슬었다. 산은 영웅의 발등을 쓰다듬었다. 그것은 서늘하고 꺼칠했다. 쓰다듬는 동안 공원의 까마귀가 트럼펫보다 큰 소리로 우는 걸 들었다.

야생 아이비가 동상의 기단부를 뱀처럼 기어올랐다. 산은 그것을 오랫동안 바라보았다. 색종이처럼 선명한 부겐빌레아가 산책로를 따라 끝없이 이어지는 것도 오래 바라보았다.

정말이지 끝이 없어 보이는 길이었고 부겐빌레아였다. 엉치가 큰 백인 노파들이 부겐빌레아 꽃그늘을 느리게 오갔다. 그런 공원이었다.

노파들은 거대한 이風처럼 보였다. 산의 눈엔 그렇게 보였다. 뼈와 핏줄까지 비칠 만큼 그들의 살은 투명했고 털은 반짝거렸다.

산은 그들의 말을 잘 알아듣지 못했다. 캑캑거리며 자기들끼리 웃다가 산이 지나가면 말과 표정을 멈추었다. 건강을 위해 체계적인 걷기 학습을 받은 듯한 그들의 동작이 산은 맘에 들지 않았다.

인적이 뜸해지면 까마귀들이 땅 위로 내려앉아 무언가를 물고 나뭇가지로 날아올랐다. 나뭇가지에 올라앉을 때까지 산은 걸음을 멈추어주었다.

까마귀 소리는 아침에 가장 컸다. 정오에도 저녁에도 까마귀는 울었지만 아침만큼 소리가 크지 않았다. 아침에만 크게 들리는 이유를 산은 알지 못했고 알려고 하지 않았다.

까마귀는 까마귀로 보였다. 꽃도 꽃으로 보였다. 사람들만 때때로 이로 보이고 말로 보이고 낙타로 보였다. 그런 공원이 창밖 멀지 않은 곳에 있었다. 산은 침대에서 까마귀 소리를 들었다.

침대가 놓인 방을 아침 햇살이 반 넘어 채웠다. 산은 침대 위에서 느리게 몸을 뒤챘다. 이불은 가벼웠고 별다른 소리를 내지 않았다.

눈을 뜨고도 산은 누워 있었다. 천장을 바라보고 창을 바라보고 사방 벽을 둘러보고 다시 몸을 뒤챘다. 창문 한편으로 맑은 아침 하늘 자락이 보였다. 눈이 부셔서 감았다가 떴다. 다시 천장을 바라보고 창을 바라보고 사방 벽을 바라본 뒤 하품을 했다.

아침이 되었고 지금 여기에 있고 그 사실을 안다는 게 좋았으나, 정작 산이 좋았던 것은 아침이 되었고 지금 여기에 있고 그 사실 이외엔 아무것도 모른다는 점이었다. 그 사실 이외의 것들은 어디론가 멀어진다는 거였다.

알거나 알아야 할 것들이 멀어질수록 아침과 아침 햇살과 까마귀 울음소리는 선명해졌다. 오랜 기억들이 아득해질수록 침대와 벽지와 살갗에 닿는 리넨 천의 감각은 산뜻해졌다. 산은 손에 닿는, 물을 바른 듯한 그 선명함이 좋았다.

공원을 에두르는 긴 수로에 물안개가 피어오르는 것도 아침이었다. 이 나라 어디를 가도 짙게 배어 있는 알싸한 냄새가 아침이면 물안개와 함께 낮게 퍼져나갔다.

낯선 그 냄새가 좋을 리 없었으나, 코가 매울 만큼 선명한 것까지 산은 뿌리치고 싶지 않았다. 아침 햇살과 물안개가 실어 온 향초 냄새와 까마귀 울음을 산은 눈과 코와 귀로 느꼈다.

산은 맨발 끝으로 침대 매트리스 표면을 두드렸다. 발가락에 닿는 촉감이 약간 딱딱했을 뿐 0.01퍼센트의 나쁜 느낌도 없었다.

2

지금 여기에 이니가 있다는 걸 산은 알았다. 이니가 있는 아침이었다. 이니가 있는 아침. 이니가 있는 아침. 산은 거듭 그 말을 중얼거렸다.

이니는 주방 뒷문 밖에 쪼그리고 앉아 있었다. 뒷문은 열린 채였다. 그곳은 애플민트가 자라는 작은 정원 텃밭이었다. 쪼그리고 앉은 이니의 몸이 더욱 작아 보였다.

보자기만 할지라도 이 도시엔 정원 없는 집이 없었다. 집 없는 정원은 많았다. 바람이 불었고 애플민트 향이 집 안으로 스며드는 걸 산은 느꼈다. 향은 자꾸 스며들었다.

주방 벽도 주방 뒷문도 온통 투명 유리여서 텃밭에 쪼그리고 앉은 이니의 모습이 산의 눈에 훤히 보였다. 이니는 꽃무늬 자잘한 잠옷 차림이었다.

이니는 쪼그리고 앉은 채 발끝만 살짝살짝 비틀어 게처럼 움직였다. 애플민트 텃밭 가장자리를 그렇게 좌우로 10센티미터쯤 오고 갔다.

커튼레일만 있고 커튼은 없었다. 전 주인이 이사를 하며 떼어 갔을 것이다. 어쩌지?라는 식으로 이니는 말하지 않았다. 뭐로 좀 가릴까?라는 식으로 산은 말하지 않았다. 이니도 산도 투명한 주방 벽과 뒷문에 관해 얘기하지 않았다.

얘기했을지도 모른다. 이니는 어쩌지?라고 말하고, 산은 뭐로 좀 가릴까?라고 말했는지도. 다만 어쩌지?와 뭐로 좀 가릴까?로 끝났을 것이다. 자신들의 말이 어떤 변화도 일으키지 않는 것을 산과 이니는 상관하지 않았다.

서로에 관해 아는 바도 없었다. 산과 이니. 이니와 산. 말하지 않거나 모른다는 것이 함께 기거하는 데 아무런 방해나 장애가 되지 않는다는 것을 그들은 알았다.

산과 이니는 투명한 주방 벽과 뒷문을 내버려두었다. 그래서 산이 침대에 누워 문밖의 애플민트와 이니를 바라볼 수 있었다. 애플민트 잎사귀가 드리운 작은 그늘까지 보였다. 산은 그런 선명함이 좋았다.

이니가 손끝으로 애플민트 잎사귀를 살폈다. 아침 햇살이 투과된 이니의 손이 붉은 뢴트겐 사진처럼 빛났다. 햇살이 이니의 머리와 어깨와 무릎에 떨어져 내렸다. 이니가 있는 아침. 이니가 있는 아침. 산은 이니를 오래 바라보았다.

이니는 몇 차례 더 애플민트 텃밭 가장자리를 10센티미터씩 좌우로 움직였다. 애플민트를 만질 때마다 이니의 손끝에 이슬이 묻었다. 이니는 이슬로 반들거리는 손가락 끝을 물끄러미 내려다보았다.

살짝 데쳐서 껍질을 벗겨놓은 체리토마토가 냉장고 안에서 식고 있다는 걸 산은 알았다. 이니는 올리브유에다가 채 썬 양파와 텃밭에서 솎은 애플민트를 넣어 소스를 만들 것이다. 그것을 잘 식은 체리토마토에 끼얹을 것이다. 베이글을 한 입 뜯어 먹을 때마다 이니는 한 스푼에 한 개씩 체리토마토를 건져 먹을 것이다.

그런 뒤 이니는 전날처럼 챙이 넓은 모자를 쓰고 집을 나설 것이다. 산도 전날처럼 이니를 앞서거나 뒤설 것이다. 부겐빌레아 산책로를 따라 오래 걸을 것이다. 다시 돌아오지 못해도 좋을 만큼 멀리 걸을 것이다.

투명한 주방 벽과 커튼에 관해 아무 얘기 않더라도, 서로에 대해 아는 바가 없더라도, 이니와 산에게는 즉각 가능한 것이 있었다: 멀리 오래 함께 걷는 것. 걷던 길 어디쯤에서 서로를 바라보며 점심을 먹는 것. 돌아와 샤워하고 음악을 듣거나 낮잠에 빠지는 것. 다시 함께 전날과 같은 아침을 맞는 것. 아침이 되었다는 걸 서로가 아는 것.

3

이니가 집 안으로 들어섰다. 정원 텃밭은 온전히 애플민트로 푸르렀다. 산의 눈길이 한동안 더 애플민트에 머물렀다. 까마귀가 울었다.

햇살의 온기가 이니의 잠옷에 묻어 따라 들어왔다. 그만큼의 열기와 그만큼의 애플민트 향이 또 다른 향과 함께 거실에 퍼져나갔다. 또 다른 향이란 침대 시트에 밴 것이었다.

산은 숨을 들이켰다. 깊이 들이켰다. 창 한편의 하늘을 바라보았다. 눈을 감고 이니의 움직임을 가늠했다.

산이 짐작한 대로 이니는 올리브유에 발사믹 식초를 섞은 뒤 양파를 잘게 썰어 넣었다. 올리브유와 발사믹 식초에 뒤섞여도 양파의 흰색은 양파 특유의 색깔로 선명했다.

이니는 껍질 벗긴 반숙의 체리토마토 위에다 그것을 부었다. 체리토마토는 냉장고 안에서 알맞게 식었을 것이다.

이니는 말없이 샐러드를 만들었다. 손, 발, 고개, 허리의 움직임이 묘한 등속을 이루었다. 신체의 어떤 부분이 다른 부분보다 빠르거나 느리지 않았다. 냉장고 문을 여닫고 병마개를 따고 유리 볼을 씻는 몸의 움직임이 애니메이션 동작 같았다.

이니는 엄지와 검지로 소금 한 자밤을 집어 토마토 위에 뿌렸다. 똑같은 손가락을 사용해 이번에는 텃밭에서 솎아 온 애플민트 잎사귀를 으깨질 만큼 비벼 떨어뜨렸다.

싸한 향기가 산이 누운 침대까지 끼쳤다. 일주일 동안 이니가 한 번도 빠뜨리지 않은 음식이었다. 맥주를 마실 때도 음악을 들을 때도 이니는 '토마토 인 발사믹'을 먹었다.

이니가 주방에서 움직이는 동안 산은 침대에서 일어나 면도를 하고 샤워를 하고 로션을 발랐다. 이니는 싱크대와 컵 보드와 냉장고 사이를 등속으로 오갔고 산은 화장실과 거울과 식탁 사이를 천천히 움직였다.

침묵이 어색하지 않았다. 일주일 사이에 침묵은 오래된 습관처럼 자연스러워졌다. 이따금 침대 시트의 옅은 향기와 이니의 체취가 같은 종류의 것이라는 걸 깨닫고 산은 공연히 놀랄 뿐이었다. 매일 먹는 토마토 샐러드가 질리지 않는다는 것에 놀랄 뿐이었다. 그럴 일밖에 없었다.

놀랐을 뿐 산은 놀람의 이유를 알지 못했다. 알려 하지 않았고, 몰라도 불편하거나 답답하지 않았다. 섹스 후에 이니는 주방으로 가 냉장고 문을 열었다. 식은 체리토마토에 소스를 듬뿍 부었다. 냉장고 문을 한 뼘쯤 열어놓은 채—이니는 밤중에는 조명등을 켜지 않았다—천천히 그것들을 끝까지 혼자 먹어치웠다.

발가벗고 쪼그리고 앉아 입을 오물거렸다. 덩치는 열다섯 살 아이로밖에 보이지 않았다.

푸른 냉장고 불빛에 이니의 그림자가 어른거렸다. 팔 흔드는 일본 고양이 태엽 인형처럼, 토마토 샐러드를 먹는, 먹고 입을 다시는 이니의 동작은, 놀라울 만큼 등속을 유지했다.

토마토, 반복, 침묵, 등속……. 궁금해하지 않으면 어떤 이유도 의미도 생기지 않는 거라고, 단지 지금 여기에 토마토와 반복과 침묵과 등속이 있을 뿐이라고, 산은 생각했다.

나는 지금 여기에 있을 뿐이야……라고 중얼거리면 편했다. 무언가는 점점 멀어지거나 잊혔고 무언가는 점점 선명해졌다.

그리고 지금 여기에, 이니가 있었다. 이니가 있다는 걸 산은 알았다. 이니가 있는 아침. 산에게는 그것으로 충분했다. 그 밖의 것은 궁금하지 않았다. 궁금하지 않다면 내력이나 사정, 과거나 역사도 탄생하지 않는 법이라고 산은 생각했다.

이니가 토마토 샐러드를 식탁에 올려놓고 의자에 앉았다. 음악은 틀지 않았다. 산은 이니의 맞은편에 앉았다. 까마귀가 울었다. 까마귀가 또 울었다. 까마귀가 우는 공원이 문밖 멀지 않은 곳에 있었다.

산은 반으로 쪼개 구운 어니언 베이글을 손가락 끝으로 매만졌다. 베이글은 따뜻했다. 지금 여기엔 나와 이니, 그리고 토마토 샐러드와 구운 베이글이 있을 뿐이라고 산은 중얼거렸다. 산의 중얼거림은 어떤 말도 되지 않았다.

4

아주 잘 드는 큰 칼이 있다면 세상을 이등분할 수 있을 거라고 산은 생각했다. 아주 잘 드는 큰 칼이 세상을 정말로 이등분한 직후에 떠올렸던 생각이었다.

세상은 둘로 갈라졌다. 그 둘을 각각 무어라 이름할까.

산은 한 번도 그 문제를 고민해본 적이 없었다. 지금도 고민하지 않았다. 그런 일이 있고 난 후 일주일이 지났다. 일주일이 지났고 산은 그때를 떠올렸을 뿐이다.

그날 이전과 그날 이후로 쪼개진 세상: 이것은 '사실'인 동시에 '이름'이었다.

사실이든 이름이든 산에게는 중요하지 않았다. 그날 이전의 세상을 살던 산은 그날 이후의 세상을 살 뿐이었다.

그날 이전의 세상엔 이니가 없었고, 그날 이후의 세상엔 이니가 있었다. 중요한 건 그거였다.

버스를 타고 집으로 돌아가기 위해 산은 여느 날처럼 오후 네 시

반의 거리에 서 있었다. 맑은 날이었다. 1년 넘게 보아오던 건물과 하늘과 차량과 인파가 그 거리에 있었다. 버스 도착 시각을 알리는 전광판이 깜빡거렸다.

7분 뒤면 집으로 가는 버스가 도착하게 돼 있었다. 7분이면 나쁘지 않아, 라고 산은 혼자 말했다.

이 도시의 대중교통 정보는 정확했다. 산은 그것이 마음에 들었다. 산은 이 나라에 온 지 1년이 넘도록 택시를 타지 않았다. 모든 이동수단을 대중교통에 의지했다. 오류라고는 없는 이 도시의 대중교통 정보시스템이 맘에 들지 않을 수 없었다.

몇 분 뒤 세상이 둘로 갈라질 거라고 산은 예상하지 못했다. 완벽한 대중교통 정보시스템 따위 아무래도 좋다는 식이 되어버릴 줄 몰랐다.

다른 날과 다른 점이 있었다면, 그날 도심에서 F1 레이스가 열린다는 것이었다.

시내 곳곳에 걸린 플래카드를 보고 산은 그 사실을 알았다. 세상의 어떤 도시 못지않게 유동 인구와 차량이 많은 곳에서 F1 레이스라니. 믿기지 않았으나 경기와 무관하게 버스가 제 시각에 운행되었으므로 산은 여느 날처럼 정류장 전광판을 바라보았다.

붉은 버스가 오고 갔다. 늘 있는 일이었다. 몇 대의 자전거가 인도와 차도 사이를 위태롭게 지나가는 걸 산은 바라보았다. 보호장구를 착용하지 않은 사람은 없었다. 주말에는 자전거를 빌려 타고 집 주변을 한 바퀴 돌까 생각했다.

도심 가운데를 흐르는 강이 길 건너편 석조 건물들 사이로 바라다보였다. 길기만 하고 폭이 좁은 배들이 탁한 강물 위를 느리게 미끄러져 갔다.

그 또한 산이 그 시각에 늘 보던 것이었다. 꽃바구니 매달린 전봇대와, 전봇대에 걸린 no loading at any time 팻말이 지루했다. 즐비한 석조 건물과 도리아식 기둥들도 산에겐 마찬가지로 지루했다.

1년 동안 같은 시각 같은 지점 같은 각도에서 산이 바라보던 것들이었다. 바라보다 보면 버스가 도착하곤 했다.

오후 네 시 반. 달라질 만한 건 아무것도 없었다. 흰 면바지에 하늘색 재킷을 단정하게 차려입은 장년 남성들이 청색 십자가 기를 들고 떼 지어 지나가는 광경도 산에겐 새롭지 않았다.

1년은 짧지 않은 시간이었다. 버스 정류장 건너편, DTK와 SANYO 간판이 걸린 건물에서 시도 때도 없이 쏟아져 나오는 인파는, 그것이 실재하는 것이든 아니든 산에겐 이미 기시감으로 작동하는 풍경이었다.

오래 보아온 것들이었다. 구멍 난 패션 스타킹을 신고 정류장 시멘트 플랫폼을 따각따각 지나가는 여자를 산은 바라보았다. 본래의 얼굴을 알아볼 수 없을 만큼 피어싱을 한 중년 남자를 바라보았다. 한여름에 무릎까지 덮는 부츠를 신고 손부채질하는 빨간 머리 소녀를 바라보았다. 모두 낯설지 않았다.

석조 건물 블록 뒤쪽은 새로 솟은 현대식 마천루 숲이었다. 수직 장방형으로 선 것, 원통형으로 선 것, 완만한 S자로 휜 것, 홀쭉한 마름모꼴로 선 것, >모양이거나 ∧모양으로 선 건물들을 바라보았다. 산은 그것들이 수상쩍었다.

새 건물들은 푸르거나 거뭇하게 코팅된 판유리를 외벽에 둘렀다. 외계인과 소통하기 위한 하버타운 같았다. 산은 그런 분위기의 건물과 하늘을 SF 소설 표지에서 본 적이 있었다.

언제 봐도 같은 느낌의 건물 숲을 산은 1분가량 바라보았다. 번들거리는 건물 외벽이 하늘과 구름과 주변 건물들을 반사했다.

익숙한 것을 익숙하게 바라보는 일이 지루하다는 걸 산은 잘 알았다. 그러나 시선은 날마다 같은 시각에 같은 지점에서 같은 각도를 향했다.

산은 마천루의 뜻이 궁금했다. 휴대전화기로 마, 천, 루, 를 찾았다: 하늘을 찌를 듯 높이 지은 건물.

천은 하늘, 루는 다락. 하늘 다락. 마의 뜻이 풀리지 않았다. 마천루. 마.

검색창에 마를 쳤다. 마摩: 갈다. 문지름. 닦다. 연마함. 쓰다듬다. 어루만짐. 닿다. 스침. 가까이 다가가다. 접근함. 고치다. 새롭게 함. 사라지다. 소멸함. 갈무리하다. 감춤. 헤아리다.

'어루만짐'을 산은 눈여겨보았다. 하늘을 어루만짐. 하늘을 어루만지는 건물. 마천루. 잘 드는 큰 칼이 하늘을 가르며 떨어져 내린 게 그때였다. 산이 휴대전화기에서 눈을 떼고 고개를 들어 마천루 숲을 향했을 때. 건물 외벽이 반사해내는 엄청난 광선이 수상쩍음의 극에 이르렀을 때.

한여름 오후 네 시에서 다섯 시 사이의 일광은 종종 현기증을 일으키는 거라고, 그러는 거라고 산은 생각했다. 태양의 절묘한 기울기 탓이라 여겼다. 햇살이 지표면의 사물을 어슷하게 베어내는 네 시 30분의 순간 말이다. 그리고 그런 아찔함은 1초나 2초 정도면 해소되는 거라고 산은 알았다. 산은 빌딩 숲 위로 펼쳐진 SF 소설 표지 같은 하늘에서 눈을 떼지 못했다.

칼날 끝이 허공을 베며 지상을 향해 그어져 내렸다. 산은 그걸 바라보고 있었던 것이다. 초소형 전투기 같기도 하고, 지상의 먹이를 발견한 독수리 같기도 한 그것은 수직으로, 놀라운 속도로 급강하했다. 이구아수 폭포의 검정 칼새처럼.

산은 오후 광선의 흔한 산란 현상인 줄 알았다. 산은 그것에서 눈을 떼지 않았으나 붉은 버스들은 여전히 오가고 자전거들이 인도와 차도 사이를 지나다닌다는 사실을 알았다.

하늘을 가르며 떨어져 내리던 칼끝이 허공 가운데서 한 차례 튕기며 꺾였다. 꺾인 각도와 모양이 >형 건물과 묘한 대비를 이루는 걸 산은 지켜보았다.

그 각도와 모양이 이전의 세상과 이후의 세상을 가르는 경계라는 걸 산은 알지 못했다. 아주 잘 드는 큰 칼이 있다면 세상을 이등분할 수 있겠구나 생각했을 뿐이다. 아주 잘 드는 큰 칼이 세상을 정말로 이등분한 직후에.

산은 휘청거렸다. 누군가의 외침을 들은 것도 같았다. 도움을 요청하는 음성이었다. 그러나 산은 얼른 균형을 잡을 수 없었다.

정류장 플랫폼에서 버스를 기다리던 사람들의 시선이 모두 산에게로 쏠렸다. 산은 다양한 인종들의 다양한 눈빛을 바라보았다. 그리고 자신에게 어떤 일이 일어났음을 직감했다.

여자의 상체가 산의 왼팔에 얹혀 있었다. 산은 어깨를 숙인 채 여자를 내려다보았다. 하늘을 가르고 내려온 큰 칼, 그것에 찔려 절명한 여자가 아닐까 산은 생각했다. 여자는 어린애처럼 작고 가벼웠다.

도움을 요청하던 음성이 그녀의 것이었다는 걸 산은 알았다. 그것은 소리였을 뿐 내용이 담기지 않은 외침이었다. 산은 그렇게 기억했다. 모국어라든가 외국어 같은 언어 형식을 띠고 있지 않았다.

그러나 산은 알았다. 그사이 태양이 조금 더 기울었다. 무엇을 알았는지도 모르면서 산은 안다고 생각했다. 버스가 정류장으로 들어서는 게 보였다. 다양한 인종들이 다양한 걸음걸이로 흩어졌다.

하늘을 가르며 떨어져 내리던 큰 칼에 절명한 여자가 아니었다. 산은 모든 걸 알았다. 칼이 여자였다는 것, >형으로 튕기던 칼끝이 여자였다는 것, >형 빌딩의 각도로 꺾이며 튕긴 그것은 지상에 내려와 상앗빛 >자형 부메랑이 되었다는 것. 알 수 없고 이상하기만 한 현상을 산은 순간에 느껴버렸다.

상앗빛 부메랑의 잔영은 여자의 가느다란 다리에 고스란히 남았다. 산은 짧은 스커트 아래로 비어져 나온 여자의 굽은 다리를 보았다. 칼이 튕긴 각도와 꺾인 빌딩의 각도와 여자의 굽은 다리의 각도가 같았다.

어떤 각도는 사람을 혼미하게 할뿐더러 누군가를 다른 세상으로 이끄는 거라고 산은 생각했다. 그녀의 굽은 다리가 산을 혼미하게 하고 이전과는 다른 세상으로 이끌어버린 직후에 떠오른 생각이었다.

산은 여자의 다리를 내려다보고 있을 형편이 아니라는 것을 알았다. 여자의 상체를 추어올리고, 손을 잡고, 뛰듯 걸었다. 산은 자신이 어디로 가는지 몰랐다. 짙어지는 튀김 기름 냄새를 맡았을 뿐이다.

5

어떤 말로도 그날을 설명할 수 없었다. 그랬을 때 소통을 가능하게 했던 것은 침묵이었다.

여자와 산은 모국어로도 외국어로도 말하지 않았다. 걷거나 뛰었다. 그뿐이었다. 말하지 않았으나 알았다. 안다는 게 뭔지 몰랐으므로 다 알았다. 이미 이전의 세상이 아니었으니까.

산은 여자와 뒷길로 빠져 빠르게 걸었다. 그래야 할 것 같았다. 좁고 어두운 골목에서 숨을 돌리고 주변을 살피며 유도화 핀 길을 걸었다.

유도화는 도심 운하를 따라 피어 있었다. 산과 여자는 오래 걸었다. 튀김 기름 냄새가 그치지 않았다. 나중에 산은 그것이 코드피시 튀기는 냄새라는 걸 알았고, 늘 맡던 냄새가 어째서 낯설었는지 몰랐다. 해가 지고 도시가 어두워질 때까지 산과 여자는 손을 잡고 걸었다.

그리고 산은 이후의 세상을 살았다. 산의 홍채에는 >자형 화인火印이 희고 빛나는 생선 가시처럼 박혔다. 여자는 그렇게 어딘가에서 도망쳐 와 산에게 들어왔다.

여자는 산의 눈 속 >자형 생선 가시를 들여다보며, 꺾인 직선 필라멘트 같아, 라고 말했다. 산은 직선 필라멘트가 뭐냐고 물었고, 여자는 나선 필라멘트가 있으니 직선 필라멘트라는 것도 있지 않을까, 하고 대답했다.

6

'토마토 인 발사믹'과 어니언 베이글을 먹고 산과 이니는 집을 나섰다. 어니언 베이글이 종종 유채씨 하드롤과 콘비스킷으로 바뀌긴 했으나 체리토마토 샐러드가 바뀌는 적은 없었다.

산과 이니는 일주일째 공원을 걸었다. 집을 나서기 전 이니는 시간에 구애받지 않고 천천히 온몸에 자외선 차단제를 발랐다.

이니는 산에게도 충분한 양의 크림을 떠주었다. 산은 절반만 얼굴에 바르고 나머지는 이니에게 돌려주었다. 이니는 그것을 자신의 무릎과 정강이에 문질렀다. 이니의 가늘고 곧은 다리가 잠깐 >자형 부메랑 각도를 띠었다. 잠깐이었는데도 산은 숨이 가빴다.

이니의 다리가 부메랑 각도가 될 때마다 산은 자신이 알거나 알아야 할 것들이 아득히 멀어지는 걸 느꼈다. 어디로 얼마큼 멀어지는 것인지 알 수 없게 멀어졌다.

사라진 자리에는, 산의 홍채 속 꺾인 직선 필라멘트 각도와 완벽하게 조응하는, 이니의 희고 빛나는 다리가 선명하게 들어찼다. 무언가 멀어지거나 사라지면, 무언가는 선명해졌다. 산은 그럴 때마다 숨이 가빴다. 이니의 몸 안으로 들어가지 않고는 견딜 수 없었다.

이니는 플로피 햇을 썼고 산은 뉴욕 양키스 캡을 썼다. 이니는 모자를 쓰기 전에 모자에 달린 호랑나비 액세서리를 만지는 버릇이 있었다. 산은 이니가 그 액세서리를 맘에 들어 한다고 여겼다. 그러나 이니의 동작이 반복될수록 그게 아니라는 생각이 들었다.

이니가 호랑나비를 만지고 또 만졌다. 이니에게 모자라고는 챙이 넓은 그 모자뿐이었다. 식료품을 사러 가는 길에 이니의 모자를 사야겠다고 산은 생각했다. 아침 산책 길에는 모자 가게가 없었다.

자외선 차단제도 얼마 남지 않았다. 이니에게는 필요한 게 많았다. 그러나 이니는 아무 말도 하지 않았다. 작은 숄더백 안의 이니의 여행용품은 놀랄 만큼 단출했고 대개 일주일치분이었다. 그녀가 떠나온 나라의 상표들이었다.

산이 먼저 집 그늘을 벗어나 햇볕 아래로 나섰다. 이니도 물에 뛰어들듯 깡충 햇볕 속으로 뛰어들었다. 이니는 천천히 까마귀 우는 공원 쪽을 향해 걸었다.

이니를 뒤에서 따를 때 산은 앞걸음을 했고 이니를 앞설 때는 뒷걸음을 했다. 뒷걸음하면서 산은 방금 나온 집 그늘이 서서히 멀어지는 것을 바라보았다. 200년쯤 된 붉은 2층 벽돌집이었다. 오래된 붉은 벽돌집이 많은 도시라는 걸 산은 잘 알고 있었다.

2층은 비워두었다. 산과 이니는 1층으로 충분했다. 공간 활용에 관해 서로 말을 나눈 적이 없었고 산과 이니는 2층에 대해 아무 관심도 보이지 않았다.

흔한 데다 규모도 작고 소박한 집이어서 유서가 깊다는 느낌은 없었다. 400년 된 서민 주택도 심심찮게 있었다.

이니도 산을 따라 뒷걸음질했다. 어두운 눈구멍처럼 생긴 2층 창문을 바라보며 이니는 그렇게 뒤로 걸었다.

산과 이니는 몇 개의 공원 산책 길 중 하나를 택했다. 까마귀가 날개를 퍼덕거릴 때마다 이니는 걸음을 멈추고 나뭇가지를 올려다보았다.

한참 동안 그렇게 했다. 까마귀 날갯짓에 나뭇잎들이 흔들렸다. 나뭇잎 사이로 햇빛이 부서져 내리면 이니는 눈을 찡그렸다.

산은 공원 가장자리를 흐르는 개울물을 바라보았다. 깊은 숲에서 나는 부식토 향이 물 위를 떠다녔다. 이 나라 어디에나 배어 있는, 맵도록 선명한 냄새가 부식토 향이었다는 것을 산은 문득 알아차렸다.

부식토 향이었어.

산이 중얼거렸다. 작은 소리였으나 메아리처럼 뻗어나가 까마귀들을 움찔거리게 했다.

이니는 산의 말에 아무 반응도 보이지 않았다. 오랫동안 서서 나뭇가지의 까마귀 떼를 올려다보았다.

이니도 산도 시간에 구애받지 않았다. 천천히 토마토 샐러드를 먹었고 오래오래 자외선 차단제를 발랐고 게으를 만큼 느리게 공원을 가로질렀다.

부겐빌레아 길을 하염없이 걸었다. 다시 돌아올 수 있을까, 돌아온다면 언제쯤 돌아오게 될까, 따위를 생각하지 않았다. 둘은 걸을 만큼 걸었고 돌아오고 싶을 때 돌아왔다.

부겐빌레아 길은 걷고 싶은 대로 걷고 돌아오고 싶을 때 돌아올 수 있을 만큼 길었다. 산과 이니는 날마다 그 길을 걸었다.

그날 처음으로 이니는 돌아서는 것에 대해 말했다. 산책 일주일째 되던 날이었다.

언제나처럼 산과 이니는 마주 보며 점심을 먹었다. 노상 패스트푸드점 파라솔 밑에서였다. 그들이 앉은 파라솔은 빨간색이었다. 더운 기운이 종아리를 핥고 지날 때마다 산은 다리를 떨었다.

이니의 얼굴은 복숭앗빛이었다. 햄 샌드위치나 미국식 핫도그를 주로 먹었으나 그날은 옆 파라솔 남자를 따라 연어 카나페를 주문했다. 옆 파라솔은 짙은 파란색이었다.

이니는 파슬리를 덜고 먹었다. 싫어하는 이유를 들었으나 산은 잊고 말았다. 잊은 것은 그것 말고도 많았다.

이니도 마찬가지였다. 싫어하는 사정은 잊었으나 싫어하는 사실은 잊지 않았다. 이니는 파슬리를 싫어한다. 이 말을 산은 숨처럼 쉬었다. 그리고 생연어의 선연한 분홍빛이면 그만이라고 생각했다.

카나페의 딱딱한 끄트머리까지 꼭꼭 씹어 먹고 2킬로쯤 천천히 걷다가 돌아섰다. 돌아가자는 말 없이 산과 이니는 동시에 돌아섰다. 동시에. 침묵이 모든 걸 가능하게 했다는 건 일테면 그런 거였다. 돌아서며 이니는 돌아서는 것에 대해 말했다.

돌아섬 말이야.

이니는 부겐빌레아와 사이프러스가 드리운 그늘을 천천히 디뎠다. 산은 이니를 앞서거니 뒤서거니 걸었다.

늘 하던 대로였다. 어떤 사람이 죽은 아내를 찾아 지하세계로 내려가는 거. 이니가 말했다. 아내를 많이 사랑했고, 음악을 잘했고, 무슨 악기랬던가, 그걸 잘 켰다는데.

이니의 말은 자주 끊겼다. 끊기는 사이가 길어졌고, 길어지는 틈으로 바람이 몇 차례 지나갔다. 부겐빌레아와 사이프러스가 흐느적거렸다. 두 사람 다 걸음을 멈추거나 하지 않았다.

지하세계에서 악기를 연주해서, 지하 왕을 감동시켜서, 아내를 데리고 나오는데⋯⋯. 이니는 자세히 말할 생각이 아니었다. 산이 보기엔 그랬다. 누구를 말하는 건지, 그를 과연 '사람'이라고 해야 할지, 이니는 그런 것에 관심이 없었다.

어쨌든 그런 얘기가 있잖아, 라는 식으로 이니는 넘겨버렸다. 이니의 말은 자주 끊겼고 심드렁했고 지나치게 느렸다.

산은 자신이 알고 있는 오르페우스를 끌어다가 이니의 끊긴 말에 이었다. 그러지 않고는 이야기가 되지 않았다. 저, 말야, 어째서 그러는 걸까? 산이 분명하게 들었던 이니의 음성은 그것이었다. 어째서 그러는 걸까, 라는 말.

자기 자신한테 묻는 것인지 산에게 묻는 것인지 알 수 없었다. 무엇을 두고 '어째서'라고 묻는 것인지 산은 알지 못했다. 산은 잠자코 부겐빌레아 길을 걸었다. 부식토 냄새가 나기 시작했다.

이니의 말이 한없이 늘어져도 상관없을 만큼 산책 길은 길었다. 무엇을 두고 '어째서'라고 물은 것인지 되묻지 않아도 될 만큼 멀었다. 산과 이니는 그런 길 위에 있었다.

산은 고개를 들어 하늘을 보았다. 하늘색이 왜 하늘색인지를 산은 이 나라에 와서 알았다.

그가 태어나 자란 나라의 하늘은 크레파스의 하늘색보다 짙었다. 하늘에 하늘색을 칠하고 나면 하늘이 하늘 같지 않았다. 이 나라가 하늘색에 하늘색이란 이름을 처음 붙인 나라일지도 모른다고 산은 생각했다.

산은 그런 나라에 있었다. 이니와 함께였다. 하늘색 하늘이 부겐빌레아와 사이프러스 꼭대기를 가득 채웠다. 그걸 올려다보며 걷다가 이니의 음성을 들었다.

돌아섬 말이야.

어째서 돌아보지 말랬던 걸까, 라고 이니는 말했다. 이니의 말은 의문문이 아닌 평서문이었다. 다음 말도 마찬가지였다. 돌아보지 말랬는데 어째서 돌아봤을까…….

돌아봐서 아내가 연기처럼 사라지게 된 거 아니냐고 묻는 말 같았으나 역시 이니의 말은 평서문이었다. 산은 대답하지 않았다.

돌아보지 말라고 한 것도 알 수 없고, 돌아보지 말라고 했는데 돌아본 것도 알 수 없다고 이니는 툴툴거렸다. 이니는 걸으며 그런 말을 했고 산은 걸으며 그런 말을 들었다.

그런 간단한 말을 하고 그런 짧은 말을 듣는 데 걸린 시간은 한 시간이었고, 걸은 거리는 3킬로미터였다. 둘은 천천히 걸었다.

이니와 말을 주고받았다는 느낌이 없었다. 바람이 다가왔다가 멀어져 가는 것처럼 이니의 말은 혼자 평서문으로 왔다가 평서문으로 갔다. 이니가 말을 할 때 정말 바람이 불었다.

돌아보지 말랬는데 돌아본 사람이 잘못한 걸까. 그 징벌로 아내가 증발해버린 걸까. 이니가 왜 그런 말을 꺼내는지 산은 알지 못했다. 이니가 가장 많은 말을 하는 날이었다. 일주일 동안 이니가 했던 말을 합한 것보다 많았다. 산은 들었다.

까마귀가 길 위에 나타나면 이니는 입을 다물고 걸음을 멈추었다. 까마귀가 나뭇가지로 날아오를 때까지 이니는 기다렸다.

갑자기 많은 말을 하는 이유가 무엇인지, 하필이면 오르페우스인지 궁금했으나 산은 묻지 않았다.

대답해줄 것 같지도 않았다. 대답하기 싫어서가 아니라 대답할 수 없어서.

대답하기 싫어서가 아니라 대답할 수 없어서, 라는 생각이 든 순간 산의 의식 안에서 무언가 명료해졌다. 의도나 이유가 있어서 이니가 그런 말을 하는 게 아니라는 것. 바람처럼 숨처럼 말한다는 것. 바람이 비와 홍수를 불러오듯, 알 수 없는 이니의 말이 의도나 이유를 나중에 불러올지도 모른다는 것.

이니가 한 남자 동상 앞에 섰다. 출근이 늦어 머리카락 휘날리며 거리를 달리는 모양의 샐러리맨 청동 초상이었다.

동상은 THE MODERNS라는 완장을 차고 있었다. 이니는 걸음을 멈추고 말도 멈추었다. 산도 멈추어 서서 동상을 바라보았다.

길 위에는 산과 이니와 청동상뿐이었다. 세상의 모든 소리가 잠깐 증발했다가 윙윙거리며 돌아오는 걸 산은 느꼈다.

동상은 머리카락만 휘날리는 게 아니었다. 넥타이도 어깨 뒤로 휘날렸다. 옷자락도 눈썹도 휘날렸다. 산은 휘날리는 것들에 일일이 눈길을 주었다.

이니도 그랬다. 놀랍도록 정교한 작품이었다. 손에서 놓칠 것만 같은 서류가방을, 옷의 미세한 구김을, 긴박한 포즈를, 산과 이니는 바라보았다.

긴박한 포즈와는 다르게 익살스러운 표정을 짓는 동상을 산은 수상쩍게 바라보기 시작했다. 잠깐 현기증이 일었고 다시 모든 소리가 증발했다.

어떤 소리 때문에 산은 정신을 차렸다. 깡통에 동전 떨어지는 소리였다. 소리가 나자 샐러리맨 청동상이 두 걸음 앞으로 빠르게 움직였다.

순식간이었지만 산은 그것을 놓치지 않았다. 동상은 조금 전과 같은 모습으로 정지했다. 푸른 도료를 온몸에 바른 연기자였다. 깡통도 연기자의 발치로 옮겨져 있었다.

동전 한 닢에 두 걸음 걷거나 노래하거나 춤추는 얼음땡 퍼포먼스라는 걸 산이 모를 리 없었다. 산은 그런 연기자들을 여러 차례

보았다. 얼음땡 퍼포먼스가 상시로 열리는 도심의 거리를 산은 알고
있었다.

연기자들의 동작은 감쪽같아서, 다시 정지하고 나면, 방금 움직
였다는 사실을 관객은 까맣게 잊었다.

움직일 수 없고, 움직이지 않았고, 앞으로도 움직이지 못할 것이
라는 믿음에 사로잡혔다. 여러 차례 얼음땡 퍼포먼스를 봤으면서 또
다시 속을 수밖에 없었던 이유가 그것이었을까.

이전의 사태가 목전의 사태에 지배되어 까맣게 잊히는 것.

산은 그날 이전의 세상이 그날 이후의 세상에 지배되어 시나브
로 사라지는 사태를 떠올렸다. 그리고 나쁠 거 없다고 중얼거렸다.
산은 지금 여기, 이니와 함께, 명료한 세상에 있다는 사실에 매료되
었다.

이전의 세상은 아무려나 상관없었다.

깡통에 동전을 던져 넣은 백발의 노파들이 어느새 저만큼 멀어
졌다. THE MODERNS는 언제 움직였냐는 듯 청동처럼 굳었다. 이
니가 산을 바라보았다. 산은 고개를 저었다. 연어 카나페를 사느라
동전까지 써버렸다는 사실을 이니는 몰랐다.

이니는 두 손을 바지 주머니에 넣었다가 뺐다. 그러고는 빈 손바
닥을 바지에 문질렀다.

잠시 뒤 산은 깡통에 동전 떨어지는 소리를 들었다. 주변에는 산
과 이니 그리고 THE MODERNS밖에 없었다. 동상이 재빠르게 두

발짝 앞으로 나아갔다.

이니가 산의 손을 잡았다. 다시 멈춰 선 동상을 뒤로하고 두 사람은 부겐빌레아 꽃길을 걸었다. 동전이 아닌 작은 돌멩이였다는 사실을 산은 알고 있었다. 이니는 멀리서도 돌멩이를 깡통 안에 명중시켰다. 하늘은 여전히 하늘색이었다.

돌아보지 말 것. 그 명령을 따라야 했을까 따르지 말아야 했을까. 이니가 다시 말하기 시작했다. 바람이 불었고, 부식토 향이 바람에 묻어왔다.

산은 잠깐 눈을 감았다. 매캐하고 명료한 부식토 향을 들이마셨다. 냄새에는 어쩐지 강력한 진통의 효과가 있을 것 같았다. 아무리 아프고 슬퍼도 이 냄새를 깊이 마시면 가라앉지 않을까, 산은 생각했다.

명령하는 자는 명령받는 자겠지. 이니의 알 수 없는 말이 계속되었다.

이니는 갈등과 번민의 와중에 있는 거라고 산은 생각했다. 하지만 어떤 갈등이고 번민인지 산은 알지 못했다. 돌아봐서, 아내가 사라졌다고 해서, 그것을 재앙이라 할 수 있을까. 이니가 평서문으로 말했다.

걸으면 생기는 발자국처럼, 이니의 말은 길 위에 남겨지고 멀어졌다. 하염없이 중얼거리는, 허담증에 걸린 노인을 산은 실제로 본 적이 있었다. 노인은 소리 없이 흐르는 도심의 탁한 강물을 향해 끝없이 무슨 말인가를 뱉어냈다.

그러나 이니의 말은 그것과 달랐다. 낮고 느리게 이어지는 허밍 같았다. 재앙이라 해도 피해야 할 재앙과 무릅쓸 재앙이 있는 거 아닐까. 그렇게 말하면서 이니는 걸음을 멈추었다.

그래. 지하세계로 내려갔음 돌아 나오는 게 아니었어. 그 음부에서 뭣하러 나올까. 아내와 함께 그곳에서 살지. 음부는 탈출해 나와야 할 곳이 아니라, 탈출해 들어가야 할 곳. 지하 왕은 돌아볼 일 따위 없는 음부에 머무르는 군자.

그 말을 끝으로 이니는 아무 말도 하지 않았다. 아무 말도 하지 않는 이니로 돌아왔다. 다시 말을 안 하게 된 이니로 인해, 말한 이니가 까맣게 잊혔다. 이니가 많은 말을 했다는 사실을 산은 믿을 수 없었다.

산책을 마치고 집 안으로 들어설 때까지 산은 이니의 기침 소리도 듣지 못했다. 이니의 얼굴은 더위로 발갛게 달아올랐을 뿐 고통스럽지도 슬퍼 보이지도 않았다. 갈등과 번민의 기색이 사라지고 없었다. 부식토 향의 진통 효과 때문이었을까. 공연한 추측이라는 걸 알면서도 산은 부식토 향을 떠올렸다. 이 도시를 떠난다면 그 냄새가 몹시 그리울 것 같았다.

7

이니 혼자 집에 남았다.

산은 오후가 되자 집을 나섰다. 얼마 전에도 그런 적이 있었다. 이니는 그날의 요일을 기억하지 못했으므로 산의 외출이 정기적인 건지 아닌지 알지 못했다.

산은 학교에 간다고만 했다. 현관문을 열며 산은 말했고, 이니는 그렇게 들었다. 배우러 가는 건지 가르치러 가는 건지 이니는 알 수 없었다.

산은 집 앞으로 난 좁은 길을 곧장 걸어나갔다. 스무 발짝쯤 나가면 만나게 되는 좀 더 큰 길에서 산은 오른쪽으로 방향을 틀었다. 좀 더 큰 길의 가장자리에는 커다란 칸나가 줄지어 피어 있었다.

방학이라서 뜸하게 가는 건지 원래 그렇게 뜸하게 가는 학교인지 이니는 몰랐다. 대학인지 전문학원인지도. 얼마나 먼지도 몰랐다. 산은 오후가 되어 칸나 그늘을 걸어 외출했고 이니 혼자 집에 남았다.

이니는 산을 따라나서고 싶었지만, 산은 함께 가자고 말하지 않았다. 산과 함께했던 외출은 오전 산책뿐이었다. 그래서 이니가 아는 길은 부겐빌레아 산책로뿐이었으나, 어디든 혼자서는 나서고 싶지 않았다.

왜 산은 혼자서 갔을까. 산은 어째서 혼자 나갈까. 이니는 그 말을 되뇌었다. 산이 없는 집에서 이니가 할 수 있는 일이라고는 그다지 많지 않았다. 음악을 듣거나 차를 우려 마시거나 땀을 흘리며 낮잠을 잤다.

이니는 혼자 있기 싫었다. 무섭거나 심심해서가 아니라 1분 1초라도 산과 떨어져 있고 싶지 않았다.

왜 산은 혼자서 갔을까. 이니는 기억해냈다. 산이 함께 가자고 했던 적이 있었다는 사실을. 학교는 아니었지만 그랬던 적이 있었다.

모자 사러 함께 가자. 산은 그렇게 말했었다. 구름이 낮아 약간 어두운 날이었다. 외출하기에 나쁘지 않은 날씨였다. 호랑나비 액세서리가 없는 심플한 모자가 좋을 것 같다고 산이 말했다.

그날 이니는 모자를 사러 나가지 않겠다고 산에게 말했다. 그럼 자외선 차단제를 사러 나가자고 산이 말했다. 자외선 차단제도 사고 싶지 않다고 이니는 대답했다.

그날은 오랫동안 구름이 걷히지 않았다. 발에 꼭 맞는 슬리퍼를 사는 건 어떻겠냐고 했을 때도 이니는 고개를 저었다. 몇 차례 더 제의와 거부가 이어졌다.

이니가 산에게 말했다. 그런 것들이 필요하지 않기도 하지만 무엇보다 밖에 나가는 게 싫을 뿐이라고. 산은 고개를 끄덕였다. 말없이 고개를 끄덕이던 산의 표정을 이니는 기억해냈다.

이니는 전기 포트에 물을 받아 전원을 넣었다. 얼마 안 가 포트에서 소리가 났다. 산은 없고 물만 끓는다. 그 말을 이니는 세 번 중얼거렸다.

물이 끓기 전 포트 밑바닥에 기포가 형성되는 소리를 이니는 즐겨 들었다. 이니는 그 소리를 들으려고 일부러 물만 끓이기도 했다. 음악을 듣다가 싫어지면 물을 끓였다. 물이 아주 끓어버리면 소리는 달라졌다.

얼 그레이 티백에 끓은 물을 붓고, 소리만 듣기 위해 다시 물을 끓였다. 이니는 바람이나 파도나 폭포수 같은 소리가 좋았다. 패턴화되지 않은 거라면 소음이라도 상관없었다. 소리를 오래 들으려고 머리카락이 타도록 헤어 드라이를 한 적이 있었다. 진공청소기도 믹서도 이니는 오래 돌렸다.

이니는 생각했다. 밖에 나가는 게 싫다고 해서 산이 혼자 나간 걸까. 산 없이 혼자 있는 게 훨씬 싫다는 걸 산은 몰랐던 걸까.

이니는 처음으로 산이 바보 같다고 느꼈다. 매일 아침 밖에 나갔는데 그걸 모르다니.

이니는 얼 그레이를 여러 차례 나누어 조금씩 마셨다. 날은 맑았고 덥지 않았다. 시고 떫고 아리고 달착지근한 베르가모트 향이 혀에 충분히 녹아들도록 이니는 천천히 마셨다.

언제라도 찻물을 끓일 수 있게 2리터 페트병 두 개에다 수돗물을 담아두었다. 30분쯤 담아두면 병 밑바닥에 하얀 석회석 침전물이 쌓였다.

그냥 마시기엔 너무 탁해. 이니는 산이 첫날 했던 따뜻한 말을 떠올렸다. 그리고 자신이 아득히 멀리, 밖으로 나와 있다는 사실을 상기했다. 꿈에서만 두렵게 떠올리던 나라의 도시로.

거실 복판에 웅크리고 앉아 이니는 식은 얼 그레이를 마셨다. 시간은 더디 흘렀다. 벽에 걸린 시계를 몇 번이나 쳐다보았으나 여전히 세 시 혹은 세 시 10분이었다.

산은 언제나 올까. 이니는 물을 끓이고 또 끓였다. 더는 우러날 게 없는 티백에 물을 붓고 식히고 마셨다.

빈 머그잔을 싱크대에 올려놓고 2층으로 난 계단을 올랐다. 계단은 생각보다 더 좁고 가팔랐다. 맨발로 딛는 시멘트 계단이 차가웠다.

한 계단 두 계단 세며 오르다가 다섯 계단에서 도로 내려왔다. 이니는 2층에 한 번도 올라가본 적이 없다는 사실을 깨달았다. 2층이 있다는 게 무서웠다. 산과 함께일 때는 느끼지 못했던 것이었다.

거실로 돌아온 이니는 다시 오도카니 앉아 시계를 보았다. 유리벽 너머의 하늘이 환하고 낮고 가까웠다. 새소리며 바람 소리가 들렸다. 집 앞길을 오가는 아이들의 목소리가 들렸다. 바깥의 기운들이 이니가 홀로 있는 집을 통째로 구겨버릴 것 같았다.

학교 구내를 걷거나 도서관에 있거나 누군가를 만나 차를 마시는 산의 모습을 이니는 상상했다. 자신이 배제된 장면들이 자꾸 떠올랐다. 집 밖에서 떠드는 아이들이 이니의 상상을 방해했다.

귀 기울이면 아이들의 말을 얼마간 알아들을 수 있었다. 너는 사만다처럼 생긴 개를 키워서 핥고 싶은 거지? 쟨 사만다를 개처럼 키워서 핥고 싶은 거야. 너희들, 너희들 한 번만 더 그따위 말 하면 너희들 혓바닥이 뱀처럼 갈라질 거야. 너야말로 갈라지고 싶은 거겠지, 사만다를 곱빼기로 핥을 수 있게.

말이 들린다는 게 이니는 신기했다. 이니에게 영어를 가르쳤던 사람은 It was를 이뜨 워즈로 발음하던 늙은 남자였다.

이니는 아이들의 말에 귀를 기울였다. 그러지 않으면 산만 있고 자신은 배제된 학교 구내 광경이 자꾸 떠올랐다.

이니는 자리에서 일어나 좁은 거실을 천천히 돌았다. 그러다 주방 뒷문을 열고 정원 텃밭으로 나가 쪼그려 앉았다. 하늘은 구름 한 점 없는 하늘색이었다.

담장 밖 이웃집 후박나무의 무성한 이파리들을 바라보았다. 이파리의 표피가 번쩍였다. 이파리와 이파리들 사이에는 푸르고 어두운 그늘이 박혀 있었다. 하늘도 이파리도 이니를 노려보았다. 노려본다고 이니는 생각했다.

들어와 산 지 열흘밖에 안 된 집에 이니 혼자였다. 집의 주인은 이니나 산이 아니라 아직은 집 자체였다. 이니의 느낌이 그랬다. 문득문득 집에 주눅 들었다.

한여름이었으나 집 안은 서늘했다. 이니는 혼자라는 사실을 자각하고 싶지 않았다. 자신이 배제된 광경이 아닌 산과 함께했던 시간들을 떠올렸다. 산과 함께 보냈던 열흘간의 시간. 아이들의 Up your ass, Kiss my ass 따위 말은 더는 듣기 싫었다.

아침에 일어나면 이니는 잠옷 차림으로 욕실이 아닌 주방 수도 꼭지를 틀어 고양이 세수를 했다. 이니는 수건을 쓰지 않았다. 손과 얼굴에서 물기가 증발할 때까지 천천히 움직였다.

이니가 유령처럼 움직이는 모양을 산은 침대에 누운 채 바라보았다. 이니가 주방 뒷문을 열고 텃밭 정원으로 나가면 산은 천천히 몸을 일으켰다.

침대에서 바닥으로 내려오는 데에 산은 오랜 시간을 들였다. 몸속의 뼈와 근육세포들한테 산은 주문을 걸었다. 주문을 거는 거라고 이니는 생각했다. 이제 하루를 시작하려 하니 몸속의 모든 뼈와 근육과 신경들은 그리 알라…….

이니가 토마토 샐러드를 만들고 빵을 굽는 동안 산은 거실 의자에 비스듬히 앉아 건축 잡지를 펼쳤다. 글씨는 빼고 그림만 보았다. 글씨는 저녁에만 읽었다. 산이 빵을 구울 때는 이니가 거실 의자에 앉아 건축 잡지를 펼쳤다. 이니는 글씨만 읽었다.

언제부터 그곳에 있었는지 알 수 없었으나 거실 구석에는 건축 잡지가 예닐곱 권 있었다. 오래된 과월호들이었다. 고급 종이여서 책이 무거웠다. 지면은 번들거렸다. 보고 또 봐도 질리지 않았다.

두 사람이 동시에 책을 보기도 했다. 산이 의자에 앉으면 이니는 침대에 누웠다. 네 시간 넘게 말없이 책만 보기도 했다. 산은 하품을 하며 거실을 돌다가 멈춰 서서 텃밭 정원을 내다보고 또 하품을 했다.

아무 일도 아무 말도 하지 않고 하루를 지내도 이니는 조금도 지루하지 않았다. 산과 함께였으므로 아무 문제도 되지 않았다.

음악을 듣고 싶으면 음악을 듣고 키위 주스가 먹고 싶으면 키위 주스를 만들었다. 이니의 목덜미에 코끝을 대고 싶으면 산은 그렇게 했고 산의 등에 자기 등을 기대고 싶으면 이니는 그렇게 했다. 텃밭 가장자리에 나란히 쪼그려 앉아 게처럼 옆으로 움직이며 시간을 보냈다.

저녁에는 가까운 상점에서 양고기 케밥을 사다가 먹었다. 맥주는 인도인 가게에서 네덜란드 제품을 샀다. 언제나 남기지 않을 만큼 샀으나 남으면 버렸다.

늙음도 죽음도 없어서 다가올 미래 따위 준비할 필요도 없을 것 같은 하루하루를, 산과 이니는 보내고 맞았다. 지금 나는 여기에 있다…… 아침마다 산과 이니가 확인하는 것이었다.

어떤 그림자 하나가 애플민트 텃밭 한가운데를 빠르게 가로질렀다. 아이들의 떠드는 소리는 어느새 멈췄다. 곁에 산이 없다는 사실이 다시 떠올랐다.

텃밭 한가운데를 가로지른 것은 그림자였다. 그림자는 정말 빨랐다. 아주 빨랐다. 이니는 기분이 언짢았다.

좋지 않은 기억들이 메스껍게 몰려왔다. 이니는 쪼그려 앉은 채 고개를 들고 숨을 들이켰다. 허리를 펴고 다시 숨을 들이마셨다. 깊게 마시고 길게 뱉었다. 언짢은 기분은 사라지지 않았다.

한 차례 더 그림자가 지나갔다. 이니는 직감했다. 그것은 살아 있는 물체였으며 공중을 나는 것이었으며 가까운 거리에 있는 거였다. 산과 함께했던 아늑했던 시간과, 그에 대한 행복한 상념이 위협받는다는 느낌이 들었다.

이웃집 후박나무 그늘이 수상했다. 후박나무 이파리는 여전히 번쩍거렸다. 그곳에서 당장 무언가 튀어나올 것 같았다. 이니는 꼼짝 않고 후박나무 그늘을 노려보았다.

후박나무 그늘도 이니를 응시했다. 움직임보다 소리가 먼저 감지됐다. 날갯짓 소리였다. 이니는 검은 물체가 후박나무 아래로 날렵하게 떨어져 내리는 것을 보았다. 그것은 담장 밑 푸크시아 나무에 걸리듯 앉았다.

공원 까마귀보다 몸이 작았지만 더 검고 더 빛났다. 새는 푸크시아 자홍색 꽃 사이로 이니를 노려보았다. 점을 찍은 듯한 작고 검은 눈동자가 매서웠다. 흰자위에 해당할 부분은 초록빛이었다. 형광 초록빛이었다.

새의 부리 끝에서 방금 잡힌 듯한 벌레 한 마리가 꿈틀거렸다. 자신의 모든 것이 위협받고 있다고 이니는 또 한 번 직감했다.

이니의 몸이 얼어붙었다. 한순간도 새한테서 눈을 떼지 않았다. 이니는 안으로 도망쳐 들어가고 싶었다. 문을 닫아걸고 납작 엎드리고 싶었다. 그러나 새가 먼저 집 안으로 쳐들어올 것 같았다. 이니는 똑바로 서서, 그것과 마주했다.

새가 날개를 편다고 생각한 순간 빠르고 깊은 단절감이 이니를 압박했다.

새는 이니의 발 앞으로 날아와 젖은 인조가발처럼 번들거리며 떨어졌다.

으깨진 대가리에서 피가 흘렀다.

검고 빛나는 깃털 위로 선홍빛 피가 방울방울 솟았다.

무슨 일이 있었던 것인지 이니는 알지 못했다. 자신의 손에서 방금 무언가 빠르게 빠져나갔음을 암시하는 뜨거운 여운을 느꼈을 뿐이다.

무슨 일인지는 알 수 없었으나, 이제부터 이 집을 침범하거나 위협하는 것은 새와 같은 운명이 될 거라는 걸 이니는 알았다.

이니는 죽은 새를 집어 들었다. 무겁지 않았다. 애플민트 고랑을 걸어 텃밭을 건넜다. 발치에서 애플민트 향이 맵게 소용돌이쳤다.

금방 죽은 새의 뜨듯한 체온이 이니의 손으로 전해져 왔다. 이니는 애플민트를 밟지 않으려고 조심조심 작은 밭을 건넜다.

새가 마지막으로 앉았던 푸크시아 나뭇가지에 걸쳐놓았다. 날개와 모가지가 젖은 빨래처럼 늘어졌다. 이니는 새 주변의 꽃과 잎을 몇 개 따 버렸다.

교목과 관목의 특징을 고루 지닌 푸크시아 나뭇가지여서 새의 무게를 충분히 견딜 거라고 이니는 생각했다. 꽃과 잎을 몇 개 더 따 버렸다. 죽었어도 새의 초록빛 눈은 감기지 않았다.

있던 자리로 되돌아온 이니는 벌레 한 마리를 보았다. 벌레는 꿈틀거리며 시멘트 바닥을 기었다. 열린 주방 뒷문 쪽을 향하고 있었다. 집 안으로 들어가려 했다.

조금 전까지 새의 부리 끝에서 꿈틀거리던 벌레라는 걸 이니는 알았다. 벌레가 주방 문턱을 넘기 직전 이니는 돌멩이의 뾰족한 모서리로 그것을 눌렀다. 녹색 체액이 터져 나와 시멘트 위에 번졌다.

이니는 벌레의 놀라운 회복력을 바라보았다. 한 방울의 체액을 흘리고 난 뒤 벌레의 상처가 빠르게 아무는 걸 지켜보았다.

이니는 다시 돌멩이의 날카로운 모서리로 벌레의 다른 부위를 짓눌렀다. 또다시 한 방울의 체액을 떨어뜨린 벌레는 역시 빠르게 회복되어 꿈틀거리며 나아갔다.

이니는 벌레를 누르고 누르고 또 누르고 짓눌렀다. 벌레의 초록 체액이 시멘트 바닥을 흥건히 적셨다. 산이 없는 집, 산이 없는 오후였다. 이니 혼자 있게 된 날이었다.

이니는 더 빠르게 벌레를 눌렀고 벌레는 완전히 으깨졌다. 더는 회복력을 발휘하지 못했다. 그래도 이니는 누르고 누르고 또 누르고 짓눌렀다.

벌레는 몸통도 체액도 다 초록이었다. 죽은 새의 눈도 초록이었다는 것을 이니는 떠올렸다.

벌레의 초록 체액이 시멘트 위에서 갈색으로 변하며 말라가는 것을 이니는 들여다보았다. 누르고 누르고 짓누르자 벌레는 젤 상태가 되었다가 완전한 액체로 변해버렸다.

액체는 시멘트에 스며들며 갈색이 되었다. 시멘트 위에는 흔적만 남고 수분은 흩어졌다. 길쭉했던 초록의 벌레가 둥그런 갈색 흔적으로 남은 것을 이니는 내려다보았다.

초인종이 울렸다. 위협이 계속되는 거라고 이니는 중얼거렸다. 이니는 대응하지 않았다.

몇 차례 더 초인종이 울렸다. 산에게도 이니에게도 찾아올 사람이 없었다. 산과 이니가 이곳에 살고 있다는 걸 아무도 몰랐다. 이니는 소리 나지 않게 주방 뒷문을 닫고 집 안으로 들어섰다.

초인종이 다시 울렸다. 우편배달원일 수도 있다고 이니는 생각했다. 우편물이라면 전 주인의 것이라 여겨 이니는 여전히 아무 대응을 하지 않았다.

부동산 에이전트입니다, 라고 말하는 소리를 이니는 알아들었다. 2층을 세놓을 의향이 있는지 묻고자 방문했습니다, 라는 소리를 들었다. 중년 여성의 목소리였다. 전화가 안 되어 직접 찾아올 수밖에 없었다는 말까지 들었다.

총이 있다면 그녀를 쏴버렸을 거라고 이니는 생각했다. 이니는 거실 바닥에 배를 깔고 납작 엎드렸다. 몸이 바닥이 되어버릴 만큼 오래. 바깥의 위협이 집을 통째로 구겨버린대도 이니는 꿈쩍하고 싶지 않았다. 모든 게 바람처럼 지나가길 바랐다.

조용해졌다. 아이들 떠드는 소리가 잦아든 지도 오래였다. 이니는 공원에서 들려오는 까마귀 울음소리에 귀를 기울였다. 부동산 에이전트의 얼굴을 기억해냈다. 이 집에 입주하던 날 대동해주었던 키 큰 터키계 곱슬머리 흑발 아주머니.

이니는 엎드렸던 몸을 천천히 일으켰다. 그리고 아랫배를 쓸어내렸다. 바닥의 차가운 기운 탓에 아랫배가 딱딱해졌다. 산은 돌아오지 않고 있었다.

언제나 올까. 누구와 함께 있는 걸까. 이니는 중얼거렸다. 중얼거리며 물을 끓이고 중얼거리며 체리토마토를 데치고 중얼거리며 껍질을 깠다.

정제해놓은 물이 모자랐다. 여기 수돗물은 그냥 마시기엔 너무 탁하거든……. 산의 음성이 죽을 만큼 그리웠다.

8

유도화 핀 거리 한쪽으로 도심의 운하가 흘렀다.

이니는 오래되어 죽은 듯한 운하를 바라보았다. 물 위에는 배라든가 오리 같은 날짐승도 떠 있지 않았다. 원유처럼 검고 끈적거리고 번들거렸다.

그날, 이니는 산과 함께 생선 튀기는 냄새를 맡으며 버스도 타지 않고 어두워질 때까지 걸었다. 해가 지고 바람이 불기 시작했다. 운하는 가로등과 네온 불빛을 흐물흐물 반사했다.

이니는 땅바닥에 주저앉고 싶어졌다. 배고픔 때문이라는 걸, 땅바닥에 주저앉고 싶어지고 나서 알았다. 세상에 태어나 처음 겪는 허기였다. 배고픔이 닥쳐오고서야, 그때껏 거리를 떠돌던 것들이 음식 냄새였다는 걸 이니는 알아차렸다. 무엇이든 먹어치울 것 같았다.

길을 걷는 내내 한순간도 사라지지 않았던 것이 생선튀김 냄새였다. 그러나 생선튀김집을 찾을 수 없었다. 지친 이니를 끌고 산은 이런저런 골목을 돌았다.

끌려다닌다는 느낌을 이니는 지울 수 없었다. 두 다리에 아무런 힘도 남아 있지 않았다. 생선튀김집은 나타나지 않았다. 그때까지 산의 손을 잡고 있었다는 걸 이니는 알았다.

이 남자에 관해 아무것도 모르잖아. 그런 생각이 들었지만 이니는 산의 손을 놓지도 걸음을 멈추지도 않았다. 그에게 의지했다. 그뿐이었다.

이니는 죽을 것처럼 배가 고팠고 산은 배고픈 이니를 위해 생선튀김집을 찾았다. 나타나지 않는 튀김집, 번들거리는 도심의 죽은 운하, 그치지 않는 튀김 냄새, 밤에도 선연한 유도화 꽃잎, 산의 발짝 소리…… 작동하는 것이라고는, 그 같은 면밀한 현재뿐이었다.

어느 길은 환했고 어느 길은 어두웠다. 이니는 산에게 이끌려 고양이들이 어슬렁거리거나 마리화나 냄새가 진동하는 골목을 지났다.

어두운 건물 모서리에 몇 명의 소년들이 옹기중기 모여 있는 것을 보았다. 거대한 물탱크의 그림자 밑을 지났다. 물탱크 안에서는 3, 4초에 한 번씩 텅텅거리는 소리가 났다.

지워져 잘 알아볼 수 없게 된 노란 차선을 따라 걸었다. 차도인 건 분명했으나 오가는 차량은 한 대도 없었다. 가로등은 두 개 중 하나가 깨져 있었다.

먼 불빛이 상점처럼 보였으나, 걸어도 걸어도 거리는 좁혀지지 않았다. 이따금 산이 이니의 안색을 살폈다. 왜 이런 상황에 빠져버리게 되었는지, 두 사람은 그에 관해 아무 말 하지 않았다.

걷기만 했다. 이니와 산은 걷고 잠깐 뛰고 또 걸었다. 이니의 허기를 알아차린 것도, 그리하여 산이 생선튀김집을 찾아 헤매기 시작한 것도 묵언 중에 이루어진 일이었다.

그러는 동안, 말이 없어도 될 만큼의, 말이 필요 없을 만큼의 무엇이 두 사람 사이에 들어차기 시작했다. 말은 아니지만 분명한 소통의 매질媒質. 아무러하든, 이니는 그게 '현재'일 거라고 생각했다.

이니와 산은 걸었다. 그리고 도무지 도달할 수 없을 것 같던 불빛에 다다랐다.

그곳에서 산은 감자튀김과 생선튀김을 산더미만큼 샀다. 검은 얼굴의 가게 주인이 활짝 웃으며 무언가를 튀김 위에 잔뜩 뿌려주었다. 식초와 후추 냄새가 났다.

이니와 산은 탁자에 마주 앉았다. 물잔도 꽃도 냅킨도 수저통도 놓여 있지 않은 낡고 크고 평평한 탁자였다. 작업대 같은 탁자의 표면을, 산이 손바닥으로 한 차례 훔쳤다.

이니는 페인트가 반쯤 벗겨져나간 탁자를 물끄러미 내려다보았다. 산더미만 한 튀김 그릇을 탁자 한가운데 두고 두 사람은 말없이 고개를 숙이고 있었다.

산이 먼저 감자튀김 하나를 들어 입으로 가져갔다. 이니도 감자튀김 하나를 가져다 입에 넣었다. 감자튀김은 굵고 길고 물컹거리고 짰다.

익스큐즈 미. 산이 빠른 말로 검은 얼굴의 주인 남자에게 말했다. 짧은 질문과 짧은 대답이 몇 차례 오갔다. 주인이 포크와 콜라와 냉홍차와 티슈를 가져왔다. 주인은 필요 이상으로 웃는 사람이었다. 산은 웃지 않았다.

산이 감자튀김을 먹고 콜라를 마시고 입가를 티슈로 닦았다. 이니도 감자튀김을 먹고 냉홍차를 마시고 입가를 티슈로 닦았다. 이니에게 묻지도 않고 냉홍차를 주문한 거였지만, 물었더라도 냉홍차를 시켰을 거라고 이니는 생각했다.

두 사람 사이엔 어느새 뭐라 이름할 수 없는 소통의 매개가 놓였던 것이다. 정말 뭐라 이름할 수 없는. 어두운 운하 길을 말없이 걷는 동안 그렇게 된 것이었다.

이니는 생각보다 음식이 당기지 않았다. 죽을 것 같던 허기가 가라앉았다.

이니는 천천히 먹고 천천히 마시고 천천히 입을 닦았다. 튀김이 조금씩 줄어들었다. 감자튀김은 손으로 집어 먹었고 생선튀김은 포크로 찍어 먹었다.

산이 그리했고 이니도 따라 했다. 자주 티슈로 손과 입을 닦았다. 이니는 가게 밖으로 모터사이클 무리가 요란하게 지나가는 걸 바라보았다. 마리화나 냄새가 튀김 가게 안까지 끼쳐 왔다.

천천히 조금씩 먹고 마셨지만, 이니는 동작을 멈추지 않았다. 모든 동작이 등속을 이루는 이니의 묘한 움직임을 산이 바라보았다. 탁자 위의 튀김은 많이 남아 있었으나, 그것들이 사라지는 것은 시간문제일 것 같았다.

생선튀김을 먹고 콜라를 마시고 티슈로 입가를 닦으며 산이 말했다.

산……이라고 해.

가게 주인과 주고받던 언어가 아니었다. 태어나면서부터 이니가 들어온 모어였다. 이니는 놀라지 않았다.

나는 이니.

산도 놀라지 않았다. 세상은 이미 이전 세상과 이후 세상으로 나뉘었고, 이니와 산은 이후 세상에 속해 있었다. 그렇게 된 걸 확연히 느꼈다. 그러는 사이 어떤 것은 아득히 멀어졌거나 잊혔고, 어떤 것은 새롭고 선명해졌다.

두 사람은 묵묵히 튀김을 먹었다. 끝까지 다 먹었다. 원더풀! 검은 얼굴의 주인이 탄성을 지르며 양손 엄지손가락을 치켜세웠다. Where are you from?이라고 물을 듯했으나 주인은 필요 이상의 웃음을 웃었을 뿐 묻지 않았다.

이 도시 사람들은 그런 식으로 묻지 않는다는 걸 이니는 나중에 알게 되었다. 이니는 문장의 뜻을 배우고 익혔을 뿐 적확한 쓰임새를 배우지 못했다. Where are you from? 그것은, 그날, 이니도 산도 서로에게 던지지 않았던 문장이었다.

튀김을 다 먹은 뒤 이니와 산은 얼마간 더 묵묵히 앉아 있었다. 배가 고플 때 주저앉고 싶었는데 배가 부르자 이니는 다시 주저앉고 싶었다.

졸음이 몰려왔다. 몽롱한 기분을 이니는 내버려두었다. 배고픔과 나른함 모두, 몸 안의 긴장감이 빠져나가며 들어차게 된 안도였다는 걸 이니는 알았다.

도망, 성공……. 이니가 혼자 중얼거리는 말을 산은 듣지 못했다. 도망쳐 나온 걸까 도망쳐 들어온 걸까……. 역시 산은 듣지 못했다. 듣지 못했으나 산은 다 알았다. 다 안다는 게 뭔지 몰랐으므로 다 알았다. 그들에게 현재라는 소통의 매개란 그런 것이었다.

9

하룻밤 이니는 산의 거처에 머물렀다. 하룻밤뿐이었다.

산의 집은 집이랄 것도 없었다. 그는 방 한 칸에 기거했다.

아침에 눈을 뜬 이니는 거실 하나와 세 개의 방으로 이루어진 집의 구조를 둘러보았다. 방 하나는 비어 있었다. 빈방에는 일인용 침대가 놓여 있었다. 거실 한편에서 커다란 냉장고가 윙윙 소리를 내며 돌아갔다.

나머지 방에서 튀어나온 청년이 이니에게 인사를 했다. 머리카락과 수염이 지저분했다. 묻지도 않았는데 자신은 폴란드에서 온 사람이라고 말했다. 이니도 고개를 숙여 그에게 인사를 했다. 어디서 온 누구라고 말하지는 않았다.

폴란드 청년은 산을 졸졸 따라다니며 여자 친구냐고 몇 번이나 물었다. 산은 대답하지 않았다. 청년은 이니에게 친절하게 굴기 시작했다. 보르시치를 먹을 건데 함께 먹자고 했다. 저녁에는 좋은 보드카를 내놓겠다고 했다.

청년은 자신과 산이 기거하는 건물 형태를 플랫이라 한다고 설명했다. 이니는 그의 설명을 들었다. 하나의 플랫 안에는 40가구가 똑같은 구조로 배열되어 있다고 했다. 이니는 가만히 플랫, 이라고 발음해보았다. 플랫. 아무런 느낌도 들지 않는 이름이었다.

오랜만에 아무런 느낌도 들지 않는 이름을 만난 거라고 이니는 생각했다. 전날 감자튀김을 먹고 나른해진 이후로 이니의 기분은 계속 나쁘지 않은 상태였다. 플랫, 플랫. 이니는 몇 번 더 중얼거렸다.

이니와 산과 폴란드 청년은 보르시치라는 이름의 수프를 한 식탁에 앉아 먹었다. 얼마 안 있어 다시 비고스라는 음식을 먹었다. 모두 폴란드 청년이 쏜살같이 만들어낸 음식이었다.

폴란드 청년은 자주 냉장고 문을 열고 닫았다. 그럴 때마다 냉장고는 생각났다는 듯 윙윙 울었다. 폴란드 청년은 조금도 가만히 앉아 있지 못했다. 이니는 식탁에 앉아 그의 부산한 움직임을 눈으로 좇았다.

냉장고는 꽉꽉 들어찬 물품창고 같았다. 문을 열면 내용물들이 산사태처럼 쏟아져 내릴 것 같았다. 청년이 다시 냉장고로 가는 동안 이니는 탁자 위에다 산이 볼 수 있도록 종이쪽지를 올려놓았다.

산은 소금에 절인 양배추를 씹으며 종이쪽지를 내려다보았다. 물한 모금 마시고, 다시 고기 한 점을 입으로 가져가며 산은 종이쪽지를 내려다보았다. 한 번 시선이 갈 때마다 알파벳 하나씩 읽는 것 같았다.

짧은 메모였으나 읽는 시간은 길었다. 다 읽는 동안 산은 비고스라는 음식을 모두 비웠다. 오랜 시간을 들여 읽던 것과는 다르게, 아침을 먹고 나자 산의 동작이 갑자기 빨라졌다.

이니의 짐은 그녀의 여행가방 안에 고스란히 들어 있었다. 산의 짐만 새로 쌌다. 산의 캐리어는 크지 않았으나 조금 공백이 남았다. 책을 몇 권 넣어 공백을 메웠다. 나머지 살림은 산의 방에 놔둔 채, 이니와 산은 플랫을 나섰다.

산은 머뭇거리지도 지체하지도 않았다. 당연한 일을 하는 사람처럼 플랫을 나섰다. 이니는 한 번 더 플랫, 하고 발음해보았다. 아무 느낌도 없었다.

이니가 탁자 위에 올려놓았던 종이에는 새집 주소와 부동산 에이전시 전화번호가 적혀 있었다. 버스 정류장에서 쓰러질 때도 손안에 꼭 쥐고 있던 거였다. 유도화 핀 운하 길을 걸을 때도 쥐고 있던 거였다.

네 여자 친구를 위해 귀한 보드카를 따려고 했는데⋯⋯. 폴란드 청년이 현관에 서서 말했다. 어딜 가는 건데? 산은 대답하지 않았다. 언제 돌아올 건데? 산은 대답 대신 욕실에 있는 새 전기면도기 너 써도 돼, 라고 말했다.

이니와 산은 버스를 타고 지하철을 타고 다시 버스를 타고 주소지에 도착했다. 같은 도시였으나 산의 거처와는 아주 먼 곳이었다.

키가 큰 흑발의 곱슬머리 여자가 먼저 도착해 있었다. 몇 군데 서류에 사인을 받고, 굿 럭, 여자는 이니에게 집 열쇠를 건넸다.

200년 된 붉은 벽돌집에 이니와 산만 남았다. 커튼 따위는 없었고 주방 뒤뜰 작은 정원에는 애플민트가 소복이 자랐다.

여기군. 산이 말했고, 여긴가 봐. 이니가 말했다. 현관이 작고 창문들이 좁고 외벽이 밝지 않은 것이 이니는 맘에 들었다. 사이트에서 본 그대로였다. 가까운 데서 까마귀가 울었다.

10

이니는 밤이나 낮이나 잠을 잤고, 산은 의자에 앉아 책을 읽거나 음악을 들었다.

집 안에는 더블 침대와, 팔걸이가 있는 의자와, 작은 옷장이 각각 하나씩이었다. 주방용품과 냉장고와 세탁기가 있었다. 팬 후드에 부착된 라디오에서 종일 음악이 흘러나왔다. 고정 주파수였고 음악만 나오는 방송이었다. 팬이 돌아갈 때는 잡음이 났고 팬이 멈추면 깨끗해졌다.

산은 휴대전화로 집 주변을 검색했다. 그때까지 산에게는 스마트폰이라는 게 있었다. 이니가 잠에서 헤어나지 못하는 동안 산은 바깥에 나가 시리얼과 바나나와 요구르트와 아티초크를 사 왔다.

밖에 나갈 때마다 산은 새로운 가게를 하나씩 발견했다. 아이스크림과 초콜릿을 사다가 냉동실 안에 넣어두었다. 사람들의 왕래가 빈번하지 않은 시각을 택해 산은 바깥으로 나갔다. 여름이어서 집 주변의 잡초들이 하루가 다르게 웃자랐다.

이니의 잠은 차츰 줄어들었다. 밖으로 나가는 산에게 체리토마토나 완숙 토마토를 사다 달라고 했다. 올리브유와 발사믹 소스와 양파를 부탁했다. 소금은 게랑드 시솔트가 좋겠다면서도 '가능하다면'이라는 말을 빠뜨리지 않았다.

함께 나가자는 산의 말에 이니는 말없이 고개를 저었다. 그리고 침대 속으로 기어들었다. 깨어 있어도 이니는 좀처럼 움직이지 않았고, 움직이더라도 바깥으로 나가지 않았다. 토끼 굴에서 잠자는 토끼 같다고 산은 생각했다.

산은 혼자 나가고 혼자 걷고 혼자 돌아왔다. 팬 후드의 라디오 전원을 꾹 눌러 음악을 들었다. 여름 햇살이 거실 바닥을 오른쪽에서 왼쪽으로 핥으며 느리게 지나가는 것을 온종일 바라보았다.

나른하고 권태로웠으나 산은 지겹지 않았다. 어떤 것들이 아득히 잊히고 사라지면서, 끊기면서, 지겨움을 느끼는 감각까지 실어가버린 듯했다. 이니와 함께 있는 것만으로 산은 좋았다. 자신이 그럴 수 있는 사람이라는 걸, 이전에는 한 번도 느껴본 적이 없었다.

휴대전화로 주변 지리를 검색하다가 산은 핑크색 길을 발견했다. 대개의 길이 청색과 갈색으로 표시되는 것과는 달리 그 길은 선연한 핑크였다. 소방도로 표지일까. 행정상의 필요로 그어놓은 경계일까. 산은 지도의 모드를 위성사진으로 바꾸어 검색했다. 정말 핑크 길이었다.

핑크 길이 있네. 함께 걸어보지 않겠느냐고 산이 말하자 이니는 아무 소리 없이 산을 따라나섰다. 첫 바깥 산책이었고, 아주 길었고, 산책은 결국 아침마다 반복되었다. 이니는 그러나 부겐빌레아 길 이외의 길은 걷지 않았다.

이니는 햇볕에서 발톱을 깎거나, 텃밭에 나가 애플민트를 들여다보거나, 토마토를 데쳐 껍질을 벗기거나 했다. 그런 것들을 오랜 시간을 들여 했다.

어떤 날은, 200년이나 된 이 집에 드나든 사람의 총수는 몇 명일까, 하고 궁금해했다. 그중 죽은 사람은 몇 명이며 산 사람은 몇 명일까. 산은 대답해보기도 하고 안 하기도 했다. 이니의 질문은 질문이 아니었고, 궁금해서 궁금해하는 궁금증도 아니었다.

이니의 동작이 종종 등속을 이루는 것이 산은 신기했다. 신체 각 부위의 움직임이 동일한 속도를 유지했다. 이유를 알 수 없었다. 아마도……. 산은 생각했다. 어쨌거나 그것은 기꺼움의 표현일 거라고.

쫓기던 토끼가 토끼 굴에 안전하게 숨어들었음을 스스로 확인하는 한숨 같은 것. '안도의 기쁨'을 느린 춤으로 나타낸다면 팔이나 다리의 움직임이 등속을 띨 거라고 산은 생각했다. 산은 그렇게 믿었고, 그 믿음이 맞을 거라고 여겼다. 이니를 보고 있으면 산도 나른해졌다.

산과 이니는 아침마다 산책했고, 특별한 일 없이 하루를 보냈고, 저녁이면 벽에 기대어 앉아 차가워진 맥주를 마시거나 음악을 듣거나 애무했다.

나란히 여행가방을 끌고 200년 된 가옥으로 들어오던 첫날부터 두 사람은 아무런 제안도 약속도 전조도 확인도 없이 서로에게 스며들며 몸을 나누었다.

서로가 서로에게 깃들었다. 잔잔하고 격렬하고 고요하고 탄식하
는 몸짓을 반복했다. 빛이나 냄새나 소리처럼 서로에게 녹아들며 잠
들었다.

잠에서 깬 첫날 아침 이니는 찻물 끓는 소리가 듣고 싶었다. 마시
고 싶은 갈증만큼이나 그 소리가 듣고 싶었다. 잠옷도 입기 전 이니
는 전기 포트에 수돗물을 받아 전원을 넣었다.

산이 천천히 다가와 포트의 전원을 끄고, 물을 쏟아내고, 페트병
에 받아놨던 물을 포트에다 부었다.

이니의 맨어깨에 손을 얹으며 산이 말했다.

여기 수돗물은 그냥 마시기엔 너무 탁하거든.

산의 눈을 들여다보던 이니가 말했다.

꺾인 직선 필라멘트 같아.

11

히만은 여자의 뒷모습을 한 번 더 바라보았다. 그리고 기창 밖으
로 고개를 돌렸다. 눈을 감고 무언가를 떠올렸다.

다시 눈을 뜬 히만은 노란색 헤어밴드로 묶인 여자의 긴 머리를 바라보았다. 등받이에 가려 뒷머리만 겨우 보였다. 여자의 자리는 히만의 좌석에서 세 줄 앞이었다. 히만은 창밖으로 눈을 돌렸다. 눈 아래로 하얀 구름 밭이 펼쳐졌다. 기체가 영공을 벗어나는 그래픽이 기내 스크린에 나타났다.

동체가 기류에 흔들릴 때마다 히만은 눈을 감고 고욤나무를 떠올리거나 말벌집을 떠올렸다. 기내에서 히만이 하는 일이라고는 무언가를 떠올리는 것뿐이었다.

떠올리려 하지 않아도 그런 것들은 절로 떠올랐다. 히만은 눈을 뜨고 여자를 한 번씩 바라보았고, 기창 밖을 내다보았고, 눈을 감고 뭔가를 쉴 새 없이 떠올렸다.

히만은 눈을 감았다가 뜨고, 떴다가 감았다. 그럴 수밖에 없었다. 좌석의 앞뒤 간격은 지나치게 좁았고 몸은 안전띠에 묶여 있었다. 여객기와 함께 자신이 북북서로 날고 있다는 걸 알 뿐이었다.

여자는 보통 키에 마른 체형이었다. 피부가 짙었다. 여자가 기내 짐칸에 배낭을 올릴 때부터 히만의 눈에 띄었다. 여자는 제법 빵빵한 배낭을 머리 위로 들어 올렸다. 저 정도면 충분히 빵빵한 거라고 히만은 생각했다.

배낭은 잠깐 그녀의 머리 위에서 멈추었다. 아주 잠깐이었다. 속으로 하나 둘 셋을 헤아리는 거라고 히만은 혼자 상상했다. 마침내 여자는 자신의 배낭을 짐칸 안으로 던져 넣는 데 성공했다. 히만은 허공에서 내려오는 여자의 가느다란 두 팔을 보았다.

여자의 어떤 점이 눈에 띄었던 걸까. 생각해보았으나 히만은 알수 없었다. 노란 헤어밴드가 원인일 것 같았으나 더는 생각을 진척시키지 않았다.

남자의 시선을 끌 만한 타입의 여자는 아니라고 생각했다. 히만에게는 그런 것부터 보였다. 남자에게 사랑받을 타입인가 아닌가. 사랑받을 타입이라는 판단이 들면 괜히 부러웠고, 유심히 관찰하게되었다.

노란 헤어밴드의 여자는 그럴 만해 보이지 않았다. 그럴 만해 보이지 않았는데도 히만의 눈에 띄었다. 눈에 띈 이유를 히만은 따지지 않았다. 샛노란 헤어밴드가 어떤 신호나 암시 같긴 했으나, 무슨신호며 암시인지 알 수 없었다.

그냥 바라보게 되었을 뿐이다. 자신의 이번 비행도 그와 같은 게아닐까, 히만은 잠깐 생각했다. 그 생각도 더는 진척시키지 않았다. 국외로 출장할 일이 생겼으므로, 비행기를 타고 북북서로 날아갈뿐이었다.

그럴 뿐이라고 여겼다. 출장의 목적과 예상되는 출장의 결과 따위에 대해서도 히만은 깊게 생각하지 않기로 했다.

막막하고 아득한 일이었다. 바다 한가운데서 겨자씨 한 알 찾아내는 일과 다르지 않았다. 찾아낼 수 있어도 찾고 싶지 않은 일이었다. 그러나 찾아야만 하는 이유를 히만은 잘 알았다.

안 할 수 없었다. 그의 지시였다. 그가 지시하는 일이라면 히만은 한 번도 거절하거나 어긴 적이 없었다. 단 한 번도 그런 적이 없었다. 거절하거나 어기고 싶지 않았다. 그의 뜻이라면, 앞으로도 그럴 것이었다.

히만은 자신에게 늘 뭔가를 지시하는 그, 성허가 고마웠다. 그에게서 지시받는 일이라면 뭐든 좋았다. 성허의 지시를 받고, 일말의 망설임도 없이, 치타처럼 앞으로 달려나가는 자신을 상상할 때마다 히만은 짜릿했다.

히만은 성허에게 이유를 묻지 않았으며, 내달려 가다 뒤돌아보는 일 따위도 없었다. 앞만 보고 끝까지 달려나가 무슨 일이든 기어코 처리해버렸다.

'지시'라기보다는 '바람'이었다. 히만은 성허가 원하는 것이 이루어지길 간절히 바랐다. 성허가 바라는 것을 히만도 바랐다. 그것이 무엇이든 상관하지 않았다. 히만은 신심을 다해, 그야말로 신심을 다해 성허를 보좌했다. 성허의 바람은 히만의 충정 없이 이루어질 수 없었다.

비행기를 타길 바란다는 것을 히만은 알아차렸다. 성허는 아무 말 하지 않았으나, 히만은 비행기를 타고 가서 해야 할 일까지 모두 알아버렸다.

히만은 도망자의 이름을 입속으로 안타깝게 굴리며 세 줄 앞에 앉은 여자의 뒷모습을 바라보았다. 기창 밖에 펼쳐진 운해를 보았고, 무언가를 하염없이 떠올렸다.

　창밖 풍경은 수시로 변했다. 안개 속이었다가 어느새 구름바다였
다. 구름의 모양과 색깔도 자주 변했다. 그러다 항공기는 텅 빈 허공
을 날았다. 산맥이 보이는가 하면 오래오래 사막이 이어졌다. 눈을
뜨고 있는 한 히만은 그것들을 바라보지 않을 수 없었다.

　무엇으로도 차단되지 않은 하늘 한가운데의 태양은 찌를 듯 강
렬했다. 날카롭게 달려드는 광선이 금방이라도 기창에 균열을 낼
것 같았다. 그 빛은 순간순간 모든 소리를 없애버렸다. 히만은 먹먹
해지며 현기증을 느꼈다.

　햇빛 때문이라면 히만은 기창의 블라인드를 내리고 싶지 않았다.
다른 곳으로 눈을 돌리지도 않았다. 뜬 눈 안으로 쳐들어오는 것들
이 먹먹한 현기증을 일으켜도 상관하지 않았다.

　절로 눈이 감기지 않는 한, 히만은 세 줄 앞 여자의 뒷모습을 바
라보았고 기창 밖을 내다보았다. 어느새 무언가를 떠올리고 있다는
자각이 들 때에야 히만은 자신이 눈을 감았다는 걸 알아차렸다.

　승객들은 움직이지 않았다. 비행시간은 열두 시간이었다. 여객기
안은 답답했다. 히만은 눈을 감았다가 뜨고, 떴다가 감았다.

　시골 고등학교 증축 공사장이 떠올랐다. 그럴 수밖에 없었다. 히
만은 내내 그곳에 있었다. 현재 그곳은 푸르렀고, 방학 중이었고, 잡
다한 건축자재와 망치 소리와 매미 소리로 가득했다. 히만은 그곳에
서 성허와 함께이기도 했고 혼자이기도 했다.

현존 건물은 모두 시멘트였다. 시멘트 건물들 한쪽에다 목재 교사를 지었다. 학교는 마을에서 외따로 떨어진 곳이었고 지대가 높았다. 사람들은 학교 이름 대신 그곳을 '아 언덕'이라 불렀다. 이름과 관련된 내력이라든가 전설 같은 것은 없었다.

공정은 더디고 더뎠다. 나무를 심고 바위를 세우고 철봉을 박았다. 그러다 나무를 옮기고 바위를 옮기고 철봉을 옮겼다. 히만과 성허의 기억이 조금씩 가시화됐으나, 전적으로 성허의 기억대로여야 했다.

성허의 기억과 히만의 기억은 종종 일치하지 않았다. 성허의 기억은 누구와도 완전하게 일치하지 않았다. 성허의 기억은 성허만의 기억이었다. 그리고 목재 교사는 성허의 기억대로 지어져야 했다. 성허와 학교 간 교사 중축 협약 내용이 그러했다는 걸 히만은 처음부터 알고 있었다.

성허의 것 이외의 기억은, 히만 한 사람 것을 제외하고는 건축에 반영되지 않았다. 졸업생들의 원성과 항의가 잦았으나 지지와 성원도 잇따랐다. 건축비용 일체를 성허가 부담했다.

성허는 아 언덕에다 목재 교사를 복원하고자 했다. 1929년에 지어졌던 보기 드문 건물이었다. 6년 전 태풍으로 무너져 철거됐다. 히만과 성허는 그 교사에서 고교 3년을 보냈다.

교사 뒤편에 오래된 고욤나무 두 그루가 있었다. 태풍은 그 나무들도 쓰러뜨렸다. 히만은 그와 똑같은 나무를 구하느라 2개월간 전국을 돌았다.

애써 옮겨 심었으나 비슷하지 않았다. 성허는 나무를 보고 쓸쓸하게 고개를 가로저었다. 히만은 다시 고욤나무를 구하러 전국을 떠돌았다.

히만에게는 불만이라는 게 없었다. 성허가 원하는 것이면 무엇이든 했다. 성허는 교사 추녀 밑에 달려 있던 호박만 한 말벌집에 대해 말했다. 대단했었지, 안 그래? 성허는 그런 식이었다.

그렇고 말고. 히만은 대답했다. 히만은 말벌도 양봉할 수 있는지, 새 건물의 추녀 밑으로 말벌집을 옮겨 달 수 있을지 양봉업자에게 물었다. 공사 진행은 더디고 더딜 수밖에 없었다.

히만은 여러 계절을 거의 아 언덕에 있었다. 성허는 증축하는 건물에 없으면 안 될 것들에 관해 쉬지 않고 말했다. 그것들은 성허의 꿈이었다. 기억을 이루는 것이 그의 바람이었다.

히만은 그의 바람대로 움직였다. 히만이 어디에서든 떠올리고 떠올리고 떠올리는 건 바로 그런 것들이었다.

고욤나무, 맨드라미, 칸나, 주목, 시멘트 해태, 깃대와 깃봉, 구령대, 글씨를 알아볼 수 없을 정도로 낡았던 4H 푯말, 교표, 목재에 밴 콜타르, 콜타르 냄새, 흰 무명 커튼, 화강암 축대, 말벌집, 닳아서 팬 나무 계단, 그 계단의 삐걱거리던 소리, 칠 벗겨진 마루, 칠판, 지우개, 시간표, 교훈과 급훈, 교탁과 교단, 책걸상, 잘 안 열리던 창문, 성에 끼던 유리, 무쇠 난로, 창문 밖의 메타세쿼이아, 교실의 3분의

1을 적시던 겨울 오전 햇살…….

공사가 진행될수록 성허는 더 많은 것을 기억해냈다. 격하게, 토해내듯 기억해냈다. 히만은 성허의 기억에 등장하는 사물들에 사로잡혔다.

성허의 바람대로 움직이는 사람이 히만이었다. 언제 어디서나 그것들을 떠올렸다. 고욤나무, 맨드라미, 칸나, 주목, 시멘트 해태, 깃대와 깃봉, 목재에 밴 콜타르, 콜타르 냄새…….

히만이 눈을 감고 그런 것들을 떠올리는 동안 여객기는 서쪽으로 서쪽으로 날았다. 국외 출장은 의외였고, 갑작스러운 결정이었다. 중축 공사와는 별개의 일이었다.

서쪽으로 열두 시간이나 날아가는 여객기에 몸을 실은 것도 성허의 바람 때문이었다. 성허가 맘을 먹으면, 히만은 곧장 움직였다.

히만은 눈을 떴다. 어딘가 다녀오는 여자를 보았다. 고개와 어깨를 약간 숙인 채 여자는 좁은 통로를 따라 걸어오는 중이었다. 통로 양쪽으론 잠에 떨어진 승객들뿐이었다.

여자는 겅중겅중 걷는 타입이었다. 어떤 삶의 기복도 경험하지 않은 사람의 얼굴이라고 히만은 생각했다. 여자에겐 사연 같은 것도 번민 같은 것도 없어 보였다. 그늘이 없어서 매력도 없는 얼굴. 그런 여자에게 자꾸만 눈이 가는 이유를 히만은 여전히 알 수 없었다.

여자의 좌석은 히만처럼 창 쪽이었다. 자리로 돌아가기 위해서는 두 좌석을 거쳐야 했다. 히만은 여자의 움직임을 주시했다.

잠에 떨어져 있던 같은 라인의 남자 승객 두 명이 여자 때문에 눈을 떴다. 앞 좌석과 무릎 사이가 지나치게 좁았다. 잠에서 깬 두 남자가 엉덩이를 뒤로 밀어 틈을 냈다. 그러는 것을 히만은 지켜보았다.

여자는 그 사이를 옆 걸음질 쳐 자신의 자리로 돌아갔다. 본의는 아니었겠지만, 여자의 엉덩이가 두 남자의 얼굴 앞을 스쳤다. 엉덩이가 둥글지 않고 뾰족하다는 느낌이 들었다. 히만은 여자의 노란색 원피스가 그녀의 짙은 피부와 어울리지 않는다고 생각했다. 그럼에도 여자에게는 히만의 시선을 잡아 끄는 묘한 흡인력이 있었다.

12

기체가 멈추었다는 걸 히만은 어느 순간 알았다. 이륙한 지 열두 시간 만이었다.

지쳐 흐느적거리는 승객들과 함께 히만은 입국 절차를 마쳤다. 심사대를 통과하는 동안 히만은 공기 중의 알싸한 냄새를 맡았다. 매운 듯한 박하 향이었다. 낯선 나라 낯선 땅이었다. 공항 건물 바깥쪽에서 정체를 알 수 없는 소리가 둥둥둥둥 울렸다.

수하물 코너에 사람들이 웅기중기 모였다. 여자는 노란색 대기선 가까이 서 있었다. 헤어밴드도 원피스도 대기선도 노란색이었다. 여자의 여행가방은 자두색 하드 케이스였다. 여자가 입국장 문 쪽으로 향하는 걸 보면서 히만은 자신의 가방을 집어 들었다.

입국장 문을 나서면 낯선 하늘 낯선 땅이었다. 막막함이 히만을 압박했다. 히만의 '예정'은 비행기를 타고 내리는 것까지였다. 그 뒤로는 아무것도 계획되어 있지 않았다.

성허를 떠올리며 오로지 성허의 바람을 되새기는 것. 히만 앞에 남은 것은 그뿐이었다. 입국장 문을 나서는 순간 '예정'은 다하고 '미정'만 남는 거였다.

히만은 여자를 뒤따랐다. 조금 멀리서 보는 여자는 노랗기만 했다. 그래야 할 아무런 근거도 없었으나, 당장은 여자를 뒤따르는 수밖에 없다고 생각했다. 몇 개의 느낌이 뒤섞이며 히만으로 하여금 그런 판단을 내리게 했으나, 그 느낌이라는 게 무엇인지 그는 알지 못했다. 그녀의 흡인력에는 어떤 식으로든 이유라는 게 존재할 거라고 히만은 여겼다.

그는 걸음을 빨리했다. 여자와의 거리가 조금씩 좁혀졌다. 막막함이 이런저런 공연한 느낌을 유발한 건지도 모른다는 생각을, 히만은 뿌리쳤다.

여자가 걸음을 멈추고 주위를 두리번거렸다. 히만은 여자에게 좀 더 다가갔다. 여자의 눈에서도 막막함이 느껴졌다. 공항 건물 밖에서는 여전히 둥둥둥둥 정체 모를 소리가 하늘로 치솟았다.

히만은 여자에게 바싹 다가갔다. 그리고 입에서 나오는 대로 물었다. 의지나 의도 따위 없이, 이름이 불쑥 튀어나왔다.

이니를, 아나요?

둥둥둥둥 공항 건물이 울렸다. 여자가 대답했다.

아뇨.

13

이니는 거실 창가에 서서 밖을 내다보았다. 아침부터 내리는 비는 오후가 되어도 그치지 않았다. 이니는 쏟아지는 빗줄기를 바라보았다.

빗줄기에 가려져 세상은 흐릿했다. 산이 곁으로 다가가 이니의 손을 잡았다.

이니와 함께 쏟아지는 빗줄기를 바라보았다. 산은 괜찮아, 라고 말하고 싶었고, 비가 장난이 아니네, 라고 말하고 싶었다. 그러나 산은 아무 말도 하지 않았다.

산은 주방 후드의 라디오 전원 버튼을 눌렀다. 첼로가 흘렀다.

이니는 꼼짝하지 않았다. 산은 다시 이니 곁으로 다가가 손을 잡았다.

비 때문에 먼 곳은 보이지 않았다. 담장 밖 후박나무조차 제 모습을 분간하기 어려웠다.

산은 비에 젖은 애플민트를 내다보았다. 첼로는 창밖의 비처럼 굴곡 없이 흘렀다.

이니와 손잡고 우두커니 서 있다가 그대로 나무 같은 게 되어도 상관없겠다고 산은 생각했다. 이니와 함께라면 무엇이 되든 상관없을 것 같았다.

이니는 누구며, 그녀는 어디서, 왜 이곳까지 왔을까. 산은 종종 그게 궁금했고, 바로 지금이 다시 궁금해지는 순간이었다.

산은 묻지 않았다. 물어도 알게 될 것 같지 않았다. 자신이 어째서 이니라는 사람과 뜻하지 않은 공간에 기거하게 되었는지 스스로 답을 얻을 수 없는 것처럼.

이니의 손은 살짝 말캉거렸다. 이니는 바깥을 응시했다. 그녀가 얼마나 바깥 풍경에 몰입해 있는지, 손의 감각으로 산은 알 수 있었다.

영혼이 빠져나간 손. 산의 느낌은 그랬다. 그녀의 손에는 얼이나 넋 같은 게 없었다. 딱딱하거나 차갑진 않았다. 살짝 말캉거렸다. 아무것도 없이, 말캉거리기만 하는 손이었다.

이니에게 얼이나 넋이 있다면 그것은 지금 비 쏟아지는 창밖에 나가 있는 거라고, 산은 생각했다. 산은 창밖을 이리저리 바라보았다. 그리고 작은 소리로 물었다.

저게 뭘까?

이니는 대답하지 않았다. 산이 다시 물었다. 저 검은 것은 뭘까?

산이 가리키는 것을 알아차린 이니가 말했다. 새라고 말했다. 무서워서 돌을 던졌고, 새의 머리가 깨졌다고 말했다. 다른 놈들도 접근하지 못하도록 새의 사체를 걸어놓은 것이라고.

이니는 느리고 작게 말했다. 이니의 시선은 쏟아지는 빗줄기로 다시 옮겨졌다.

산은 얼마간 더 푸크시아 나뭇가지에 걸려 있는 검은 사체를 바라보았다. 그것은 빗줄기에 가려졌다가 드러나고 드러났다가 가려졌다. 비에 젖은 날개가 검정 비닐봉지처럼 번들거렸다.

이니는 다른 것을 보고 있었다. 산의 손을 놓은 이니는 주방 뒷문을 열고 나갔다. 잠옷 차림으로 빗속으로 나아갔다.

햇살 밝은 아침에 그랬던 것처럼 이니는 애플민트 텃밭 가장자리에 쪼그리고 앉았다. 그러나 아침도 아니었고, 장대비가 쏟아지는 오후였다. 이니는 손을 뻗어 밭에 고이기 시작한 흙탕물을 만졌다. 온몸이 금세 흠뻑 젖었다.

애플민트가 반 넘게 물에 잠겼다. 물은 붉었다. 익사 직전의 사람처럼 애플민트가 고개만 겨우 쳐든 채 바람에 흔들렸다.

이니는 찰랑거리는 물을 담장 쪽으로 끼얹기도 하고, 도랑을 만들기도 했다. 물이 차고 넘쳐 곧 주방 문턱으로 흘러들 기세였다. 이니가 응시했던 것이 그것이었다.

애플민트 밭을 구하려던 것이 아니었다. 이니는 높아지는 수위를 응시하고 있었던 것이다. 집 안으로 흘러들려는 물을 이니는 필사적으로 막았다.

이니의 필사적인 몸짓은 느리고 약하고 비효율적이었다. 한 줌의 모래흙을 떠서 주방 문턱에 얹는 것이 전부였다. 한 줌의 흙을 떠 주방 문턱에 얹으면, 먼저 얹었던 흙이 빗물로 씻겨나갔다.

이니는 동작을 멈추지 않았다. 효율적이지 않다는 생각조차 못하는 것 같았다.

산은 이니의 입에서 신음 같은 소리가 흘러나오는 것을 들었다. 안 돼…… 이곳은 안…… 돼. 이니는 모래흙을 떠서 주방 문턱에 얹기를 반복했다. 빗줄기는 조금도 가늘어지지 않았다. 안 돼…… 이곳은 안…… 돼. 산은 침대로 가서 시트를 걷었다.

그것밖에 없었고, 어쩔 수 없다고 생각했다. 산은 빗물에 적신 시트를 여러 차례 접고 접었다. 무겁고 두꺼워진 시트를 주방 문턱 위에 얹고 흙과 돌을 수북이 쌓았다. 텃밭 가장자리에 박혀 있던 돌멩이를 뽑아 얹었다. 보잘것없는 모양새였으나 '이곳'을 지키기 위한 둑으로는 충분하다고 생각했다.

물은 집 안을 침범하지 못했다. 붉은 물이 문턱 아래로 흘렀다.

괜찮아.

산이 말했다. 두 사람은 거실에 서서 바깥을 내다보았다. 옷과 머리가 흠뻑 젖어 있었다.

정말, 비가 장난이 아닌걸.

이니의 손을 잡으며 산이 말했다. 이니는 바깥만 내다보았다. 두 사람의 옷에서 흘러내린 빗물이 거실 바닥에 흥건히 고였다.

빗줄기가 가늘어지고 문밖의 수위가 낮아졌다. 그것을 확인하고 이니는 욕실로 향했다. 그녀가 걸어간 자리에 물 발자국이 남았다. 산은 옷을 벗어 힘껏 비틀어 짰다. 그것으로 바닥을 훔치기 시작했다.

이니는 욕실에서 오랫동안 나오지 않았다. 산은 거실 바닥의 물기를 닦고 주방 문턱을 수습했다. 라디오 볼륨을 조금 높였다. 비가 그치지 않는 한 첼로도 그치지 않을 것 같았다. 날이 조금씩 어두워졌다.

머리의 물기를 털며 이니가 욕실에서 나왔다. 맨몸에 헐렁한 티를 걸친 이니는 더욱 작았다. 이니가 벽거울 앞에 서는 것을 보고 산은 욕실로 뛰어들어 머리 위에다 물을 끼얹었다.

산이 씻고 나올 때까지도 이니는 거울 앞에서 머리를 말렸다. 이니의 머리는 충분히 말랐으나, 쉬지 않고 돌아가는 헤어드라이어 소리가 집 안을 가득 메웠다. 첼로는 들리지 않았다.

종일 내리던 비가 멈추었다. 처마에서 떨어지는 빗방울 소리가 드물게 들렸다. 이니는 포트에 물을 끓였다. 빗소리도 첼로 소리도 들리지 않았다. 물 끓는 소리가 거실 안을 메웠다.

산과 이니는 뜨거운 머그잔을 감싸 쥐고 천천히 붉은 티를 마셨다. 호두파이 한 조각을 반으로 나누어 먹었다.

이니가 산에게 기대 왔을 때 산은 조금 놀랐다. 산의 옷 속을 파고드는 이니의 손이 몹시 차가웠다. 뜨거운 물로 씻은 손이 아니었다. 오랫동안 헤어드라이어를 잡고 있던 손도 아니었다. 뜨거운 머그컵을 감싸 쥐었던 손도 아니었다. 이니의 손은 얼어 있었다.

흙탕물과 싸우던 손으로 산의 맨가슴을 어루만지는 것 같았다. 씻고 말리고 차를 마시던 시간이 이니의 손에서는 증발해버리고 없었다. 이니의 차가운 손끝이 살에 닿을 때마다 산은 놀랐다.

산은 이니의 손을 들여다보았다. 어둡고 파리했다. 무언가에 질린 손이었다. 불어나는 빗물에 질렸던 것은 산도 알고 있었다. 그러나 빗물 때문이었다면, 씻고 말리는 동안, 무엇보다 비가 그치는 동안, 냉기는 사라졌어야 했다고 산은 생각했다.

더 오래고 더 먼 기원을 가진 불안과 두려움이 이니의 손을 질리게 하는 듯했으나, 산은 아무것도 묻지 않았다. 산은 사연과 내력 따위 알고자 하지 않았다. '지금, 여기'가 전부라고 여겼다. 부메랑 각도로 꺾인 이니의 무릎과 맞닥뜨렸던 날부터 그랬다.

모래흙에 긁힌 흠집들 때문에 이니의 손톱 표면이 탁했다. 손톱 밑 흙 찌꺼기도 제대로 씻겨나가지 않았다. 산은 이니의 손이 따뜻해질 때까지 움켜쥐려 했다. 알 수 없는 먼 불안의 기원 그곳까지도 온기가 도달할 수 있도록.

그러나 이니는 차가운 손바닥으로 산의 맨살을 더듬었다. 자꾸 산의 품을 파고들었다. 그녀는 젖은 새 같았다.

산은 자신의 몸을 내주었다. 좀처럼 가시지 않고 차가움으로 남는 그것이 무엇이든, 지금은 이니의 몸을 안을 때라고 산은 생각했다.

산이 이니를 끌어안을수록 그녀는 파들파들 떨었다. 떨면서도 산에게 안겨 오는 이니는 악착같았다. 불안의 기원 따위는 없을지도 모른다고 산은 생각했다. 다만 뒤돌아보지 않게 되기만을 간절히 바라는 것일지도 모른다고.

이니는 한 방울의 몸속 냉기조차 용납하지 않으려는 듯, 쇳물처럼 달아올랐다가 식고 다시 달아올랐다가 식기를 반복했다. 그건 특별한 격정이랄 것도 없었다.

두 사람은 손가락 하나 까딱할 수 없을 만큼 탈진했다. 그것은 어둡고 먼 지하세계, 미래도 꿈도 성취도 없는 무저갱의 나락으로 끝없이 추락하는 일이었다.

언제까지고,

이니가 말했다.

이곳에 있었으면 좋겠어…….

새벽이었다. 멀고 어둡고 깊은 곳에서 그녀 홀로 속삭였다. 그것
은 소망처럼 들리지 않았다. 소망과는 상관없는 바람이었다. 산은
그렇다고 생각했다. 이곳에 이대로, 버려져 있으면 좋겠다는 말로
들었다.

한마디밖에 더는 할 수 없는 기운으로 이니가 말했다. 함께였음
좋겠어……. 이니의 손은 차갑지 않았다.

산의 가슴 위에 놓인 그녀의 손가락에는, 그녀 자신을 온전히 태
워버릴 것 같던 열기의 잔흔이 감돌았다. 언제까지고 나도……. 산
이 말했다. 이곳에서 너와 함께라면 좋겠어.

이곳이 어디일까. 산은 생각했다. 어떤 곳에 와 있는 것일까.

14

언제까지고 나도, 이곳에서 너와 함께라면 좋겠어. 이니는 산의
음성을 떠올렸다. 산의 목소리는 부드러웠고, 새벽의 적막을 흔들었
다. 혼자 걸으면서 이니는 그 순간을 기억하고 또 기억했다. 기억하
고 기억해야 걸음이 앞으로 나아갔다.

한시도 떨어지지 않겠다는 말은 아니라는 것. 이니가 모를 리 없
었다. 하지만 이니는 산과 한시도 떨어지고 싶지 않았다. 혼자 걸어

서 더욱 산이 간절했다. 이니는 빵 가게를 향해 걸었다.

베이글도 하드롤도 바게트도 떨어졌다. 그렇다는 사실을 밖에 나간 산에게 연락할 방법이 없었다. 산은 또 학교에 간다며 나갔다. 산이 가는 곳은 늘 학교라는 곳이었다.

산은 언젠가부터 휴대전화기를 사용하지 않았다. 그것은 식탁 한쪽에 꺼멓게 죽어 있었다. 이니는 사용하지 않는 산의 휴대전화기를 어느 날 끓는 물에 넣었다.

휴대전화기는 익었고 생명을 잃었다. 이니가 휴대전화기를 사용하지 않은 지는 한 달이 넘었다. 전화기를 강물에 던져 물수제비를 떴다. 그녀는 자신이 사용하던 노트북 컴퓨터도, 떠나오기 전날 저수지에 수장했다.

이니는 혼자 집을 나설 수밖에 없었다. 양상추와 파인애플도 사고 싶었다. 부겐빌레아 산책 길에 봐두었던 가게들을 떠올렸다.

집을 나와 오른쪽으로 낮은 언덕을 끼고 돌면 이런저런 작은 가게들이 모여 있었다. 모여 있었다는 사실을 기억해냈다.

집을 나서며 이니는 집을 돌아보았다. 물기를 머금은 200년 된 붉은 벽돌집이 거기 서 있는 것을 보았다. 벽돌들이 물기를 머금어줘서 실내가 덜 습한 거라고 생각하자 오래된 붉은 벽돌들이 고마웠다.

벽과 땅이 맞닿는 곳에 잡초들이 웃자랐다. 비바람에 어지럽게 엉킨 잡초 대궁을 바라보았다. 너무 오랫동안 바라보았다는 사실에 놀라 뒷걸음질했다.

덜 마른 길이 검게 번들거렸다. 역시 검게 번들거리는 벚나무 줄기를 이니는 낯설게 바라보았다. 푸르기도 하고 노랗기도 하고 붉기도 한 벚나무 이파리들이 검은 도로 위에 떨어져 있었다. 이니는 벚나무 이파리를 피해 디디며 앞으로 나아갔다.

무언가 그녀 곁을 스치고 지날 때마다 이니는 벚나무 쪽으로 몸을 피했다. 자전거가 지나가고 헐떡거리는 개가 지나가고 승용차가 지나갔다. 이니의 걸음이 점점 느려졌다.

바람이 불면 벚나무 가지에서 물방울이 떨어졌다. 정수리에 닿는 물방울의 감촉이 생생했다. 빵은 내일 산에게 부탁할까, 이니는 중얼거렸다. 빵이며 과일이며 내일 산에게 부탁할까. 그녀 곁으로 자전거가 지나갔다. 승용차가 지나가고 모터사이클이 굉음을 내며 지나갔다.

산이 간절했으나 산은 그녀 곁에 없었다. 산은 학교에 간다고 했다. 이니에게 학교는 바깥이라는 말과 다르지 않았고 모를 곳이라는 말과 다르지 않았으며 연락이 닿지 않는 곳이라는 말과 다르지 않았다.

산의 휴대전화기를 끓는 물에 넣은 것을 이니는 후회하지 않았다. 산의 전화기는, 끓는 물에 넣기 전에 죽어 있었다. 그것은 식탁 한편에 집요하게 놓여 있었다.

집요하게 놓여 있는 것은 죽은 것이며 쓸모없는 것이라고 이니는 생각했다. 산에게 휴대전화가 있고 그것이 작동한다고 해도 이니가 그에게 연락할 방법은 없었다. 붉은 벽돌집에는 전화기가 없었다. 이니의 휴대폰은 한 달 전에 강물에 가라앉았다. 공중전화는 찾을 줄도 걸 줄도 몰랐다.

플랫에서 나올 때부터 산은 신문도 TV도 보지 않았다. 플랫에는 14인치 정도의 브라운관 TV가 있었던 걸로 이니는 기억했다. 제대로 기능하는 것인지는 알 수 없었으나, 커다란 냉장고 옆에 있어서 그것은 전자레인지 같았다.

붉은 집으로 거처를 옮긴 뒤 산은 간간이 노트북 컴퓨터를 열었다. TV 같은 건 있지도 않았다. 전 주인 이름으로 배달되는 우편물 중에는 주간신문도 있었는데 산은 바닥에 널브러진 그런 주간신문을 훑어보거나, 노트북 컴퓨터로 뉴스를 검색했다. 그런 거라면 이니는 보지도 듣지도 않았다.

어느 날부턴가 이니는 산의 노트북 컴퓨터를 볼 수 없었다. 전 주인의 우편물도 줄어들었다. 산은 노트북을 어찌했을까. 버렸을까. 학교에 가져다놓았을까. 알 수 없었지만 그 노트북 컴퓨터는 세상에 존재하지 않게 된 거라고 이니는 확신했다.

산이 이니처럼 뉴스를 보지 않게 되었을 때, 산의 휴대전화기가 식탁 한편에 조용히 자리 잡았다. 그 뒤로 그것은 그 자리에서 꿈쩍도 하지 않았다. 꺼멓게 죽어갔고, 전자제품 특유의 윤기를 잃었다.

이니는 투명 냄비에 물을 끓이다가 산의 전화기를 끓는 물 속에 집어넣었다. 손바닥으로 전화기의 먼지를 슥슥 문질러 닦아 넣었다.

산이 사다놓은 라면을 먹으려고 물을 끓이던 중이었다. 도시에는 라면과 국수와 오이지를 파는 곳이 있었다. 그런 곳이 있다고 산이 말해주었다. 그곳에 가면 당면과 쥐포도 살 수 있다며, 산은 왠지 빈정대는 투로 말했다.

투명 냄비의 물이 끓기 시작하고 기포가 수면으로 오르자 문득 저수지에 수장한 노트북 컴퓨터가 떠올랐다. 노트북은 저수지 밑으로 가라앉으면서 꿀럭꿀럭 숨을 쉬었다. 기포가 저수지 수면을 흔들었다. 수면이 잔잔해질 때까지 이니는 오랫동안 저수지 물을 바라보았다. 눈이 부셨다.

노트북이 아니었다면 이 나라 이 도시로 은밀히 스며들 수 없었을 거라는 것을 이니는 누구보다 잘 알았다. 노트북은 낯선 도시의 길들을 열어주었고 집의 내부를 보여주었고 부동산 중개인의 연락처를 알려주었다. 계약서를 보내주었고 계약금을 받아주었고 영수증을 보내주었다.

그 모든 것들을 낱낱이 기억하는 노트북이었다. 다시는 들어가지 않을 문을 닫는 심정으로, 이니는 노트북 컴퓨터를 저수지에 담갔다. 모든 시간, 모든 기억, 모든 한숨의 흔적이 완전하게 망실되기를 바라면서.

산의 휴대전화기는 투명 냄비 속에서 꿀럭꿀럭 익어갔다. 그렇게 생명을 잃어갔노라고 이니가 말했을 때 산은 빙긋 웃었다. 산은 그렇게 TV도 신문도 노트북도 차례로 보지 않게 되었고, 익은 휴대전화기에도 미련 같은 것을 두지 않았다.

이니는 산에게 어떤 연락도 취할 수 없었다. 혼자 빵 가게를 찾아 나섰다. 고립이 불안하고 두려웠으나 고립에 안도하고 위안받았다.

이니는 알았다. 산으로부터의 작은 고립이 바깥세상으로부터의 더 큰 고립을 보장받는 것이라고. 이니는 두리번거리며, 빵 가게를 찾아, 젖은 벚나무 길을 걸었다.

15

젖은 벚나무들이 이니 곁을 지났다. 이니는 걸음을 늦췄다. 낮이 었으나 가게마다 백열전등을 켰다.

저녁이면 이웃집 창문을 밝히던 불빛이었다. 이니는 형광등 켜는 집을 보지 못했다. 거리도 집 안도 가게도 백열등이었다. 이 도시는 그랬다. 백열등을 보자 새삼 그러한 사실이 신기했다.

백열등은 충분히 밝지 않았다. 그래서 가게들은 더 작고 좁아 보였다. 반기는 불빛이 아니었다. 먹구름이 낮게 드리워져, 가게 지붕들이 하늘에 닿은 것 같았다.

이니는 어떤 가게에도 접근하지 못했다. 빵집은 보이지 않았다. 돌아갈까 망설였다. 산은 학교에 갈 때 이 길을 갈까, 돌아올 때도 이 길을 올까, 생각했다. 산 생각뿐이었다. 태어난 나라를 떠나, 혼자서

이 나라 이 도시로 스며들 수 있었던 자신을 이니는 믿을 수 없었다.

채소 상점의 얼굴 검은 남자가 이니를 물끄러미 바라보았다. 이 나라에서 첫 끼니였던 감자튀김, 그 튀김 가게 주인도 얼굴 검은 남자였었다. 식초 소스에 젖은 튀김을 산더미처럼 쌓아놓고 산과 함께 먹던 밤을 이니는 떠올렸다.

나라도 도시도 처음이었고, 산도 그날 처음이었다. 처음 본 사람과 먹고 자고, 함께 살게 되었다. 여전히 이상하고 의문스러운 사태였으나 산과 떨어질 마음이 조금도 없었다.

이니는 얼굴 검은 채소 상점 남자와 눈 마주치기가 싫었다. 남자는 두 명으로 늘어나 있었다. 소시지 가게 주인 남자가 채소 상점으로 놀러 온 것이다. 소시지 가게 주인 남자가 이니를 보고 미소 지었다.

진열대의 채소며 과일이 아름답게 빛났다. 어두운 하늘과 충분히 밝지 않은 백열등과 주인의 검은 피부 때문에 그것들은 더 선명했다. 오렌지와 파프리카 안에 전구가 들어 있는 것 같았다. 포도 사과 토마토 멜론도 제각각 빛을 냈다.

이니는 완숙 토마토와, 토마토처럼 둥글게 생긴 가지를 손가락으로 가리켰다. 잘 알아들을 수 없는 영어가 주인의 입에서 쏟아져 나왔다. 낯선 가지의 모양과 주인의 억양이 이니를 타국의 타국으로 내몰았다.

떠나온 나라로 다시 미끄러져 되돌려질 것처럼 불안했다. 이니는 눈을 감고 주문처럼 산의 이름을 불렀다. 산은 저 낯선 말들을 알아들을까. 산……. 어디서 무얼 하고 있는 거야.

주인이 싸주는 대로 토마토와 가지를 받아 들고 이니는 지폐를 건넸다. 거스름돈이 이니의 손으로 돌아왔다. 토마토와 가지가 너무 많다는 생각이 들었다.

앞으로 나아갈 힘이 더는 남아 있지 않다는 것을 이니는 깨달았다. 빵집은 보이지 않았다. 연료를 소진한 자동차처럼 이니는 길 위에 멈춰 섰다. 돌아갈 힘도 없었다. 산은 이 길을 따라 학교엘 가고 집으로 돌아오는 걸까. 이니는 그 생각뿐이었다.

이니 곁으로 또 많은 것들이 지나갔다. 소리 없이, 혹은 굉음을 내며 지나갔다. 바람도 지나갔다. 타국의 낯선 거리에 홀로 서 있는 것이 두렵고 불안했으나, 이니의 머리 위로 자꾸만 촉촉하고 상쾌한 바람이 지나갔다.

2년 동안 준비한 고립이었다. 휴대전화는 사라졌고 노트북은 물고기 집이 되었으며 태어난 나라는 아홉 시간 시차 뒤로 아득해졌다. 고립이 멀고 깊을수록 머리 위로 시원한 바람이 불 거라는 것을 이니는 알았다.

언젠가는 빵 가게를 찾게 될 것이다. 그러나 이니에게 절실한 건 그것이 아니었다. 빵을 못 먹더라도, 모든 걸 절연하고 떠나는 데 성공했다는 엄연한 사실을 간직할 수만 있다면 그만이었다.

이니는 비닐봉지의 토마토와 가지를 들여다보았다. 가지를 도톰하게 썰어 그릴에 굽고 간장과 올리브유에 찍어 먹는 상상을 했다.

돌아오는 길 위에는 벚나무 이파리들이 좀 더 많이 떨어져 있었다. 이파리들 사이에서 이니는 타원형의 돌멩이 하나를 주워 들었다.

돌멩이를 쥐고 있으면 팔에 힘이 갔다. 이니는 자신에게 돌팔매질을 가르쳐주었던 히만을 떠올렸다. 이니의 팔매질 솜씨가 정확도를 더해가자 그는 어이없다는 듯 웃었었다.

이니는 채소 봉지와 돌멩이를 양손에 나누어 쥐고, 달려오고 달려가는 것들을 피해 천천히 걸었다. 돌멩이 잡은 손에 꼭꼭 힘을 주었다. 습기로 짙어진 붉은 벽돌집이 멀리 보였다. 2층 창문이, 동물 사체의 파내진 눈알 구멍처럼 검게 뚫려 있었다.

16

윤지는 입국장 문을 나섰다. 기내에서부터 자신을 흘낏거리던 사내가 뒤따라온다는 걸 모르지 않았다.

언젠가는 와보리라던 나라였다. 그 나라에 도착했다는 걸 윤지는 알았다. 갑작스럽게 떠나오긴 했으나, 윤지는 그럴 수밖에 없었던 사정을 이해했다.

윤지는 걸음을 멈추었다. 공항 대기실이란 어디로도 통하는 곳이면서, 낯선 방문객에게는 어디로 가야 좋을지 모를 곳이었다. 가야 할 곳의 주소가 있었으나 막막했다. 자신이 길 찾기에 능한 사람이 아니라는 걸 윤지는 너무 잘 알았다.

막막함이 싫지 않았다. 각오했던 바였다. 목적한 바가 이루어질지 어떨지는 조금도 예측할 수 없었다. 그럼에도 윤지는 떠났고, 열두 시간의 비행 끝에 그 나라에 당도했다.

떠났고 당도한 이상 움직여야 한다는 사실을 받아들였다. 움직일 수밖에 없었다.

그러나 많은 사람이 오가고 많은 문이 바깥을 향해 트여 있는 대기실로 나왔을 때 윤지는 저도 모르게 위축되었다. 더는 안내를 받지 못하게 되었다는 자각이 걸음을 멈추게 했다.

바닥을 딛고 선 자신의 두 발을, 윤지는 한참 동안 내려다보았다. 오렌지빛 구두가 노란색 원피스와 퍽 안 어울린다고 생각했다.

안 어울리기는 빨간 캐리어도 마찬가지잖아. 윤지는 중얼거렸다. 언제나 그렇지. 언제나. 윤지는 칙칙해지려는 맘을 추슬렀다. 그리고 다짐했다. 어디로 가야 할지 막막하다는 것은 어디로든 갈 수 있다는 설렘의 다른 느낌일 뿐이라고.

검은 바지에 검은 재킷의 사내는 키가 큰 편이었고 호리호리했다. 피부는 희고 코는 길고 오뚝했다. 사내가 자신에게 다가오고 있다는 걸 알면서도 윤지는 주변을 두리번거렸다. 사내는 눈이 부실 만큼 흰 드레스 셔츠에 좁고 길고 짙은 보라색 타이를 매고 있었다.

완고해 보였다. 짙고 검은 눈썹이 흰 얼굴과 완연한 대비를 이루었다. 사내에게서 유능하면서도 잔혹한 파시스트 당원을 떠올렸던 것은 아무래도 막 당도한 곳이 유럽이기 때문이었을 거라고 윤지는 생각했다.

사내의 검고 짙은 머리카락이 정수리 부근에서 불길처럼 솟아올랐다. 표정 없이 내달으며 지치지도 않는 터미네이터의 차가운 눈빛도 윤지는 함께 떠올렸다.

그가 다가와 물었다.

목소리가 뜻밖이어서 윤지는 놀랐다. 낮고 부드러운 미성으로 그가 물은 것은 누군가의 이름이었고, 아느냐는 것이었다. 모르는 이름이었다.

아뇨, 라고 윤지는 대답했다. 막 도착한 타국의 공항에서, 누군가를 아느냐고 묻는 낯선 자의 질문에 안다고 대답할 확률은 어느 정도일까.

터무니없는 질문이었으나 윤지는 짧은 순간 갑자기, 사내에게서 모종의 강렬한 동질감을 느꼈다. 어떤 동질감이었는지는, 사내에게 한마디 묻고 난 뒤에 알 수 있었다.

윤지는 사내와 똑같이 물었던 것이다.

산을, 아나요?

사내도 윤지처럼 대답했다.

아뇨.

17

떠나오기 사흘 전 윤지는 어둡고 습한 거리를 걸었다. 거리라고
할 것도 없었다. 늘 오가던 전통시장 길이었다.

장마가 길어지고 있었다. 좌판과 노점상이 없는 시장은 썰렁했다.
쓰레기들이 빗물에 쓸려나가는 것을 윤지는 며칠째 지켜보았다. 윤
지는 하루에 한 번씩 시장 길을 오갔다.

전통시장의 악취가 십수 일째 자취를 감추었다. 저녁이 오려면 아
직은 이른, 그러나 저녁처럼 어두워진 거리를 윤지는 걸었다. 늘 걷
고 걸어서 새로운 볼거리라곤 없었다. 냄새 없는 시장이 낯설다면
낯설었을 뿐.

걷다가 윤지는 전봇대 곁에 멈추어 섰다.

평소에는 멈출 일이 없는 길이었다. 가로질러야 할 통로에 지나지
않았는데 무언가 그녀의 걸음을 붙잡았다.

전봇대에는 포스터와 전단지들이 무질서하게 붙어 있었다. 다른
전봇대에는 붙어 있지 않았다. 왜 이 전봇대만일까? 윤지는 다른 전
봇대들을 둘러보았다. 접착방지 장치가 떨어져나간 유일한 전봇대

였다.

다른 전봇대가 나누어 질 짐을 한 전봇대가 몽땅 짊어진 것 같았다. 윤지는 덕지덕지한 전봇대 앞에 섰다. 그리고 곧장 발걸음을 옮겼다. 가던 길을 가야 했다. 그러나 다섯 발짝을 걸은 뒤 윤지는 다시 전봇대로 돌아왔다.

포스터는 비에 젖어 흐물거렸고, 떨어져 내린 것도 있었다. 바닥에 떨어진 광고지를 윤지는 우두커니 내려다보았다.

최근 것들은 떨어져 내렸고, 전봇대에 붙어 있던 것들은 2년 전 광고지들이었다. 부기 나이트, 정상급 가수 총출동 2010. 11. 5~11. 10. 더 떨어져 내리면 3년 전 4년 전 포스터와 광고지까지 볼 수 있을까. 윤지는 하루나 이틀 뒤쯤, 4년 전 포스터 앞을 지나는 자신을 상상했다. 곧 쓸데없는 상상이라고 중얼거리며 허리를 폈다. 윤지는 가던 길을 내쳐 걸었다.

몇 번째인지 몰랐다. 윤지는 어느새 전봇대 앞으로 다시 돌아와 멈추었다. 그사이 나이트클럽 광고지가 바닥에 떨어져 있었다. 전봇대에 가장 크게 붙어 있던 것은 록 그룹 공연 포스터였다.

자기 얼굴보다 더 크게 입을 벌린 사람의 모습이 찍혀 있었다. 정말 그럴 수 있는 걸까. 윤지는 전봇대에 바투 눈을 들이대고 그림을 보았다. 얼굴보다 입이 컸다. 분명히 그랬다. 목판화 작품이었다. 윤지는 저절로 입이 벌어지는 것 같아 손으로 가렸다.

록 그룹 공연 포스터 말고도 많은 광고지들이 전봇대에 붙어 비를 맞았다. 윤지는 검은 개를 끌고 가는 비쩍 마른 노인의 그림을 오랫동안 바라보았다. 바닷가 백사장을 걷는 사진이었는데 노인의 그림자와 개의 그림자가 달랐다.

노인의 그림자는 정오였고 개의 그림자는 해 질 녘이었다. 광고지 상단에 I WILL ARISE AND GO NOW라고 쓰여 있었다. 업종이나 사업장 위치에 관한 정보가 없었다. 윤지는 자신이 어째서 그런 것들을 하릴없이 지켜보고 있는 건지 알지 못했다.

허리를 펴며 윤지는 멋쩍게 웃었다. 이제 나는 일어나 가련다, 라고 중얼거렸기 때문이었다. 윤지는 일어나 걸었다. 그리고 다시 전봇대로 돌아왔다. 그것은 기이한 일이었다.

비는 그치지 않았다. 사방은 어두웠고, 철시한 중세 하층민 시장에 홀로 서 있는 것 같았다.

윤지는 가다가 멈춰 돌아섰고, 가다가 멈춰 돌아서서는 전봇대 앞에 이르렀다. 그사이 포스터는 한두 장 더 떨어졌거나 그대로였다.

윤지는 가려던 방향을 포기하고 뒤돌아섰다. 왔던 곳, 그녀의 거처로 되돌아갔다. 되돌아가는 걸음은 한 번도 되돌려지지 않았다. 윤지는 그렇게 전봇대를 떠났다.

전봇대도 광고 포스터도 기이할 것이 없었다. 윤지의 발걸음이, 돌아서기를, 바랐을 뿐이다. 집에 돌아오고 나서야 윤지는 그걸 알았다. 전봇대가 아니라 담벼락이었대도, 광고 포스터가 아니라 지저분한 낙서였대도 자신의 발길을 잡고야 말았을 거라는 것을.

집에 도착하자마자 윤지는 여행가방을 쌌다. 여권을 챙기고 항공권을 구매했다. 이틀 뒤쯤이면 4년 전 포스터 앞을 지나게 될지도 모른다는 상상은 로마네스크 건물로 즐비한 거리를 땀 흘리며 걷는 상상으로 빠르게 바뀌었다.

윤지는 하에게 전화를 걸었다. 하가 물었다.

온다더니 왜?
갈 거예요.

윤지가 대답했고 하가 다시 물었다.

언제?
아니, 거기 말고요.
그럼 어딜 말이냐?

윤지가 숨을 고른 뒤 말했다.

하가 가길 원했던 곳이요.
잘 생각했다.

18

혼자인 하를 떠올렸다. 윤지는 그가 외롭거나 쓸쓸하지는 않을 거라고 생각했다.

낯선 공항에 도착해서도 윤지는 하에게 연락하지 않았다. 그에게 떠난다고 말했고 떠났을 뿐이다. 아직은 하에게 아무것도 말해줄 것이 없었다. 윤지에게 일어난 일이란 어느 사내가 다가와 말을 붙였다는 것뿐이었다. 그 사내의 타이가 짙은 보라색이었다는 것뿐이었다.

하는 얼마 전 파를 잃었다. 장마가 시작되기 직전이었다. 산에게서 연락이 끊긴 시기와 같았다.

파가 마지막으로 부른 이름이 산이었다. 산, 산. 그렇게 두 마디를 남기고 파는 숨졌다. 산은 끝내 연락이 닿지 않았다.

하에게서 산과 파가 사라진 거였다. 하루아침에 혼자 남겨진 셈이었으나 윤지는 하가 외롭거나 쓸쓸하지는 않을 거라고 생각했다. 윤지에게는 하가 어떤 일이 있어도 외롭거나 쓸쓸할 사람처럼 보이지 않았다.

하에게는 분재식물로 가득한 재재동산이 있었다. 파의 장례를 치르는 동안에도 하의 마음은 재재동산에 있었다. 재재가 궁금해. 재재에 가봐주렴. 윤지는 온실의 온도를 맞추고 물을 주었다. 윤지는 그런 일을 좋아하지 않았다. 하는 재재동산을 목숨보다 중하게 여겼다.

윤지는 자신이 어째서, 언제부터, 하와 파와 산과 가까웠는지 알지 못했다. 아무도 얘기해주지 않았다. 저절로 알 수는 없었고, 누군가 얘기해주었어야 했다. 윤지의 고모도 얘기해주지 않았다.

윤지의 집은 하의 재재동산과 1킬로쯤 거리를 두고 떨어져 있었다. 윤지의 집은 서쪽이었고 하의 집은 동쪽이었다. 그 사이에 전통시장이 있었다.

윤지가 세상을 인지하기 시작했을 때 이미 하와 파와 산과 함께였다. 구구단을 외우기 훨씬 전이었고, 복잡한 받침의 활자를 못 읽던 때였다.

윤지의 기억으로는 그랬다. 그때 이미 윤지의 곁에는 언제나 하와 파와 산이 있었다. 재재동산이 있었다.

혈육은 아니었다. 윤지는 고모와 함께 재래시장 서쪽 동네에 살았다. 부모에 대한 기억은 없지만 애초부터 부모가 없었던 것 같지는 않았다. 부모라는 이름의 느낌, 부모라는 존재의 훈기 같은 것을 윤지의 몸은 기억했다.

그 훈기는 맑은 날 아침이거나 머리를 감고 말릴 때, 윤지의 목덜미나 어깨에 종종 찾아왔다. 애당초 없었던 것이 아니라 어느 순간 종적을 감추어버린 기운이었다. 칼로 베듯 어느 순간 단절되어 영영 사라진 뒤로, 기운은 기억으로만 문득문득 되살아났다.

하는 종종 약속을 환기했다. 그 얘기를 윤지는 초등학교 1학년 때 처음 들었다. 알겠니? 너는 말이다, 산의 신부가 되기로 약속했거든. 분재 철사로 소나무 묘목을 휘어 감으며 하가 말했다.

약속을 윤지가 했다는 건지 윤지 부모가 했다는 건지 하의 말로는 구별할 수 없었다. 너희 크면, 참 아름다울 것 같다. 잘된 분재를 감상하듯 하는 윤지를 그윽이 건너다보았다. 윤지는 그 말이 좋지 않았지만 싫지도 않았다.

때때로 윤지는, 몸의 기억만이 아니라 직접 만져지는 훈기가 그리웠다. 훈기는 고모에게서도 하에게서도 파에게서도 느낄 수 없었다. 윤지는 열 살이 되면서 산이 그런 훈기를 자신에게 주었으면 좋겠다는 생각을 했다. 산은 예뻤고 착했고 공부를 잘했다. 윤지와 산은 하가 가꾼 재재동산에서 뛰놀며 자랐다.

스무 살이 되었을 때, 누가 한 약속이든 그 약속이 지켜지길 윤지는 바랐다. 산은 어렸을 때와 다름없이 예쁘고 착하고 공부 잘하는 청년으로 성장했다. 윤지를 아끼고 사랑하는 맘도 어렸을 때와 달라지지 않았다. 하는 두 아이의 눈길을 흐뭇해했다.

고모가 세상을 떠난 뒤로 윤지는 혼자 살았다. 재재동산에 들르기 위해 거의 매일 시장을 가로질렀다. 산이 먼 나라로 공부하러 떠난 뒤로는 더 자주 그랬다.

약속이 지켜지길 바랐을 뿐 윤지는 어떠한 구체적인 상상도 하지 않았다. 약속이라는 말을 반려라든가 부부라는 말과 가까운 것으로 생각하지도 않았다. 산의 신부가 되는 것이 약속의 실현이라고 윤지는 단정할 수 없었다. 어떤 식으로든 산 가까이 오래오래 있고 싶을 뿐이었다.

그런데 산이 먼 나라로 떠났고, 어느 순간 연락이 끊겼다. 파는 산의 이름을 부르며 숨을 거두었다. 하 혼자 재재동산을 지켰다. 매일 윤지가 재재동산에 들렀으나 이전과는 달라도 아주 많이 다른 느낌이었다.

하는 건강했으나 혼자여서인지 나이가 더 들어 보였다. 하는 나이가 많았다. 파도 나이가 많았었다. 그냥 많은 것이 아니라 산의 나이에 비해 그랬다.

윤지는 그게 궁금했다. 그러나 궁금증은 해소되지 않았다. 파가 산을 낳았다면 파의 나이 51세에 낳은 셈이었다.

산이 먼 나라로 간 것은 공부를 더 하기 위해서였고, 돌아오기 위해서였다. 윤지는 파와 하와 함께 재재동산에서 산을 기다렸다. 그들과 재재동산에 함께 있는 한 윤지는 산과 함께 있는 거라고 여겼다.

파와 하의 입에서는 아름다운 산 얘기가 그치지 않았다. 재재동산엔 바람과 구름이 머물렀고 새들이 깃들었다. 그곳에 산이 있었다.

산은 쉬지 않고 엽서와 메일과 문자와 사진을 보내왔다. 파와 하와 윤지의 생일, 그리고 크리스마스에 맞추어 음악과 음성 축하 메시지를 보내왔다. 산은 멀리 있었으나 멀리 있지 않았다.

그랬던 것인데, 재재동산엔 하 혼자고 산은 종적을 감추었다. 편지로도 음성으로도 연락이 닿지 않았다. 매일매일 재재동산에 들른다는 게 무슨 소용일까, 윤지는 생각했다. 산과 파가 부재하는 재재동산. 홀로 남은 하를 보는 일밖엔 없는 것일까. 시장 길을 오가며 윤지는 고민했다.

장맛비를 맞으며 시장 길을 오가는 동안, 약속이라는 말이 윤지에게 구체적인 무언가를 요구했다. 그러는 것 같았다. 하의 표정에서도 그것은 분명하게 읽혔다. 당장 가장 구체적인 요구는 산을 찾아나서는 일이 아니겠는가.

윤지는 그걸 모르지 않았다. 그러면서도 윤지는 하릴없이 시장 길을 오갔다. 산을 찾아 나서는 일에 따르는 여러 질문. 윤지는 그 질문에 일일이 대답하지 못했다.

윤지는 소심했고 길눈이 어두웠고 외국어가 여의치 않았다. 그것도 그거지만, 산의 현재가 끔찍할지도 모른다는 말을 차마 하에게 할 수 없었다. 스스로 연락을 끊을 산이 아니었다. 윤지가 지금까지 겪어온 산은 그럴 사람이 아니었다.

끔찍한 쪽, 그런 쪽이라면 상상하기도 싫었다. 더욱 상상하기 싫었던 건, 실은, 산 스스로 연락을 끊었을 경우였다. 윤지는 비를 맞으며 재재동산에 가고 왔다. 전봇대와 마주치기 전까지 그랬다. 전봇대는 늘 그 자리에 있던 거였다.

저녁에는 하에게 무슨 말이든 전할 수 있기를 바랐다. 윤지는 주소가 적힌 수첩을 100번도 넘게 들춰보았다. 영어 다이얼로그 포켓북도 그만큼 들여다보았다. 그러는 동안 이국의 거리 풍경이 그녀 곁을 스쳐갔고 인파들이 몰려왔다가 몰려갔으며 매운 박하 향이 물큰물큰 끼쳐 왔다.

차량이 끊임없이 움직였고 윤지가 탄 지하철도 앞으로 나아갔다. 그렇게 움직이고 나아가다 보면 주소에 다다를 거라고 윤지는 믿었다. 막막해질수록 윤지의 믿음은 굳어졌다.

전동차 내 전광판에는 도착할 역의 붉은 이름이 오른쪽에서 왼쪽으로 깜빡이며 기어갔다. 윤지는 하얗고 까만 승객들 사이에 앉아 낯선 냄새를 견뎠다. 냄새를 잘게 썰어 조금씩 조금씩 맡다가, 숨이 가빠져 결국엔 한꺼번에 마셔버리게 되었다. 윤지는 잠깐씩 정신이 몽롱해졌다. 자신의 숨을 그토록 자각하기는 처음이었다.

전동차가 멈추었다가 출발하면 천장의 동그란 손잡이들이 끄떡끄떡 흔들렸다. 사람들의 머리와 어깨도 끄떡끄떡 흔들렸다. 전동차 내벽에 붙은 광고지를 보며 윤지는 비 오던 날의 전봇대를 떠올렸다. 그곳엔 아직도 비가 내리고 있을까. 젖은 광고지가 하나씩 떨어져 내리고 있을까.

윤지는 전자사전으로 이런저런 단어들을 검색했다. '이봐요 미스터, 애스턴 마틴이라면 자정 넘어서라도 괜찮아.' 벽에 붙은 자동차 카피는 겨우 해석되었으나, '디자이너 잡 사이트는 시점 분야로 공평해질 거야'라고 적힌 출입문의 채용정보 포털 광고 문구는 해득

할 수 없었다. 알아볼 수 없어도, 전동차는 수첩 속 주소를 향해 달려가고 있을 테니 어쨌거나 상관없는 일이라고 윤지는 생각했다.

오도카니 앉은 그녀의 모습이 전동차의 맞은편 창에 비쳤다. 윤지는 손을 들어 살짝 흔들며 그 모습이 자신이라는 사실을 확인했다. 맞은편에 앉은 흑인 남자가 당황하여 깜짝 놀랐다가 민망해하며 하품을 했다. 전동차는 130년이 넘었다는 지하통로를 달리고 달렸다.

19

산은 새로운 길에 익숙해졌다. 그 길을 걸어 그는 학교 도서관에 갔다.

이파리가 머리에 닿을 만큼 늘어진 푸른 단풍나무 길이었다. 푸른 단풍이 붉은 벽돌 건물과 어울린다고 산은 생각했다. 길을 덮은 우레탄도 인디언 레드였다.

그동안 산이 오갔던 것은 플라타너스와 석조 건물로 그늘진 길이었다. 학교 안에 오직 그 길만 있다는 듯이, 산은 그 길만 오갔다. 늘 바빴고 쫓기던 1년이었다. 다른 방향 다른 길로 눈을 돌릴 수 없었다. 숨이 가쁠 때마다 산은 하늘색 하늘을 한 번씩 올려다봤을 뿐이다.

푸른 단풍나무 길과 플라타너스 길은 같은 캠퍼스가 아니었다.

같은 학교였으나 멀리 떨어진 캠퍼스였다. 푸른 단풍나무 길을 산이 몰랐던 것도 그 때문이었다.

푸른 단풍나무 길과 플라타너스 길은 각각 공과대학과 인문대학의 주도로였다. 산은 그토록 먼 공과대학 캠퍼스에 갈 일이 없었다. 인문대학 지리도 다 익히지 못한 그였다. 그런 산이 푸른 단풍나무 길을 걸어 공과대학 도서관엘 가기 시작했다.

자전거 한 대가 바람을 일으키며 산을 앞질러 나아갔다. 바람에 부식토 향이 묻어왔다. 산은 자전거 탄 사람의 뒷모습을 바라보았다. 금발을 나풀거리며 자전거는 멀어져 갔다. 이니와 함께 자전거를 타고 부겐빌레아 길을 달려보는 건 어떨까, 잠깐 생각했다.

집을 나서는 산을 이니는 바라보기만 했다. 어디 가느냐고 묻거나 언제 올 거냐고 묻지 않았다. 물끄러미 바라만 보았다. 그런 이니에게 산은 '학교에 간다'고 말했다.

산은 아침 일찍 집을 나설 일이 없었다. 느지막이 일어나 토마토인 발사믹을 먹고 차를 우려 마시고 부겐빌레아 산책로를 이니와 함께 걸었다. 터닝 지점에서 간단히 점심을 먹고 집으로 걸어 돌아왔다. 이니와 자고 먹고 걷고 마시며 산은 평온했다.

오후 두세 시쯤 산은 집을 나섰다. 반드시 나서야 할 일은 아니었고 매일 그래야 할 것도 아니었다. 학교에 가기 위해 집을 나서는 날이라면 그때가 오후 두세 시쯤이었다는 말이다.

금발 여학생의 모습은 보이지 않았다. 공학관 강당 앞에 자전거가 즐비했다. 산은 잠깐 걸음을 멈추었다. 모든 건물이 붉은 벽돌이었다. 건물과 길은 붉었고 나머지는 푸르렀다.

본관 옆에 900년 된 건물의 잔해가 유적으로 남아 있었다. 산은 그쪽으로 눈을 돌렸다. 검고 붉은 잔해 위로 하늘색 하늘이 펼쳐졌다. 두 줄의 비행운이 하늘에 평행 빗금을 그었다.

산은 집에 혼자 있을 이니를 생각했다. 언제나 그랬다. 교정을 걸을 때거나 책을 읽을 때거나 도서관 창가에 서서 오가는 사람들을 내다볼 때도 산은 이니를 생각했다.

한시도 이니를 생각하지 않은 적이 없었다. 이니와 종일 함께여도 좋았다. 그러는 날이 없었던 것도 아니었다. 그런데 어째서 항상 이니와 함께 있지 않고 도서관에 나오는 걸까. 산은 그 이유가 궁금했다. 학교에 오는 것이 습관일 거라고 생각했다. 두 대의 자전거가 바람을 일으키며 산을 앞질렀다.

일이 있어서 도서관에 나오는 것이 아니란 걸 산은 모르지 않았다. 일이 있었던 건, 그에게 노트북 PC와 휴대전화기가 살아 있었을 때였다.

어느 날 산은 자신의 노트북 PC를 공학관 장미 담장 아래 놓아두었다. 바닥에는 장미 꽃잎이 눈처럼 쌓여 있었다. 두 시간 뒤 갔을 때 노트북 PC는 보이지 않았다. 산은 분실 신고를 하지 않았다. 분실물 센터에도 찾아가지 않았다.

이니가 휴대전화기를 끓는 물에 넣었을 때도 산은 웃고 마는 자신이 낯설지 않았다. 세상과의 매개물들이 산 곁에서 하나씩 자취를 감추었다. 언젠가부터 그리되었다. 바쁘거나 시급한 일도 사라졌다.

그는 습관처럼 학교에 나왔다. 그리고 해가 지기 전에 이니가 있는 집으로 돌아갔다. 이니가 있는 곳으로 돌아가기 위해 이니가 있는 곳에서 나오는 것 같았다.

학교까지는 35분이 걸렸다. 버스 한 번 지하철 한 번이면 학교였다. 도서관에 머무는 시간도 길지 않았다.

이전의 어떤 것은 산에게서 점차 사라지고 잊혔다. 혹은 모호해졌다. 산은 상관하지 않았다.

어떤 것은 명료하고 분명해졌다. 지금이라는 것, 이니의 존재, 이니와 함께 먹는 음식, 이니의 체취 같은 거였다. 이니와 함께 바라보는 것들, 200년 된 집의 거실과 침실, 습도와 명도, 까마귀 소리, 새로 돋아나는 애플민트 이파리, 그것을 만질 때 뢴트겐처럼 투명해지는 이니의 손가락……. 그것들은 분명하고 명료했다.

산의 감각은 이전과 달라져 있었다. 기왕의 운명이 새로운 운명에게 주권을 넘기면서 그리되었을 거라고 산은 생각했다. 플라타너스 길이 아닌 푸른 단풍나무 길을 선택하던 날도 산은 그런 기분이었다.

그건 선택이랄 것도 없었다.

지하철에서 내려 학교로 걸어가던 산은 자기도 모르게, 늘 다니던 길을 벗어났다. 그가 가야 할 길은 Bath Spa라는 간판이 보이는 쪽이었다. 간판 아래에는, 늘 그랬듯 그날도 네댓 명의 백인 중년 부인들이 나무 벤치에 앉아 신문을 읽거나 얘기를 나누거나 턱을 괴고 자기만의 상념에 빠져 있었다.

어째서 그곳 나무 벤치에는 언제나 '네댓 명의 백인 중년 부인들'이 앉는 건지 알 수 없었으나, 매번 다니던 길의 풍경이라는 것만큼은 틀림없었다.

프린세스 아케이드 입구가 들여다보이는 길, 그 길이 산이 지나치는 곳이었다. 그러나 산의 발길은 다른 길로 멀어졌다. 피처럼 뚝뚝 흘러내리는 SHOP OF HORRORS라는 붉은색 간판 글씨 쪽으로 몸이 쏠렸다. 외벽이 칙칙한 건물이었다.

수평의 복도를 걸어도 자꾸 한쪽 벽으로 몸이 쏠리는 요술의 집. 산은 그런 느낌을 떨칠 수 없었다. 께름칙한 기분에 휩싸여 산은 비틀거렸다.

가려던 길로 돌아가려 했으나 중력이 수직으로 작용하지 않았다. 중력은 산의 옆구리를 끌어당겼다. 그는 의지와 다른 길을 걸을 수밖에 없었다.

호러숍을 지나고 빨간 공중전화 부스를 지나자 강이 내려다보이는 언덕이었다. 방금 전에 지나간 비 때문에 한껏 선명해진 주변 사물들을, 산은 하나하나 살펴보았다.

산이 지나던 곳은 작은 공원이었다. 공원 안 광장에는 대형 파라솔이 펼쳐져 있었고, 몇몇 여성들이 작고 둥그런 식탁들 위에다 흰 천을 씌우고 있었다.

희미한 바이올린 소리와 그릇 부딪히는 소리가 평화롭게 들렸다. 얼마나 걸었을까. 길은 자연스럽게 대학 캠퍼스로 이어졌다.

건물 외벽에 새겨진 방패형 문장으로 보아 산이 다니는 학교가 분명했다. 조금 돌았을 뿐 결국 목적지에 다다른 것이라고 산은 생각했다.

그러나 아무리 둘러보아도 산은 플라타너스 길과 석조 건물을 찾을 수 없었다. 온통 붉은 벽돌 건물이었고 푸른 단풍나무 길이었다. 한 번도 보지 못한 풍경이었다.

지나가는 자전거에 묻고서야 산은 그곳이 공과대학 캠퍼스라는 사실을 알았다. 인문대학 캠퍼스와는 너무도 멀었다. 지하철로 세 정거장이나 걸어야 하는 거리였다. 제 발로 저쪽에서 이쪽으로 걸어온 게 아니라, 무언가에 의해 저쪽에서 이쪽으로 던져졌다는 느낌을 지울 수 없었다.

저쪽 캠퍼스보다 이쪽은 자전거가 많았다. 자전거를 탄 사람들이 대화를 나누며 산 곁을 지나쳤다. 방학이었으나 많은 학생이 오가는 것도 저쪽과 달랐다.

어딘가로 사라졌던 금발의 여학생이 머리카락을 나풀거리며 산을 앞질렀다. 하늘에는 여전히 두 줄의 흰 비행운이 지나갔다.

산은 대출대에서 두 권의 책을 빌렸다. 도서관에서 늘 하는 일이었다. 읽든 안 읽든 산은 언제나 책을 대출받았다. 몸에 남은 기억이나 습관으로 그는 도서관에 왔고 책을 빌렸다. 그러나 대개는 목차도 읽지 않았다.

하루에도 몇 권씩 바쁘게 책을 훑어 내려가지 않으면 안 되었던 산이었다. 이 나라에 오기 전에도 그랬다. 부지런히 책을 읽어야 하는 것이 그의 일이었다.

저쪽에서 이쪽으로 던져진 이후로 그는 책을 읽지 않았다. 무료하고 게으르게 도서관을 오갔다. 그 나른함과 권태가 은근하고 달콤했다.

열람실 책상 위에 책을 내려놓고 산은 아치형 유리 창문으로 다가갔다. 붉은 건물들과 크고 작은 푸른 단풍나무를 내다보았다.

이유도 목적도 없이 열람실 창가를 배회하는 자신을 느끼기 위해 그는 자주 책상을 떠났다. 그러는 것이 좋았다. 책장 넘기는 소리밖에는 아무것도 들리지 않는 열람실에서 발짝 소리에 조심하며 분침처럼 느리게 움직이는 것.

그러다가 책상으로 돌아오곤 했다. 열람실 책상에는 B의 영문판 저작이 놓여 있었다. 산의 전공과는 멀었으나 재재동산에서 그가 즐겨 읽던 저자 중 하나였다.

B의 저작물에서는 물과 불과 흙과 바람이 기운생동하며 시가 되고 삶이 되고 죽음이 되었다. B의 저작을 읽는 데 재재동산만큼 좋은 곳이 없었다. 재재동산은 늘 푸르렀고, 꿈꾸는 식물의 숨소리가

그치지 않았으며, 무형의 햇빛조차 그곳에서는 다양한 나뭇잎의 형상으로 제 몸을 나투었다.

몽상의 미학자로 알던 B의 저작이 낯설었다. 두 권 모두 과학철학과 과학사에 관한 연구서였다. 저쪽에서는 B가 시학 혹은 미학자였고 이쪽에서는 과학철학자였다.

이전 같았으면 흥미로웠을 사항이지만 산은 책을 덮고 푸른 단풍나무가 드리워진 창가로 갔다.

푸른 단풍나무는 재재동산에서도 주요 수종이었다. 재재동산의 다른 모든 나무처럼 푸른 단풍나무도 100분의 1 크기로 축소되었다. 계단형으로 조성된 하의 동산. 그 맨 꼭대기를 차지하고 있던 것도 푸른 단풍나무였다.

재재동산의 나무엔 서열이 있었다. 아래층은 나이가 어리거나 품과 격이 떨어지는 나무들 차지였다. 위층으로 갈수록 천, 지, 현, 황, 혹은 중, 임, 무, 황, 태 등의 고유한 분류명으로 불렸다. 서열과 서열에 따른 배열법을 정하는 것은 하의 몫이었다. 재재동산에서 하는 질서를 부여하는 사람이었다.

산은 아주 잠깐, 하와 파에게 연락을 취하지 않는 자신에 대해 생각했다. 그리고 곧장 이니를 떠올렸다.

이니를 떠올리는 순간 재재동산이 닫혔다. 이니에게 생각이 옮아간 것을 산은 다행이라고 여겼다. 부메랑 각도로 꺾이는 이니의 무릎을 맹렬히 떠올렸다. 저쪽에서 이쪽으로 던져진 거야. 산은 중얼거렸다. 이니가 있는 집으로 돌아가고 싶었다.

20

거실 이쪽에서 저쪽까지는 이니의 걸음으로 여덟 걸음이었다. 한 번 왕복하는 데 열여섯 걸음이라는, 아무것도 아닌 사실을 아무렇지도 않게 매번, 똑바로 자각하며 이니는 거실을 천천히 오갔다.

열넷, 열다섯, 열여섯. 그리고 이니는 돌아섰다. 이니의 셈은 언제나 하나에서 시작해서 열여섯에서 끝났다. 그것은 자꾸 반복되었다. 몇 번이나 거실을 오갔는지 이니는 알지 못했다. 오후였고, 산은 학교에서 돌아오지 않고 있었다.

저쪽 끝은 주방이었고 그곳에 서면 현관으로 통하는 좁은 복도가 보였다. 주방 후드에서 음악이 흘러나왔고 이니는 가끔 피콜로다, 저것은 피콜로, 라고 중얼거렸다.

주방에서 현관까지는 여섯 걸음이었다. 현관으로 가는 좁고 짧은 통로에는 늘 약간의 어둡고 서늘한 기운이 서려 있다는 것을 이니는 알았다.

벽돌이 품은 냉기가 민감하게 느껴지는 곳이었다. 전 주인의 우편물과 주간신문들이 떨어져 내리던 곳이었고 산은 그곳에서 허리를 굽힌 채 헤드라인을 읽곤 했었다.

우편물 수납함이 따로 달려 있지 않아서 우편물은 시집 한 권 겨우 빠져나올 가로 틈새를 통해 바닥으로 떨어져 내렸다. 이제는 아무런 우편물도 오지 않았다. 이따금 광고지들이 어둡고 서늘한 통로 안쪽으로 낙엽처럼 떨어져 내릴 뿐이었다.

현관에는 네 개의 잠금장치가 위아래로 나란히 붙어 있었다. 문손잡이 도어록, 보조 잠금장치, 체인 걸쇠, 그리고 빗장식 잠금장치였다. 영원히 열리지 않을 것 같은 문을 볼 때마다 이니는 삭막함과 안도감을 느꼈다.

2층으로 오르려면 현관까지 가야 했다. 현관에서 2층으로 오르게 지어진 집이었다.

이니는 200년 전의 설계와 용도를 짐작할 수 없었다. 아래층과 위층은 독립되고 격리된 셈이었다. 부동산 에이전트가 셰어를 권했으나 이니는 망설임 없이, 단호하게 고개를 딱 한 번 젓는 것으로 거부 의사를 분명히 했다.

2층을 오르기 위해 현관까지 가는 일은 이니에게 없었다. 산도 마찬가지였다. 그곳은 잊힌 공간이었고 그래서 존재하지 않는 공간이었다.

저것은 피콜로, 하나, 둘⋯⋯. 이니는 중얼거리며, 발걸음 수를 세며 거실을 오갔다. 발걸음 수는 소리를 내어 세지 않았다. 발이 움직이면 머리에서 절로 숫자가 세어졌다. 열여섯. 이니는 돌아서기를 반복했다.

라디오는 하나의 사이클에 고정되어 있었다. 이니도 산도 주파수를 변경하지 않았다. 시도해보지 않았다. 전원을 켜면 음악이 나왔고 전원을 끄면 음악이 멈추었다.

음악의 형식, 주제, 혹은 악기 등에 맞추어 여러 곡을 한꺼번에 들려주는 방송이었다. 어느 날은 아리아만을, 어느 날은 첼로만을 연속해 내보냈다. 그러다 어느 날은 피콜로였다.

교향곡 안에 출몰하는 피콜로 음과 플루트 음. 이니는 그것을 구별하기 위해 애쓰는 척하던 기억을 떠올렸다. 저것은 피콜로, 하고 사람들 앞에서 말한 적이 있었다.

이니는 음악감상 클래스에 6개월 이상 적을 둔 적이 있었다. 그러기를 바라는 사람이 그래야 하는 이유를 대며 이니를 일방적으로 음악감상 클래스에 넣었다. 이니를 그림자처럼 에스코트하며 스케줄을 관리하는 충복은 따로 있었다. 이 나라로 떠나오기 전까지 그런 생활의 연속이었다.

그때는 피콜로를 듣는 것조차 끔찍했으나, 이미 멀고 오래된 일이었다. 여기는 그 나라가 아니고, 그들이 있지 않은 곳이며, 이제 이니는 굳게 닫힌 자신의 성 안에다 스스로를 유폐시킨 채 숨을 고르는 중이었다.

피콜로와 플루트를 식별하는 건 어렵지 않았다. 아무리 생각해도 그것은, 어렵다는 범주에 포함될 문제가 아니었다. 이니는 그렇다고 생각했다. 이니에게 어려웠던 것은, 유치한 식별법을 강의하면서 숙제까지 내주는 강사와 그 강사의 숙제를 꼬박꼬박 해 오는 회원들을 이해하는 일이었다.

이제 그들이 없는 곳……. 이니는 피콜로를 들으며 생각했다. 지금 여기는 그들이 없는 곳이라고. 종일 피콜로를 들어도 상관없는 거였다. 피콜로에 개의치 않을 수 있다는 것. 개의치 않고 하나 둘 셋 넷…… 열여섯까지 셀 수 있다는 것. 심상하게 거실을 오갈 수 있다는 것. 그것은 이니가 '지금 여기'에 있다는 것을 의미했다. 그들로부터 아득한 곳에 은닉해 있다는 사실을, 스스로 기껍게 환기하는 행위였다. 이니는 라디오를 들으며 왕복 열여섯 걸음의 거실을 천천히 걸었다. 걷고 걷고 또 걸었다. 그렇게 오후가 흘러갔다.

그런데 어느 순간 이니의 걸음이 느려지기 시작했다. 이니는 자신이, 피콜로에 끼어드는 어떤 다른 소리를 식별해내려 애쓴다는 사실을 깨달았다. 플루트는 아니었다. 라디오에서 흘러나오는 소리가 아니었다.

걷던 걸음을 멈추고, 이니는 어딘가를 향해 귀를 기울였다. 고음의 관악기 소리 같기도 했고 나른한 암탉이 꾸꾸거리는 소리 같기도 했다. 이니는 후드로 돌아가 라디오 볼륨을 줄였다.

낯선 소리가 조금 커졌다. 애플민트 텃밭 쪽에서 나는 소리라는 걸 이니는 알아차렸다. 그것은 매우 낡고 약한 소리였다. 깊이 억눌렸던 무엇이 형편없이 낡고 좁은 호스를 간신히 비집고 흘러나오는 소리였다. 이니는 소리에 집중했다. 소리는 심하게 떨리고 흔들리고 쿨럭거렸다.

소리에서 일정한 리듬을 감지해내기까지 적지 않은 시간이 걸렸다. 소리는 쉬지 않고 들려왔다. 그것에 의미까지 깃들어 있다는 걸 알기까지는 좀 더 시간이 걸렸다.

고약한 중국 것들…… 이 말을 이니는 가장 먼저 알아들었다. 치아 사이로 새어 나오는 듯한 그 소리가 점점 거칠어졌다. 격정에 사로잡힌 노파의 탄성이 끝없이 이어지고 있었으나, 소리는 어쩔 수 없이 낡고 약했다.

이 나라의 언어에 능통했다면 그것이 분노한 노파의 외침이라는 사실을 좀 더 빨리 알아차렸을 것이라고 이니는 생각했다. 오, 너희가 어떤 짓을 했는지, 주여, 알기나 해? 중국 것들, 개도 잡아먹는다지? 이 마을에서 쫓겨나지 않을 수 없게 될 것이다. 반드시 그렇게 될 것이야. 떠나라 이것들! 무슨 짓인들 못할까, 못된 칭크.

쏟아져 나오는 단어들을 조합하면 대략 그런 뜻이었다. 이니는 라디오를 끄지 않았다. 새를 죽여 넣어놓다니. 우리가 두려워할 것은 세상의 종말이 아니라, 너희 추악한 중국 것들이야. 밖으로 나와라. 악마 같은 얼굴을 내놔봐.

무언가 날아와 유리벽에 부딪혔다. 이니는 꼼짝 않고 서 있었다. 피콜로 소리를 조금 높였다. 노파의 외침이 피콜로 소리에 묻혔다. 한 번 더 무언가 날아와 유리벽에 부딪혔다.

이니에게 끔찍했던 건 유리벽에 날아와 부딪힌 물건이나 그것의 소리가 아니었다. 노파가 쏟아붓는 악다구니의 내용이 아니었다. 이니를 얼어붙게 했던 건, 피콜로와 함께 시작되어 피콜로와 함께 쉬지 않고 지속되는 노파의 엄청난 지구력이었다.

이니는 걷기를 멈추고 거실 바닥에 가만히 쪼그려 앉았다. 엉덩이를 바닥에 대고 주저앉았다. 배를 깔고 엎드렸다. 그런 동작들이 놀랍도록 등속을 이룬다는 사실을 이니 자신은 알지 못했다.

다마레의 곡들이 쉬지 않고 흘러나왔다. 이니가 엎드리는 순간 시작된 곡은 「하얀 티티새」였다. 노파의 외침도 계속되었다.

이니는 투명한 유리벽을 가리고 싶어졌다. 턱을 쳐들고, 비어 있는 커튼레일을 올려다보았다. 두껍고 짙은 천으로 가리고 싶었다.

그것은 티티새가 아닐까. 노파가 저주를 퍼부으며 바라보고 있을 새의 사체를 이니는 떠올렸다. 번들거리는 깃털의 빛깔은 여러 날이 지나도 변하지 않았다. 그러나 무기물로 변해가는 느낌은 완연했다.

피콜로를 듣다가 지겨워져 조류도감을 펼친 적이 있었다. 한때 그런 적이 있었다. 거기에 티티새가 있었다. 음악보다는 사진이나 그림책을 보는 게 이니에겐 그나마 견딜 만했다.

그녀에게는 조류도감 말고도 30여 권에 이르는 근현대 화가의 도록이 있었다. 어느 날 갑자기 그녀 앞으로 한꺼번에 배달된 책들이었다.

이니에게는 모든 게 갑자기 생기고 갑자기 사라졌다. 가만히 있어도 생기고 없어졌다. 그런 일들이 이니의 의사와 상관없이 이루어졌다.

조류도감의 티티새는 까마귀처럼 검었다. 하얀 티티새는 상상의 새일지도 모른다고 이니는 생각했다. 다마레의 곡을 들었을 때는 모든 티티새가 흰 줄 알았는데, 조류도감을 본 뒤로는 모든 티티새가 검다는 것을 알게 되었다. 푸크시아 나무에 걸려 있는 것이 티티새일지도 모른다고 이니는 짐작했다.

하얀 티티새를 끝으로 다마레의 곡은 더 이어지지 않았다. 다른 이의 피콜로곡이 곧장 이어졌으나 이니가 알지 못하는 곡이었다.

이니는 처음 듣는 그 곡에 귀를 기울였다. 그리고 얼마 안 있어, 새로운 곡의 음률에 귀 기울이는 것이 아니라는 사실을 깨달았다. 사라지고 없어진 소리에 이니는 귀를 기울이고 있었던 것이다.

그것은 언제부터인가 들려오지 않았다. 라디오에서는 피콜로와 피콜로를 위한 협주단의 연주가 흐를 뿐이었다.

이니는 일어나 조리대로 걸어갔다. 라디오 볼륨을 줄였으나 노파의 목소리는 들리지 않았다. 이니는 라디오의 전원을 껐다.

바깥은 조용했다. 여느 날처럼 여름 오후 햇볕이 작은 애플민트 정원에 쏟아져 내렸다. 노파의 악다구니가 거짓말처럼 사라져 있었다.

이니는 유리벽 바깥을 바라보았다. 날은 맑았고, 담장 너머 후박나무의 짙은 이파리가 바람에 천천히 흔들렸다. 바깥은 고요했다. 여러 시간 멈춤 상태를 지속하며 현재에 이른 것에서만 느껴지는 고요였다. 노파의 격노가 백일몽이었을지도 모른다고 이니는 생각했다. 집을 에워싼 것은 그런 고요였다.

이니는 주방 뒷문을 열고, 고요 속으로 머리를 내밀었다. 멀리서 까마귀가 한 차례 울었을 뿐 뒤꼍은 적막했다.

이니는 눈을 들어 담장 주변을 휘둘러보았다. 이웃집 2층 창문들은 시치미를 떼고 있었다. 발코니와 베란다 난간과 담장의 상단부를 이니는 둘러보았다. 노파가 위치했었을 법한 자리가 가늠되지 않았다.

어떤 물건이나 사태가 감쪽같이 사라져도 그것이 존재했던 곳의 공기는 그 물건과 사태를 좀 더 오랫동안 기억하는 법이라고 이니는 생각했다. 공기에 흔적처럼 남아 있는 낌새로 그곳에 어떤 물건과 사태가 있었는지를 짐작하게 되는 법이라고.

이니는 안심이 되었다. 바깥 어느 곳의 공기에도 격노한 노파의 흔적이 남아 있지 않았다. 피콜로의 장난이었을지도 모른다는 생각이 들었다. 어떤 분노도 가라앉힐 날씨고 바람이고 햇빛이니까……. 이니는 속으로 중얼거리며 주방 뒷문을 닫았다.

오래오래 물 끓는 소리를 들으며 차를 우려 마시고, 다시 라디오를 듣고, 몇 번이나 본 책이지만 거실 귀퉁이의 잡지를 읽으리라 이니는 맘먹었다.

그러기 위해 거실 중앙으로 걸음을 떼려는 순간 탕, 탕, 탕, 세상을 타격하는 소리가 이니의 머리와 배를 뚫고 지나갔다.

소리에 불과한 것이었으나 이니는 총에 맞은 것처럼 바닥에 쓰러졌다. 소리는 전격적이었다. 갑작스러웠고 컸고 거침이 없었다.

또 다시 탕, 탕, 탕.

세상은 그 소리로 깊이깊이 타격당했다.

충격음은 지구를 관통해, 반대편 나라의 지표면을 뚫고 폭발할 것 같았다. 세상에 존재하는 모든 매개질을 동시에 떨게 하고, 몸속 모든 세포를 한꺼번에 이격시켰다가 붙게 하는 소리.

소리가 세 번째 들려왔을 때 이니는 간신히 방향을 알아차렸다. 네 개의 잠금장치로 굳게 잠긴 현관이었다.

몽둥이나 지팡이 같은 것으로 누군가 현관문을 두들겼다. 이니는 그가 누구인지 짐작할 수 있었다. 세상을 타격하는 충격음 사이사이로, 낡고 좁은 호스를 간신히 비집고 흘러나오는 듯한 소리가 섞였다. 소리는 심하게 떨리고 흔들리고 쿨럭거렸다.

현관문이 부서지며 노파와 막대기와 악다구니가 한꺼번에 들이닥칠 것 같았다. 안 돼······. 이니는 중얼거리며 천천히 일어섰다.

아주 천천히 일어섰다. 세상을 타격하는 소리를 누구도 당장 잠재울 수 없을 것 같았으나, 천천히 일어서는 이니의 기세를 제지할 그 무엇도 또한 있을 것 같지 않았다.

21

히만은 도시를 가로지르는 강줄기를 바라보았다. 그가 버드나무 밑 벤치에 앉은 것은 10분 전쯤이었다.

택시에서 내리자마자 길가의 버드나무를 보았고, 버드나무 아래 놓인 벤치를 보았다. 비어 있었으나 누군가 막 자리를 뜬 것 같은 느낌이 묻어 있었다. 여름인데도 히만은 벤치에 묻어 있는 사람의 잔흔이 따뜻하다고 느꼈다.

수상 생활자의 기다란 배들이 강물 위를 떠다녔다. 히만은 ㅅ자형 지붕에 널린 것들이 빨래라는 사실을 뒤늦게 알아차렸다. 어린 아이들이 좁은 갑판에서 떠들며 뛰어다녔다.

물가의 카페는 도시 관광객들로 가득했다. 길 위의 사람들은 철제 난간에 기대어 음료수를 마시거나 아이스크림을 먹거나 사진을 찍었다.

하늘이 높은 것은 그들의 상기된 목소리 때문이라고 히만은 생각했다. 좁고 높고 흰 다리가 건너편 강기슭과 닿아 있었다. 사람과 자전거만 오가는 눈부신 교량을 히만은 물끄러미 올려다보았다.

먼 타국의 수도, 강가의 벤치에 홀로 앉아 있는 자신이 낯설었다. 그러나 히만은 자신이 어째서 이 도시에 오게 되었는지를 한시도 잊은 적이 없었다. 히만의 수첩에는 잘 코팅된 이니의 사진이 들어 있었다.

큰길을 한 블록 뒤쪽으로 벗어나면 고파동이었다. Gohpper라는 거리였으나 유학생이나 여행객이 묵는 민박에서는 그곳을 고파동이라고 불렀다. 고파동엘 가면 냉면이라든가 호박죽 같은 것을 깍두기와 함께 먹을 수 있어요. 민박집 주인들은 깔깔거리며 말했다.

히만은 입속으로 고파동, 하고 발음해보았다. 고파동에 당도하기 전에 잠시 벤치에 앉아 몸을 쉬며 강줄기를 바라보고 싶었다. 한 번 움직이면 좀처럼 쉬지 않는 히만이었다.

전날 저녁 이후로 성허에게서는 연락이 오지 않았다. 이니가 도착할 나라와 도착할 공항 이름을 알아낸 것은 성허였다. 성허는 그럴 능력이 있는 사람이었다. 기관과 사람을 움직이는 능력이 그에게는 있었다. 그럴 만한 돈이 있었다. 히만이 미처 다 짐작하지 못할 만큼이었다. 고등학교 때까지 성허는 히만과 다름없는 가난한 아이였다.

현지 영사관과 경찰에 수배 의뢰를 했을 테지만 성허는 히만이 따로 움직여주길 바랐다. 너만 한 사람이 없잖아. 지금 통장 추적 중이야……. 전날 저녁 성허가 한 말이었다. 그의 음성을 듣자 히만은 와락 그가 있는 곳으로 돌아가고 싶었다.

그러기 위해 히만은 이곳에 온 목적을 이루어야 했다. 이니를 찾아 귀국시키는 일이었다. 그래야 히만은 성허가 있는 곳으로 한시라도 빨리 돌아갈 수 있었다.

돌아가고 싶다. 히만은 강물을 바라보았다. 강바람에 앞머리가 흩날렸다. 일을 빨리 마칠수록 성허에게 일찍 돌아갈 수 있다. 하지만 그럴까. 정말 그럴까.

일본인 여행객들이 히만이 앉은 벤치 주변으로 몰려들었다. 이니를 찾아 함께 귀국하는 것. 그것은 성허에게 가까워지는 일일까 멀어지는 일일까.

아무래도 벤치에 오래 앉아 있게 될 것만 같아 히만은 불안했다.
언제까지고 우두커니 강줄기를 바라볼 것 같아서.

이니는 2년 전 가을 아 언덕에 처음 나타났다. 성허와 함께였다.
이니는 성허 뒤를 졸졸 따라다녔다. 표정이 없는 여자아이였다.

히만은 성허에게 누구냐고 묻지 않았다. 성허의 주변 인물 중 히
만이 모르는 사람은 없었다. 연락과 만남 모두 히만을 통해 이루어
졌다.

히만의 목록에 존재하지 않던 여자아이였다. 그랬기 때문에 히만
은 성허에게 묻지 않았다. 성허와 여자아이의 관계에서 히만이 배제
되었던 것이다.

그런 일은 처음이었다. 그렇다는 걸 히만은 재빨리 알았고, 알아
야만 했던 거였다. 성허에게 일어나는 일이라면 히만은 짐작으로라
도 알아차렸다. 히만이 성허 곁에 굳건히 머무는 방식이었다.

여자아이의 이름이 이니라는 걸, 성허도 여자아이도 말하지 않
았다. 계절은 가을이었고 감나무 단풍이 들던 때였다. 아 언덕에는
감나무와 고욤나무가 많았다.

단풍 든 감나무 밑을 지날 때 히만은 여자아이의 이름이 이니라
는 걸 알았다. 듣지는 못했으나 히만은 냄새를 맡듯 여자아이 이름
을 알아냈다. 그해 가을은 쓸쓸했다.

그날 성허는 말없이, 그리고 천천히 아 언덕을 돌았다. 성허는 말이 없는 사람이었다. 그의 뒤를 여자아이가 따랐다. 이니라는 이름이 히만은 어쩐지 익숙해질 것 같지 않았다. 오랜 시간이 지나도 그럴 것 같았다. 여자아이는 표정도 말도 없었다.

약간 거리를 두고서 히만은 그들 뒤를 따랐다. 가을볕이 무겁게 떨어져 내렸고 여자아이의 머리카락은 가볍게 나풀거렸다. 여자아이의 걸음이 바보스럽다고 히만은 생각했다.

아 언덕을 한 바퀴 돌았을 때 히만은 생각을 바꾸었다. 언덕을 제대로 오르내리기엔 발육이 덜 된 몸이었다. 여자아이는 키도 작았고, 다리도 팔도 희고 가늘었다. 머리카락도 귀엽게 나풀거리는 게 아니라, 뒤뚱거리는 걸음 때문에 어쩔 수 없이 그리 보이는 거라는 걸, 히만은 알았다.

바보스럽다는 생각은 바뀌었으나, 여자아이에 대한 경계심을 히만은 조금도 늦출 수 없었다.

성허는 젊든 어리든 여자에게는 관심이 없었다. 그것은 히만도 마찬가지였다. 그들의 경계 대상은 언제나 남자였다. 여자는 안심되는 대상이었다.

성허와 함께였던 그날의 이니는 여자였다. 발육 상태가 부진한 아이였다. 히만이 긴장할 이유는 어디에도 없었다.

성허는 앞서 걸었고 여자아이는 뒤따랐다. 조성될 아 언덕의 목재 교사와 교정에 관해 설명한 것은 히만이었다. 성허의 꿈과 상상과 추억이 살아나는 언덕이 될 거라고 말했다. 그렇게 말해야 할 것 같아서 히만은 그리했다.

여자아이는 귀담아듣지 않았다. 성허는 말없이 아 언덕을 돌았다. 히만은 자신의 설명이 시들해진다는 걸 느꼈다. 쓸쓸한 가을은 길 것 같았다.

히만은 아 언덕에 머무르며 공사 준비 상황을 점검하던 중이었다. 히만에게 주어진 임무였다. 그러느라 성허를 며칠간 어시스트하지 못했다.

성허는 히만 없이, 기사와 함께 아 언덕과 수도권의 집을 오갔다. 승용차로 왕복 다섯 시간이 걸렸다. 그사이에 여자아이가 나타난 것이었다.

성허는 언제나 그랬듯 뒷짐을 지고 말없이 아 언덕을 돌았다. 여자아이는 성허의 뒤를 뒤뚱거리며 따랐다. 한 바퀴 돌아 처음 출발 지점으로 되돌아왔을 때 히만은 설명을 멈추었다.

성허는 새로 심은 고욤나무 밑에, 여자아이는 승용차 곁에, 히만은 현장 사무소 앞에 섰다.

성허와 여자아이와 히만은 각각 5미터씩의 거리를 두고 삼각 꼭 짓점에 서 있었다. 정삼각형이었다. 정삼각형이라는 것이 히만은 숨 막혔다.

쓰름매미 소리와 바람 소리가 정삼각형의 팽팽한 세 변을 흔들었 다. 지은 지 얼마 안 된 현장 사무소 패널의 풋풋한 나무 냄새도 숨이 막혔다.

아 언덕에는 성허의 추억만 깃든 게 아니라는 걸 히만은 잘 알았다. 그것은 히만의 언덕이기도 했다. 성허와 히만, 둘 중 하나만 없어도 아 언덕은 그들의 아 언덕이 아니었다.

히만은 그렇게 믿었다. 옛 모습으로 되살아나게 될 아 언덕은 그래서, 성허 스스로 실현해내는 꿈이면서 히만에게는 아름다운 사랑의 선물이나 마찬가지였다.

히만은 여자아이에게 그런 식으로 설명하지 않았다. 그러는 자신이 낯설었으나, 자신의 의지가 완강한 기운에 짓눌리는 느낌이 훨씬 더 낯설었다. 기운의 출처를 알 수 없었다. 적대감 같은 거였고, 불길했다.

여자아이는 승용차에 기대선 채 운동화 끝으로 땅바닥에 무언가를 그렸다가 지우고 그렸다가 지웠다. 오후의 가을 햇살이 지루해 견딜 수 없다고 말하는 것 같았다.

히만은 천진하면서도 맹한 여자아이를 주시했다. 그리고 까닭을 알 수 없는 경계심으로 위축되는 자신을 느꼈다.

성허는 그런 히만을 바라보았다. 여느 때보다 성허는 더 말이 없었다. 성허의 얼굴에는 우수라고밖에는 달리 표현할 수 없는, 히만에게마저 익숙지 않은 기색이 어려 있었다. 어색하고 나른하고 어딘가 미진한 듯한 시간이 그들의 정삼각형 안에 한동안 머물렀다.

여자아이가 승용차에 오르면서 꼭짓점을 팽팽하게 잇던 세 변이

맥없이 흐무러졌다. 성허도 천천히 승용차 쪽으로 다가갔다. 바람은 세지 않았으나 미루나무 한 그루가 승용차 뒤쪽에서 서서히 기울어지는 것을 히만은 바라보았다.

성허와 여자아이를 태운 승용차가 멀어지고, 배기음마저 들려오지 않을 때까지 히만은 바람에 나부끼는 미루나무를 우두커니 바라보았다. 어떤 중대하고도 중대한 상황이 자신의 의지와 상관없이 방금 눈앞을 지나가버린 듯했다.

히만은 가슴 밑바닥에 슬픔이 고이는 걸 느꼈다. 성허에 대한 욕구가 그 어느 날의 그리움과도 다르게 강렬했으나, 히만은 바람에 나부끼는 미루나무에 여전히 눈을 붙잡힌 채 아 언덕에 홀로 서 있었다.

얼마나 오랫동안 그곳에 서 있었는지 히만은 알지 못했다. 해가 뉘엿뉘엿 지평선 너머로 기울었다. 길어질 만큼 길어졌던 감나무와 고욤나무의 그림자가 어둠과 함께 자취를 감추는 걸 바라보았다.

현장 사무실로 향하면서 히만은 쓸쓸한 가을이 어떤 성질의 것일지 알 것 같았다. 세상의 반 이상이 망실되는 충격일지도. 그것이 사실이라면……. 히만은 중얼거렸다. 한 번도 생각지 못했던 그것이 사실이라면.

강바람이 끊임없이 히만의 앞 머리카락을 흩어놓았다. 일본인 관광객 무리가 여러 차례 히만의 벤치 곁을 지나쳤다.

히만은 수첩의 사진을 들여다보았다. 그해 사진이었다. 이니가 처음 아 언덕에 모습을 나타냈던 해. 그 뒤로 이니는 사진을 찍지도 찍히지도 않았다. 그녀는 고집스럽게 자기 원칙을 지켜나갔다.

히만이 이니를 처음 보았던 해, 그녀는 고등학생이었다. 발육이 덜 된 초등학생처럼 보였으나 고교 졸업반 학생이었다. 누구도 사진 속의 이니를 성인으로 보지 않을 거라고 히만은 생각했다. 사람들에게 사진을 보여주며 덧붙일 말을 골랐다. 볼살은, 더, 오르고…… 피부는, 훨씬, 붉은, 듯 희고…….

히만은 벤치에서 일어나 큰길을 오가는 차량을 바라보았다. 큰길 한 블록 뒤쪽이 고파동이었다. 그곳에 과연 이니를 알아보는 사람이 있을까. 모국어로도 소통이 가능한 지역이었다.

22

산은 애플민트 텃밭 건너편 가장자리를 바라보았다. 커튼을 한 뼘쯤 벌리고 바라보았다. 얼룩덜룩하고 작은 것이 그곳에 버려져 있었는데, 마른걸레나 행주 같기도 했으나 아무리 봐도 그것은 고양이였다.

납작해진 아주 작은 고양이였다. 푸크시아 나무 밑이었다. 푸크시아 나뭇가지에는 여전히 검은 새의 사체가 걸려 있었다.

동물의 사체 말고도 애플민트 밭 가장자리는 이런저런 물건들로

어지러웠다. 크고 작은 플라스틱 조각과 뭉쳐진 비닐과 수북한 마른 나뭇가지와 형체를 알 수 없는 헝겊들을 산은 바라보았다. 종잇조각과 스티로폼 조각들은 작은 바람에도 흔들렸다.

그런 것들이 이상할 건 없다고 산은 생각했다. 이쪽 가장자리에는 음식물 쓰레기가, 오래된 것부터 금방 버린 것까지 순서 없이 널려 있었다. 식료품을 담았던 비닐봉지와 과일을 담았던 종이 박스도 한곳에 모여 있었다. 유리병과 페트병, 구겨진 휴지와 이런저런 펄프 케이스들로 뒤꼍은 쓰레기장이었다.

한 번도 치운 적이 없었으니까. 산은 속으로 중얼거렸다. 그랬으니까. 이상할 거라곤 전혀 없어. 바람에 날려 온 것들과 누군가 던진 것들. 그런 것일 테지. 나도 버렸고 이니도 버렸으니까.

이상한 점이 있다면, 지저분한 걸 보고도 치울 생각을 하지 않는 산 자신이었다. 이니도 그것에 무심했다. 두 사람은 오로지 두껍고 짙은 커튼 '안쪽'에 있게 되었다. 안으로 축소되었다. 안으로 파고들었다.

원래 지저분한 걸 모르는 사람이었는지 어쨌는지 산은 알려 하지 않았다. 원래 따위는 중요하지 않다고 생각했다. 이미 그런 걸 따지는 산이 아니었다. 산도 이니도 지저분한 텃밭 따위 아무래도 좋았다.

현관 밖에는 잡초가 웃자랐다. 현관을 열고 나서면 발끝에 잡초 대궁이 채였다. 뒤꼍에 쌓이는 쓰레기와 현관 밖에 우거지는 잡초는 산과 이니가 이곳에 와 머문 여름의 시간을 가늠케 할 뿐이었다.

이니가 산 곁에 와 섰다. 이니의 정수리에서 찌든 아삼티 냄새가 났다. 샴푸가 떨어진 뒤로 이니는 사흘에 한 번씩 아삼티 우려낸 물로 머리를 감았다.

이니도 벌어진 커튼 사이로 바깥을 내다보았다. 이번에도 돌을 던져 고양이를 맞춘 것일까. 산이 묻기 전에 이니가 먼저 입을 열었다. 언젠가 한 번 산이 들었던 말이었다.

돌아섬 말이야.

그리고 이니는 말을 잇지 않았다.

짧은 말끝에 이어지는 침묵의 여운이라는 것이 산에게는 손에 잡힐 듯 선명했다. 침묵은 길어졌다. 두 사람의 숨소리만 들렸다.

침묵이 길어질수록, 숨소리 사이로 어떤 알 수 없는, 뻑뻑한 암시가 들어차는 것을 산은 느꼈다. 거추장스러우면서도 불가항력적인 것. 두렵거나 나쁘거나 불편한 기분이라고 할 수는 없었으나 두렵고 나쁘고 불편한 것이었다.

어째서 우린 부겐빌레아 산책 길을 걷게 된 걸까.

산이 침묵을 깼다. 어째서 우린 부겐빌레아 산책 길을 걷게 된 걸까. 그게 문득 궁금해진 이유를 산은 모르지 않았다. 이니가 처음으로 '돌아섬'에 관해 말한 게 부겐빌레아 산책 길에서였으니까.

그리고 더는 침묵을 내버려두고 싶지 않아서였다. 진짜 궁금했던 이유는, 정말로 그것 자체가 궁금해서였다. 어째서 부겐빌레아 산책 길을 걷게 된 건지.

이니는 바깥을 좋아하지 않았다. 산도 요술의 집 복도를 걷는 사람처럼, 그저 한쪽으로 쏠리듯 무언가에 떠밀리거나 이끌려 공과대학 도서관에 들를 뿐, 바깥 걸음을 하지 않았다.

그렇다는 걸 누구보다 산 자신이 잘 알았다. 결국 그들은 두껍고 짙은 커튼으로 유리벽을 가렸다. 그 안에 머물렀다. 그리고 아침이면 구멍에서 기어 나온 두 마리 벌레처럼, 산과 이니는 나란히 산책 길에 나섰다. 그것이 부겐빌레아 산책 길이었다.

산의 말에 이니는 아무 반응도 보이지 않았다.

커튼 사이로 바깥을 내다볼 뿐이었다. 라디오는 꺼져 있었다. 음악이 들릴 리 없었으나 이니는 리듬에 맞추듯 고개와 턱을 조금씩 흔들었다. 흐느적흐느적 흔들었다. 턱에서 시작된 율동이 가슴과 배를 지나 허리와 다리로 이어졌다. 얼마간 그러던 이니가 슬그머니 바닥에 내려앉았다.

엉덩이를 바닥에 대고 팔은 뒤로 뻗어 짚었다. 천장 쪽으로 배를 밀어 올려 브리지 자세를 취했다. 이니의 몸은 활처럼 휘었다. 골반을 들었다 놓는 동작을 반복했다.

가끔 이니가 그런 동작을 취했다는 걸 산은 떠올렸다. 움직임은 계속되었고 숨소리에도 변함이 없었다. 산은 낮고 고르게 이어지는 이니의 숨소리를 들었다.

서른 번쯤 골반을 추어올리던 이니가 길게 숨을 내뱉으며 바르게 앉았다. 이니의 몸짓은 느리면서 단정했다. 이니의 얼굴이 분홍빛으로 물들었다. 산도 바르게 앉았다.

이니가 브리지 자세를 취하고 골반을 추어올릴 때 그녀 주변에는 아무도 없었다. 산이 있었으나 없는 거나 마찬가지였다. 산은 그렇게 생각할 수밖에 없었다. 이니는 혼자인 것처럼 움직였다. 아무런 거침이 없었다.

삼매경과는 달랐고, 산의 존재를 일부러 무시하려는 의도도 아니었다. 산은 그것이 무엇인지 알았다. 산이 있을 때에만 비로소 마음 놓고 산을 망각하는 사태. 그것을 알았으나, 그런 사태를 두고 무어라 이름하는지 산은 알지 못했다.

이니는 바르게 앉아 숨을 쉬었다. 침묵은 한동안 지속되었다. 커튼 때문에 실내는 밝지 않았다. 얼마간 더 적막이 흐른 뒤 이니가 입을 열었다. 이니에게서 흘러나온 말은 그러나 산의 궁금증에 대한 반응이 아니었다.

하얀 티티새도 있어?
티티새는 하얗지.

산이 즉각 대답했고, 이니는 즉각적인 대답에 멍해져서 산의 얼굴을 올려다보았다. 티티새는 검어. 시무룩해진 이니가 말했다. 티티새는 흰 새야. 산이 말했다.

흰 새야?
흰 새야.

티티새가 나이팅게일이라고, 그래서 백의의 천사라고도 불리는 간호사들을 나이팅게일이라 하는 거라고, 그게 다 티티새가 흰 새이기 때문이라고, 산은 이니에게 말해주었다.

흰 새인 나이팅게일을 검은 새인 티티새로 잘못 번역한 건 아닐까, 티티새가 나이팅게일이야? 이니가 물었다. 티티새를 지빠귀라고도 번역해. 산이 말했다. 지빠귀에는 검은지빠귀, 개똥지빠귀, 노랑지빠귀, 붉은배지빠귀, 호랑지빠귀, 흰배지빠귀가 있어. 티티새가 검다고 한 이니의 말은 그래서 틀리지는 않아.

티티새, 티티새, 나이팅게일, 나이팅게일, 지빠귀, 지빠귀. 이니는 그 이름들을 차례로 입안에서 굴렸다. 산은 이니를 바라보았다.

번역의 문제일까? 이니가 고개를 들며 물었고, 산이 대답했다. 명명의 문제일 거야.

같지 않은 것에 같은 이름을 붙이는 거. 같은 것에 다른 이름을 붙이는 거. 어차피 이름은 유한하고 대상은 무한하니까 이름은 중

첩되거나 교란돼. 그래서 이름은 다 가짜야.

군이 왜 이름을 붙일까. 이니가 계속 물었다. 이름을 안 붙이면 모르는 거거나 없는 거고 이것저것 구별이 안 되고, 그러면 혼란스럽고, 혼란스러운 건 두려운 거니까. 산의 대답도 계속됐다.

이니는 벽에 등을 기대고 앉아 두 다리를 앞으로 쭉 뻗었다. 열 개의 작은 발가락을 골고루 꼼지락거렸다. 발톱의 에나멜은 눌어붙은 때 같았다.

산은 푸른 바탕에 흰 별이 떠 있던 이니의 발톱을 떠올렸다. 샤워하고 욕실 바깥으로 첫발을 내디딜 때 보았던 발톱 위의 별들. 다섯 개의 예각이 선연하게 살아 빛나던 별의 기억을 되살렸다.

그러나 푸른빛은 뭉개져 먹구름처럼 흐릿했고, 발톱이 많이 길었고, 별도 더는 보이지 않았다. 이니의 발바닥은 검은 먼지 때로 얼룩져 있었다.

산의 발바닥도 다르지 않았다. 바닥을 언제 쓸고 닦았는지, 산도 이니도 기억하지 못했고 기억하지 않았다.

우리의 산책은······.

발가락을 꼼지락거리며 이니가 말했다. 그녀는 산책에 대해 말했다. 밖으로 나가는 게 아니고 물속으로 더 깊이 들어가는 거야. 이니의 말을 산은 얼른 알아듣지 못했다.

물속으로 들어갈수록 수압은 높아지고 물체는 짜부라져. 그러게 돼 있어. 이니는 말을 이었다. 산은 가만히 들었다. 집 밖에서 아이들 떠드는 소리가 났다.

두 사람이 있어. 끌어안고 물 밑으로 들어가. 깊이 들어갈수록 두 사람은 수압으로 짜부라져. 떼려야 뗄 수 없어. 서로에게 스며들 정도야.

그러고 싶은 거야. 이니는 열 개의 지저분한 발가락을 계속 꼼지락거렸고 꼼지락거리는 자신의 발가락을 무심하게 바라보았다.

저 바깥은 사람들의 바다고…… 우린 거기로 나서지. 수직으로 들어가는 거지만 수평으로 깊어지는 거라구. 사람들과 세상의 압력이 높아질수록, 산, 우리는 밀착하지 않을 수 없어. 으스러지도록 그리될 수밖에 없어. 그러고 싶은 거라니까. 아침마다 잠수하듯 산책길에 나서. 멀리 가는 것이 깊이 들어가는 거야. 어둡고, 소리도 없는 곳. 그러다 부력에 못 이겨 이곳으로 다시 돌아오긴 하지만.

오늘은 이니가 긴 말을 하는 날, 이라는 문장을 산은 입속으로 만들었다.

이니는 앉은 채로 상체를 천천히 구부려 무릎 사이에다 자신의 머리를 박아 넣었다. 다리는 곧게 편 상태 그대로였다. 스테이플러가 작동하는 모양 같았다. 커튼 사이를 비집고 들어온 길고 가느다란 햇빛이 작은 거실 한가운데를 직선으로 가로질렀다. 이니는 그러고 한참을 있었다.

너무 오래 저러고 있는 건 아닐까. 이니가 다리 사이에 얼굴을 집어넣은 뒤로 산은 줄곧 이니를 바라보고 있었다. 브리지와는 다른 거였다. 처음 보는 자세였다. 산은 문득 깨달았다. 이니가 물속에 자신의 머리를 처넣고 있다는 사실을.

산이 손을 뻗어 이니의 머리카락을 움켜쥐고 끌어올렸다. 니네 엄마 젖통에나 매달려라. 아이들의 악다구니와 웃음소리가 들려왔다. 헨리 왕의 자지가 걸어간다네……. 이니의 얼굴은 푸르스름했다. 그녀의 입에서 묽은 토사물이 흘러내렸다.

역겨워. 토사물과 함께 이니는 신음을 토해냈다. 역겨워.

그녀는 말했다. 나는 돌아서지 않아. 연기처럼 사라질까봐 돌아서지 않는 게 아니야. 소금 기둥으로 변할까봐 안 돌아서는 게 아니야. 그녀의 입에서 쉰내가 났다.

유황과 불비가 쏟아지는 악덕과 타락의 도시에 남을 거야. 돌아볼 일도, 소금 기둥으로 변할 일도 없게. 그곳에 남아 자유롭게 타죽을 거야. 토사물이 바닥에 고였다.

와중에도 이니의 숨은 거칠어지지 않았다. 산은 너무 대답을 잘했어. 붉은배지빠귀까지 알다니. 나는 말이 너무 많았어. 지금도 하잖아. 이런 게 역겨워 못 견디겠어. 산 말마따나, 모르면 혼란하고 두려우니까 아무렇게나 붙여버리는 말들. 이름들. 산과 함께 이곳에서 아무 말 안 하고, 아무것도 몰랐으면 좋겠어. 아무 말 안 하고 아무것도 모르던 처음으로 물러서고파. 내가 말을 멈추어버리기 위해

하는 마지막 말이야 이건. 역겨워 못 견딜 일도 더는 없겠지.

산은 휴지로 이니의 입 언저리를 닦았다. 젖은 머리카락을 한 올 한 올 닦았다. 무릎에 묻은 토사물을 훔쳤다. 바닥을 문지른 뒤 거실 한 귀퉁이로 던져버렸다. 휴지는 헝클어진 잡지 위로 나가떨어졌다.

23

거실은 간신히 밝았다. 좁은 커튼 틈새로 스며든 햇빛이 왼쪽에서 오른쪽으로 느리게 이동하는 것을 산은 지켜보았다.

칼날처럼 곧고 가늘고 눈부시고 예리한 그것은 거실 바닥을 지나며 무언가를 일구어냈다. 연기 같기도 하고 냄새 같기도 하고 나쁜 기억 같기도 한 무엇이었다. 그것은 뭉글뭉글 피어올랐다. 기운은 거실 전체로 퍼져나가, 어둑한 실내는 금세 팽팽한 그것으로 가득 찼다.

이니는 눈을 뜬 채 바닥에 똑바로 누워 있었다. 그녀의 작은 배가 천천히 부풀었다가 꺼져 내리고 부풀었다가 꺼져 내리는 것을 산은 바라보았다. 거실의 팽팽한 기운과 무관하게 이니의 숨소리는 평온했다.

200년 된 집이 바깥세상의 크나큰 압력으로 조금은 안쪽으로 우그러든 느낌, 그리하여 실내 공기의 밀도가 급속히 상승했다는 상상이 산의 머릿속을 떠다녔다. 압력이 커지고 공기의 밀도가 높아 질수록 토사물 냄새의 농도도 그만큼 더 짙어졌다.

산은 조금씩 움직여보았다. 어깨를 움츠렸다가 펴고 숨을 크게 들이마시고 발끝으로 허공을 가볍게 찼다. 공기의 밀도에 저항해보 는 거라고 산은 생각했다.

고개를 돌려 목운동을 하고 콧구멍을 벌름거렸다. 그럴수록 산은 자신의 몸이 거실 중앙으로 조금씩 아주 조금씩 이동하는 걸 느꼈 다. 산은 눈을 끔뻑이고 손가락 마디를 소리 나게 꺾었다.

이니도 누운 채 몸을 뒤챘다. 무릎을 접거나 고개를 좌우로 흔들 었다. 그럴수록 이니도 무언가에 떠밀리듯 거실 중앙으로 조금씩 이동했다. 이니는 턱을 들거나 양팔을 벌렸다가 접었다. 입술을 작 고 동그랗게 오므렸다가 폈다.

산은 건물에도 배꼽이라는 게 있을 거라는 생각을 했다. 자신과 이니가 지금 그 배꼽으로 모여드는 거라고. 이유는 알 수 없었으나 거기에는 왠지, 천체가 서로의 임계 거리를 유지하려는 힘의 원리가 숨어 있을 것 같았다. 척력이든 인력이든, 어쨌든 그런 힘.

산과 이니는 개미지옥에 미끄러져 들어가는 곤충처럼 쉼 없이 움 직였고 조금씩 조금씩 거실 중앙으로 이동했다.

두 사람의 존재 반경이 또다시 최소한으로 축소되었다. 여지라고 는 없이 살이 맞닿았고 서로 파고들었다. 그러는 순간 그들에게 바 깥은 없었다.

이니의 입에서 토사물 냄새가 났다. 젖이 산화할 때 나는 냄새 같았다. 산은 아랑곳하지 않았다. 더러운 이니의 발바닥이 산의 살갗에 닿았고, 산의 거친 발바닥도 이니의 살갗에 닿았다. 딱딱하고 지저분한 거실 바닥 따위에 마음을 쓰지 않았다. 토사물 흔적을 더듬듯 산은 이니의 몸에 코를 댔다.

이니가 산을 끌어안으며 등을 가볍게 두드렸다. 세 번 두드리고 네 번 두드렸다. 네 번 두드리고 세 번 두드렸다. 세 번과 네 번을 번갈아 두드렸다.

쓰다듬는 느낌이면서, 산에게 그것은 망치질 같았다. 한 번 두드릴 때마다 산은 자신의 몸이 1센티미터씩 이니에게 들어가 박히는 것을 느꼈다.

어두운 세계. 다시 헤어나고 싶지 않은 명부. 그곳으로 산은 망치질을 따라 천천히, 그리고 끝없이 추락해 들어갔다. 추락해 들어갈 때면 언제나 그랬듯, 어둠뿐인 세계로 떨어져 내리면서, 돌아보지 말자 돌아보지 말자고 산은 다짐했다. 더는 갈 수 없는 안쪽의 끝. 그 끝까지 도망쳐 그곳에 언제까지고 머물자고.

그곳에 머물면 헤어나다가 연기처럼 사라지거나 소금 기둥이 될 염려도 없어…… 산은 이니의 말을 들었다. 이니의 말이라고 여겼다. 빛 이전의 그곳. 언제까지고 그곳에 머물러라. 그런 너를 나는 단단히 품고 있을게. 너를 품어 나도 그곳에 머물게.

소리와 빛깔이 증발하는 순간을 산은 갈망했고, 머잖아 어떤 소리 어떤 빛도 남지 않게 되었다. 물속 깊이 들어온 거라고 산은 생각했다. 머릿속은 하얗고 눈앞은 까맸다. 등을 두드리는 이니의 손길만 오래오래 지속되었다.

24

산은 잠에서 깼다. 시각은 알 수 없었다.

그가 처음 알아차린 것은 까마귀 울음이었다. 모터사이클 소리가 뒤를 이었다. 뒤꼍으로 바람이 지나갔다.

산은 눈을 뜨지 않았다. 어둡고 붉은 빛이 그를 감싸고 있었다. 비릿한 냄새가 떠돈다는 것을 알았다. 바닥의 거친 감촉이 등에 닿았다. 감각이 돌아오기 시작했다.

산은 눈을 떴다. 커튼 밖이 희미했다. 거실은 어두웠으나 밤이 아니라는 걸 알았다. 이니는 그의 곁에 광물처럼 잠들어 있었다. 충격이라도 주면 두 동강이 날 것 같았다. 그녀의 발바닥은 여전히 더러웠다.

산은 이니와 이니의 발바닥을 보고 커튼을 보고 집 밖의 희붐한 빛을 바라보았다. 바람 소리를 듣고 까마귀 울음소리에 귀 기울였다. 비릿한 냄새를 다시 맡았다. 집 안팎의 것들을, 작은 서슬까지 낱낱이, 반복해서 느꼈다.

그런 것에 집착하는 자신이 산은 점점 낯설었다. 일어서서 커튼을 조금 젖히고 밖을 내다보았다. 약해진 햇빛이 담장에 걸쳐 있었다. 그때까지 해는 지지 않고 있었다.

알몸으로 반듯하게 누워 잠든 이니는 한 세기 뒤에나 깨어날 것 같았다. 산은 오감을 활짝 열고 무언가를, 감각되어야 할 어떤 것인가를 간절히 찾았다. 그가 찾는 것은 그러니까, 현재 안에 결여된 것이었다. 지금은 없는 것. 이전에는 있었으나 지금은 없어져 알 수 없는 것.

어떤 것에 대한 감각의 기억이 사라진 거였다. 사라졌다는 사실만 확연할 뿐, 무엇이 사라졌는지는 알 수 없었다.

바람 소리나 자동차 소음처럼 그것은 늘 있던 거였다. 그것이 사라지면서 감각의 기억까지 함께 사라진 걸까.

침대가 놓인 창가로 저물기 시작하는 하늘이 보였다. 산은 하늘을 보고 보고 또 보았다. 현재 안에 결여된 '그것'은 저무는 하늘과 연관 있는 듯했다. 하늘이 저물기 시작하는 시각에 그것은 자신의 존재를 드러내곤 했던 것일까.

늘 있었던 것인데 말이야……. 이니가 깨어나면 물어보아야겠다고 산은 생각했다. 하늘이 저무는 시각이면 영락없었을 거야. 이니, 그게 뭔지 알겠어?

그러나 이니가 깨어나려면 한 세기를 기다려야 할 것 같았다. 무얼까. 산은 오감을 활짝 열어놓은 채 감각과 관련된 기억의 작은 기미들을 되작거리기 시작했다.

이니의 가슴은 고르게 오르내렸고 숨소리는 낮았다. 산화한 젖내는 요람에 대한 그리움을 불러일으켰다. 무얼까. 산은 중얼거렸다. 창밖에 남아 있던 빛이 스러졌다.

이웃들은 하나둘 백열등을 켤 것이다. 까마귀 소리는 조금 더 크게 들릴 것이며 냉장고 소음도 커질 것이다. 산은 끝내 알 수 없었다. 있다가 사라져 결여로 남은 그것.

25

파가 죽었어.

첫말을 그것으로 해야겠다고 윤지는 다짐했다. 산을 보면 다른 인사보다 먼저 부고를 전하고 싶었다.

윤지는 주소지 현관 밖에 당도했다.

파가 돌아가셨어. 노크하기 전에 첫말을 바꾸어보았다. 파가 돌아가셨어. 윤지는 고개를 가로저으며 다시 입속으로 짧은 문장을 공글렸다. 파가 죽었어.

엘리베이터가 없는 공동주택이었다. 계단과 복도는 낡고 어두웠고 지나치다 싶을 만큼 넓었다. 4층까지 걸어 오르면서 윤지는 긴장을 늦추지 못했다. 산발한 강도가 칼을 들고 튀어나올 것 같았다.

그러나 광고지로 덕지덕지해야 제격일 벽이며 현관문은 깨끗했다. 낡고 어두울 뿐 지저분하지 않다는 걸 윤지는 알았다. 건물 전체에서 풍기는 검소한 분위기에 마음을 놓았다.

윤지는 수첩에 적혀 있는 호수와 현관문에 붙은 숫자를 한 번 더 확인했다.

산이 저 안에……. 윤지는 한 손을 가슴에 얹었다. 지금 몇 걸음 밖에 안 떨어져 있다는 말인가. 가만히 숨을 몰아쉬었다. 윤지는 비에 젖던 시장 길의 전봇대를 떠올렸다. 짐을 싸고 비행기를 타고 열두 시간 걸려 날아오던 기억과 공항의 낯모를 사내와 주고받았던 짧은 대화가 빠르게 스쳐 지나갔다.

재재동산의 보리수나무가 뽑히던 날 파가 죽었다.

그 사실을 알리려고 전화를 했으나 산은 받지 않았다. 윤지는 전원이 꺼져 있다는 안내 멘트만 들었다.

틈날 때마다 전화했다. 파의 장례를 마칠 동안 윤지가 산에게 건 전화는 150통이 넘었다. 인터넷으로 산이 다니는 학교의 연락처를 찾아 수소문했지만 산의 행방을 아는 사람은 아무도 없었다.

최소한 하루에 한 번씩 산에게 전화했다. 전화기에서 들려오는 안내 멘트는 매번 같았다.

재재동산에서 보리수나무와 파가 한날한시에 사라졌다. 그 무서운 사정을 자기 혼자만 알고 있다는 게 윤지는 견디기 어려웠다. 산이 그 사정을 알게 된다면 마음의 부담이 반으로 줄어들 것 같았다.

보리수나무와 파가 없어져 슬픈 건지, 무서운 건지, 산이 그리운 건지, 외로운 건지, 윤지는 알 수 없었다. 여러 감정이 소용돌이쳤다.

보리수나무는 파가 좋아하던 나무였고 하가 싫어하던 나무였다.

산과 윤지는 보리수나무 그늘을 생쥐처럼 드나들며 보리알보다 조금 큰 빨간 열매를 따 먹었다. 혀가 빨갛도록 따 먹고 날름거리며 웃었다. 그러는 산과 윤지가 귀엽고 예뻐서 보리수나무를 지켜내는 거라고, 어느 날 하가 없는 자리에서 파가 말했다.

파는 산과 윤지에게 그런 말을 은밀히 해주었다. 파에게 그런 말을 듣는 것이 윤지는 좋았다. 파의 말에서는 그늘과 습기와 바람이 발효된 맛이 났다.

파의 음성과 표정을 대할 때마다 윤지는 절로 그런 생각이 들었다. 뭔가 발효된 거라면 그것은 그늘과 습기와 바람일 거라고. 파는 언제나 산과 윤지와 함께 있는 것을, 산과 윤지를 함께 엮어 말하는 걸 즐겼다.

하는 보리수나무를 마뜩잖게 여겼다. 산과 윤지가 가시에 찔릴 수 있다는 게 이유였으나, 내심 더 많은 이유를 갖고 있었다.

아무렇게나 자라는 나무라는 게 하에겐 가장 큰 불만이었다. 윤지는 하가 아무렇게나 자라는 것들을 제일 싫어한다는 사실을 잘 알았다. 아무렇게 자라는 배추, 아무렇게 자라는 풀, 아무렇게 자라는 돼지. 그런 것들을 하는 좋아하지 않았다.

하는 산이 읽던 소설책을 슬쩍 들춰보다가 말하기도 했다. 문장이라고는 원, 아비 없이 아무렇게나 자란 아이 같구나. 윤지는 못들은 척했다.

윤지에게는 아버지도 어머니도 없었다. 오랫동안 한가족처럼 지내왔기 때문에, 하가 윤지의 형편을 종종 망각하는 거라고 이해했다. 어쨌든, 아무렇게나 자란다는 이유로 하는 보리수나무를 싫어했다.

보리수가 성문 앞 우물곁에 서 있다구? 보리수가? 헐헐헐.

파가 보리수나무 밑에서 어떤 가곡인가를 부르면 하는 과장된 너털웃음을 웃었다. 그 그늘 아래 단꿈을 보았단 말이지? 헐헐헐. 윤지는 그런 하의 웃음을 기억했다. 그건 린덴바움이지 보리수가 아니야, 피나무라구 그건. 헐헐헐. 파는 노래를 그쳤다.

떫어서 애들이 먹으면 똥구멍이 막힌단다. 그런데 너희는 너무 많이 먹는구나. 하는 윤지와 산에게 보리수나무 열매가 안 좋은 이유를 친절히 설명했다.

그러나 윤지는 알게 되었다. 보리수나무는 재재동산이 생기기 훨씬 이전부터 그곳에 있던 토박이 나무였으며, 하를 아랑곳하지 않고 제멋대로 아무렇게나 자랐으며, 그리하여 하로부터 '경관을 해치는 나무'로 낙인찍혔다는 것.

똥구멍 같은 소리 하고 있네.

파는 그런 말을, 하가 없는 보리수나무 그늘 깊은 곳에서 윤지와 산에게 몰래 들려주며 통쾌해했다. 어째서 파가 그토록 통쾌해했는지, 당시엔 윤지도 알지 못했다.

재재동산은 하의 분재동산이었다. 산도 윤지도 그곳에서 분재나무들과 함께 분재나무처럼 자랐다.

나무들은 화분에서 성장을 멈추었다. 소나무도 벚나무도 작은 화분을 벗어나지 못했다. 윤지는 화분과 화분 사이를 뛰어다니며 산과 숨바꼭질했다.

하는 마음먹은 대로 나무를 길들일 줄 아는 사람이었다. 생명은 있으나 성장을 멈춘 나무들을 볼 때마다 하의 눈이 기이하게 빛나던 것을 윤지는 기억했다.

재재동산에 화분만 있었던 것은 아니었다. 땅에서 자라는 나무도 있었다. 그러나 어떤 나무든 하의 키를 넘지 못했다. 둥치 굵은 주목들도 윤지의 키를 넘지 못했다.

하의 키를 두세 배 훌쩍 넘어 우거진 것은, 윤지의 기억으로는, 애초부터 그 자리에 서 있던 보리수나무가 유일했다.

보리수나무는 한눈에 띄었다. 윤지는 그 나무의 흰 꽃과 가을의 빨간 열매를 좋아했다. 한눈에 띄는 보리수나무를, 한눈에 띈다는 이유로 하는 마뜩잖아했다.

하에게는 파가 보리수나무 같은 존재였다. 경관을 해치는 나무. 아홉 살이 되고 열 살이 되면서 윤지는 그것을 알아차렸다. 틈만 나면 하가 보리수나무를 치워버리려 한다는 사실도.

그러나 보리수나무를 가장 좋아했던 게 산과 윤지였다. 누구보다 산과 윤지를 사랑한다던 하는 그 나무를 치워버릴 수 없었다. 파가 통쾌해하는 이유를 윤지는 비로소 알게 되었다.

나무든 사람이든 제멋대로 살아야지……. 파는 보리수나무 밑에서 흥흥거리며 웃었고 노래를 불렀다. 윤지는 산과 함께 파의 단아한 노래를 들었다. 오늘 밤도 지났네 그 보리수 곁으로, 깜깜한 어둠 속에 눈 감아보았네…….

하가 재재동산을 일구는 동안 파는 산을 열심히 돌보았다. 하도 파 못지않게 산을 가꾸었다. 산이 무럭무럭 예쁘고 착하게 자라나는 것을 윤지는 누구보다 가까이서 지켜본 사람이었다.

하는 분재하듯 산을 키웠고, 파는 산이 보리수나무처럼 하의 키를 훌쩍 넘어 우거지기를 바랐다. 윤지는 하, 파, 산, 모두 재재동산 사람이라는 걸 알았다. 그들은 재재동산을 벗어나지 않았다.

산은 파의 뜻을 충분히 받들지 못했다. 사람이나 짐승이나 나무나, 더 강한 요구와 주문에 빨리 길들기 마련이라는 사실을 윤지도 인정하지 않을 수 없었다. 하는 스물네 개나 되는 분재용 고급 전지 전문 가위를 소유한, 재재동산에서 제일 강한 사람이었다.

윤지는 성장하면서 산을 좀 더 깊이 보았다. 그가 꺾꽂이가 잘되는 석류, 왜철쭉, 동백나무와 같은 심성을 타고난 사람이라는 걸 알았다.

윤지도 그런 산이 좋았다. 파도 거칠거나 무성한 사람은 아니었다. 재재동산 담장 밖으로 제멋대로 가지를 뻗어 넘는 것은 보리수나무 말고는 그 어떤 것도 없었다.

하가 산을 대하고 가르치는 방식은, 윤지가 보기에, 일구거나 가꾸는 것과는 거리가 있었다. 하는 산을 분재하듯 다루었다.

자기 뜻을 일방적으로 관철해 나아가는 방식을 두고 '보살핌'이라고 여기는 사람이 하였다. 산은 불만을 드러내지 않았다. 더 나은 보살핌을 산은 알 수 없었고 알려 하지 않았다. 산은 재재동산 안에서 자랐다.

윤지도 재재동산 사람이었고 하의 보살핌의 대상이었다. 재재동산을 윤지는 20년 가까이 드나들었다. 산과 다르지 않았다.

재재동산과 다르게 생긴 동산이나 숲이 있다는 사실을 윤지도 오랫동안 깨닫지 못했다. 동산이든 숲이든 윤지와 산에게는 재재동산이 전부였다.

26

재재동산에 대한 하의 '보살핌'은 놀랄 만한 것이었다. 흙의 입자를 하나하나 세고 만지고 냄새 맡고 핥았다. 이팝나무와 매화나무와 소나무 이파리를 한 잎 한 잎 낱낱이 씻고 훔쳤다.

그러는 하를 보며 윤지는 자랐다. 혹가위로 집고 핀셋으로 당기며 나무 상처에 분재 연고를 바르는 하의 모습은 신경세포 복원술을 집도하는 외과의와 다를 바 없었다.

하는 그렇게 산을 보살폈다. 하에게 불만을 품을 일이 산에겐 없었다. 어려서부터 재재동산 출입을 특별히 허락받고 산의 가족처럼 보살핌을 받았던 윤지도 불만이란 있을 수 없었다.

윤지는 이대로 커서, 산의 아내가 될 거라는 생각이 들었다. 생각한 게 아니라 그런 생각이 들었다. 윤지의 생각은 종종 말이나 행동으로 드러났다. 드러내는 것이 아니라 드러나는 것이었다. 파도 하도 산도 그걸 알아챘다. 산은 쑥스러워했고 파와 하는 흐뭇해했다.

하는 자신의 보살핌의 방식을 사랑이라고 믿었다. 산도 윤지도 그것을 사랑이라 여겼다. 넘치고 흐르는 사랑이었다. 하의 방식을 사랑이라고 인정하지 않았던 사람은 파뿐이었다.

가위로 자르고 철사로 비틀면서 모든 게 모든 게 모든 게 너희를 위해서라구? 보리수나무 아래서 파는 말도 많았고 목소리도 컸고 노래도 잘 불렀다. 하 앞에서와는 기세가 판이했다.

하의 방식이 사랑인지 아닌지 윤지는 판단할 수 없었다. 산은 하의 보살핌을 받고 잘 자랐고 윤지도 늘 예쁘다는 소릴 들으며 컸을 뿐이다. 하의 방식을 거부하지 않았다는 것을 윤지는 알고 있었다.

산은 공부를 매우 잘했고, 학교에서든 동네에서든 인기를 독차지했다. 탈락이나 불합격이라는 걸 모르는 아이로 성장했다. 하의 방식에 산도 윤지도 만족하는 쪽이었다.

옳고 그름을 떠나, 하의 방식이 산과 윤지에게 잘 맞았다. 윤지도 자신이 보리수나무가 아니라 꺾꽂이가 잘되는 석류, 왜철쭉, 동백나무 쪽이라는 걸 알았다.

하의 자긍심은 나날이 높아갔으며, 재재동산에 누구도 범접할 수 없는 자신의 질서를 세우고 확고히 다져나갔다. 나무한테나 사람에게나 그랬다. 하는 자신의 모든 것을 아낌없이 산에게 쏟아부었다. 그 모습이 윤지에겐 종종 눈물겨웠다.

태풍이 오고 산사태가 져 재재동산이 온통 쓸려나갔을 때 산의 집도 흙더미에 고스란히 파묻혔었다. 구조대가 사흘 밤낮으로 진흙을 걷어내고 그 안에서 파와 하와 산을 구했다. 윤지는 고모와 함께여서 사고를 면할 수 있었다.

신문과 방송에서는 기적이라고 했다. 어린아이를 끌어안은 모양 그대로 구조된 하는 고결한 부성애의 본보기로 오랫동안 사람들의 입에 오르내렸다.

윤지도 그 모습을 보았다. 폼페이 유적에서 발굴된 인체 같았다. 어린아이를 끌어안은 하의 굳은 팔을 펴는 데 한 시간이 걸렸다. 한 시간 뒤 하의 몸에서 떨어져 나온 어린아이는 물론 산이었다.

수십 년간 가꾸어온 재재동산의 완전한 유실에 대하여 기자가 심정을 물었을 때, 하는 조금도 망설이지 않고 산이면 그만이라고, 산이 있어 슬픔을 잊고 재재동산을 복원해낼 거라고 말했다. 침착하기 그지없는 하의 음성을 윤지는 곁에서 들었다.

사람들은 그의 말을 믿었다. 윤지도 산도 하의 말을 진심으로 받아들였다. 하는 믿음을 저버리지 않았다. 재재동산을 다시 키워냈다. 하는 그런 사람이었다.

재재동산 한편에서 소리 없이 수상한 그늘을 드리운 채 은밀한 가시를 키우는 보리수나무가 있었다면, 그것은 파였을 뿐이다.

그 보리수나무가, 파의 생명이, 한날한시에 뿌리째 뽑혔다.

윤지에게는 그 사태가 당연하고도 자연스럽게 보였다. 파와 보리수나무. 다만 그 순간이 너무 일찍 왔다는 거였다. 파에게는 갑자기 쓰러져 절명할 만한 병증이 그동안 없었다. 파의 최근 건강에 관해 윤지만큼 아는 사람은 없었다.

숨지기 전날 파가 하와 다투었다는 건 윤지도 알고 있었다. 두 사람은 보리수나무 퇴출 문제로 또 싸웠다. 퇴출이라는 말을 고집했던 건 하였다. 재재동산의 식물로서 보리수나무는 자격 미달이라고 그는 늘 말했다.

자주 있던 다툼이었고 윤지는 크게 신경 쓰지 않았다. 큰 소리로 다툰 것도 아니었다. 괴사가 시작된 보리수나무 밑동에 곰팡이가 슬고 그 포자가 다른 식물한테 나쁜 영향을 준다고 하가 말했을 뿐이다.

보리수나무에 대한 하의 불만 레퍼토리는 언제나 같았다. 그래서 윤지도 다 아는 거였다. 나무가 늙으면서 거미와 거미줄이 늘어난다는 것, 넓은 그늘이 각다귀를 키운다는 것, 낙엽이 재재동산을 크게 어지럽힌다는 것, 애들이 열매를 좋아했던 것은 이미 옛날얘기라는 것 등이었다.

아무렇게나 자라는 나무라는 이유는 뺐다. 그래도 어쨌든 안 된다구요……. 파는 일부러 그럴듯한 논리와 이유를 피했다. 무조건 안 된다고 버텼다.

윤지가 보기에 파의 방식은 효과가 있었다. 윤지와 산이 더는 보리수나무를 가까이하지 않게 되었음에도 나무가 퇴출당하지 않았던 것은 파의 오기 때문이었다.

이번엔 꼭 치워야겠어. 안 돼요. 치운다니까. 안 된다니까요. 옥신각신하는 소리를 윤지는 저문 창문 밖에서 들었다. 이유를 대봐. 글쎄 안 된다니까요. 무조건 안 된다고만 하면 어쩌자는 거야? 무조건 안 돼요. 왜? 그냥요.

다툼은 끝날 것 같지 않았다. 당신 같은 벽창호하고 언제까지고 이러기만 할 내가 아니란 거 알지? 내가 벽창호라구요? 벽창호지 않구? 지나가던 벽창호가 듣고 웃다가 입이 찢어져 죽겠네요.

저녁이 되어 고모가 있는 집으로 돌아갔기 때문에 윤지는 그 뒤의 일을 알 수 없었다. 이튿날 아침 윤지는 보리수나무가 통째로 뽑힌 걸 보았고 파가 방 안에 쓰러진 것을 보았을 뿐이다.

보리수나무는 뿌리를 뽑히고도 포클레인 톱니에 이리저리 휘둘렸다. 포클레인은 쓰러진 늙은 보리수나무를 끌고 굴리며 지그재그로 움직였다.

윤지는 일제히 배면을 드러낸 이파리들을 보았다. 보리수나무는 눈을 허옇게 뜨고 나자빠진 시신처럼 창백했다. 산사태 때도 쓸려 내려가지 않았던 보리수나무였다.

파는 방 안에 쓰러진 보리수나무였다. 쓰러진 파 언저리에는 머리카락과 검불과 천 조각과 더불어 실제로 많은 양의 보리수나무 잎이 어지럽게 널려 있었다. 누군가 보리수나무 잎을 긁어다 아무렇게나 흩뿌려놓은 것 같아 윤지는 놀란 입을 다물지 못했다.

나무가 쓰러질 때 흩어져 날아온 보리수나무 이파리가 아니었다. 집과 보리수나무는 멀었다. 윤지는 그 많은 보리수나무 잎의 정체를 알 수 없었다.

큰 개가 물어뜯고 팽개친 베개처럼, 파는 너덜너덜하고 헐겁고 처참했다. 평생 보리수나무 그늘을 좋아했던 파였으므로, 보리수나무 잎은 차라리 저승길에 흩뿌려진 헌화였다.

너덜너덜하게 죽어 있는 파도, 어지럽게 널린 보리수나무 잎도, 윤지에겐 사람의 소행으로 보이지 않았다. 무언가 그들의 생명을 동시에 거두어 가면서 알 수 없는 수수께끼로 자신의 자취를 남긴 거라고 생각했다. 보리수나무와 파의 운명을 함께 관장하던 그 무언가.

집 밖에서 포클레인이 개처럼 으르렁거렸다. 윤지가 비명을 질러도 포클레인은 멈추지 않았다. 미친 듯이 하를 불렀으나 윤지의 외침은 포클레인 소음에 파묻혔다.

돌을 들어 포클레인 운전석으로 던졌다. 세 개째의 돌이 운전석 유리에 맞았고 마침내 엔진이 꺼졌다. 모든 것의 숨이 끊긴 것처럼 재재동산은 갑자기 조용해졌다.

파는 그렇게 보리수나무와 함께 세상을 떠났다. 윤지는 산에게 연락하려 했으나 끝내 파의 부고를 전하지 못했다.

하는 파의 죽음보다 산의 증발에 더 큰 충격을 받는 것 같았다.

장례가 끝나고부터 하는 윤지가 산을 찾아 나서길 바랐지만 어쩐지 윤지는 선뜻 나서지지 않았다. 산과 자신의 운명을 관장하는 무언가가 있다면(있기를 바랐다) 그것이 찾아 나설 때를 알려줄 것 같았다. 그것의 암시가 비 오는 날 전봇대를 타고 내려왔다는 생각이 들었다. 생각한 게 아니라 생각이 든 거였다.

마침내 윤지는 낯선 나라에 도착했고, 산의 주소에 다다랐고, 현관문 앞에 섰다. 그에게 해야 할 첫마디가 다른 말일 수 없었다.

파가 죽었어.

윤지는 그 말을 입속에서 몇 번이고 굴렸다.

27

냉장고 소음과 오이피클 썸는 소리밖에 들리지 않았다. 폴란드 청년은 헝클어진 머리를 가끔 흔들었다. 그리고는 다시 냉장고로 가 슬라이스 오이피클을 꺼내 왔다.

윤지는 말없이 오이피클의 단면을 내려다보았다. 동그랗고 얇았다. 윤지가 집 안에 들어선 뒤로 청년은 냉장고를 세 차례나 열었고, 그때마다 꺼내 온 것이 오이피클이었다.

바람 든 오이로 만든 피클이었다. 그럴 거라고 윤지는 짐작했다. 단면에 몇 개의 구멍이 보였다. 어떤 피클은 웃는 얼굴 모양이었다. 윤지는 웃음을 참았다.

어제 포도주를 많이 마셨어요.

청년은 고개를 들지 않고 말했다. 피클 씹는 소리가 그의 턱뼈를 타고 올라 정수리에서 묘한 공명음을 냈다.

어제 포도주를 많이 마셨군요.

윤지는 청년의 말에서 I를 빼고 You를 넣었다. 냉장고 소음과 오이피클 씹는 소리가 기괴하게 실내를 휘저었다. 윤지는 청년에게 더 물을 것이 없었다. 그러나 5분도 안 되어 산의 거처에서 쑥 나가버리고 싶지도 않았다.

차를 마시겠느냐고 청년이 물었으나 윤지는 괜찮다고 했다. 괜찮다는 말에 '진심으로'라는 말을 보탰다.

청년은 세수도 안 한, 금방 잠에서 깬 얼굴이었다. 청년은 알겠노라며 흔쾌히 딱 한 번 고개를 끄덕였고, 오이피클을 먹기 시작했다.

오가닉애시드라는 말과 아세트알데하이드라는 말을 겨우 들었을 뿐 윤지는 청년이 혼자 웅얼거리는 말을 알아들을 수 없었다.

그러거나 말거나 윤지는 식탁 의자에 우두커니 앉아 있었다. 가끔 산의 방을 바라보았다. 새로 산 듯한 흰 운동화 한 켤레가 방 귀퉁이에 놓여 있었다.

해장하는 겁니다.

청년의 입에서 나온 단어의 뜻을 알 수 없었으나 윤지는 그것을 '해장'이라고 넘겨짚었다. 단어의 뜻을 알거나 모르거나 달라질 일은 아무것도 없었다.

해장하는 거군요.

윤지는 또 You만 바꾸어 넣었다.

산에 관해 청년이 말했을 때도 윤지는 그렇군요, 그런가요? 정말요? 알겠어요, 라고 대답했다. 청년의 말은 길지 않았고 되물을 것도 없었다. 어디를 가느냐고 해도 산은 말이 없었어요. (그렇군요.) 언제 올 거냐고 물어도 산은 대답이 없었어요. (그런가요?) 짐을 싸 나갔거든요. (정말요?) 그게 전부예요. (알겠어요.) 청년도 산의 행방을 알지 못했다.

청년은 피클을 씹으면서 말했다. 이 도시엔 언제 왔는지, 오는 데 얼마나 걸렸는지를 윤지에게 물었다. 매우 쉬운 질문이었고, 궁금해서 던지는 질문 같지도 않았다. 어제 오후에. 열두 시간. 윤지는 문 장을 갖춰 대답하지 않았다. 어색해서 거는 말일 뿐일 거라고 윤지 는 생각했다.

집을 찾는 데 어렵지는 않았는지 청년은 물었고 윤지는 조금, 이 라고 대답했다. 그는 자신이 요리사라며, 윤지로서는 믿을 수 없는 말을 했고 하품을 했다. 그리고 덧붙였다. 나 같으면 그의 방에 들 어가보겠어요. 그를 보려고 열두 시간이나 날아온 거잖아요.

청년의 눈은 와인색으로 충혈되어 있었다. 실컷 오이피클을 먹고 트림하고 싶어 하는 눈이었다.

윤지는 산의 방으로 들어섰다. 재재동산에 있는 산의 방이 황궁 이라면, 낯선 나라 낯선 도시 한 귀퉁이에 세 든 그의 방은 걸인의 처소였다.

쓸쓸한 유학생의 거처를 짐작해보지 않았던 것은 아니었으나, 윤 지가 선뜻 산의 방에 들어서지 못한 이유가 그것이었다. 짐작이 현 실이 되는 순간과 맞닥뜨리고 싶지 않았던 것이다.

커튼 없는 창문이 한 개, 옵션 테이블과 침대가 양쪽 벽 아래 마 주 보며 각각 하나씩 놓여 있었다. 손잡이가 떨어져나간 붙박이장, 여기저기 흩어져 있는 30여 권의 책. 그것이 전부였다.

산은 이 나라에 길어야 2, 3년 더 머물 거라는 걸 윤지는 알고 있 었다. 그 사이에라도 산은 언제든 거처를 옮길 수 있는 거였다. 세 든 집일 뿐이었다.

옹색하고 초라한 것은 어쩔 수 없겠으나, 방 안의 모든 것에서 온기를 느낄 수 없다는 게 윤지는 서글펐다. 무엇보다 견딜 수 없었던 건, 당장, 방에, 산이 없다는 점이었다. 언제 돌아올 줄 모른다는 사실이었다.

습하고 차가운 기운이 느껴질까봐 윤지는 산의 물건들을 만지지 않고 눈으로 훑었다. 스프링 달린 완력기, 작고 납작한 베개, USB 메모리가 담긴 사기 접시, 빈 유리병, 머그잔, 노란색 포스트잇, 일회용 가스라이터, 전자계산기, 이어폰, 나무 필통, 탁상시계, 투명 테이프, 튜브형 로션, 스테이플러와 오프너, 분사형 살충제, 컴퍼스와 커터, 미니 달력, 잉크병, 압정, 실내용 슬리퍼, 낡은 지갑, 접는 부채, 유성 펜, 흑단 목각…….

물건들 하나하나에 10여 초씩을 할애해 바라본 뒤, 윤지는 방을 나섰다. 현관으로 곧장 향했다. 폴란드 청년이 엉거주춤 일어섰다. 산을 찾을 거라면 이곳에 묵으며 기다려도 괜찮다고 그가 말했다. 방세는 이미 지급되었으니까요.

윤지가 청년을 바라보았다. 청년도 윤지를 바라보았다. 잠시 침묵이 흘렀다. 침묵이 흐른 뒤, 방학 중에도 산은 늘 학교엘 갔다, 고 그가 말했다. 습관을 바꾸지 않았다면 어쩌면 오늘도 도서관에 있을지 모른다고.

윤지는 청년에게 메모지 한 장을 건넸다. 메모지에는 '파가 죽었어'라고 적혀 있었다. 그뿐이었다. 윤지는 눈인사를 하고 현관을 나섰다. 청년이 따라 나왔다.

복도에서 윤지는 다시 그에게 눈인사를 보냈다. 그만 됐으니 들어가보라는 뜻이었다. 청년은 들어가지 않고 머뭇거렸다. 대단히 고마웠습니다. 윤지는 입을 열고 힘주어 말을 건넸다. 저어, 청년이 더듬거렸다.

이 말을 해야 할지 말아야 할지 고민했습니다. 산은 여자와 함께 나갔습니다. 처음 보는 어린 동양 여자였습니다.

여자와 짐을 싸서 나갔다. 윤지는 상황을 그렇게 정리했다. 하가 떠올랐다. 그랬군요……. 윤지는 그 한마디를 청년에게 남기고 돌아섰다.

복도와 계단은 여전히 낡고 어두웠고 지나치다 싶을 만큼 넓었다. 윤지는 4층에서 1층까지 천천히 걸어 내려왔다.

연락이 두절된 사태를 두고 하가 말했다. 휴대폰 전원이 꺼져 있다는 멘트가 15일째 계속되던 날 아침이었다. 망덕한……. 그 한마디였다. 윤지는 한참 뒤에야 하가 말한 뜻을 알아차렸다.

보리수나무가 없는 재재동산은 며칠 동안 횅뎅그렁했다. 동산에 떠오르는 해가 보리수나무 가지에 걸리는 순간을 파와 산과 윤지는 좋아했었다.

망덕한……. 상대가 산이라면 하는 좀처럼 그런 말을 하지 않았다. 더구나 윤지 앞에서는 산의 복된 면만 말했다. 그랬던 하가 윤지가 듣는 앞에서 산을 탓했다. 하의 원망이 어느 정도일지 윤지는 가늠하고도 남았다.

하가 생각하는 그런 쪽이 아닐 거라고 윤지는 생각했다. 다른 사정이 있을 거라고. 그러나 윤지는 산을 찾아 나서지 않았다. 나서지지 않았다. 그 이유를 알지 못했다.

지상에 내려온 윤지는 6층짜리 플랫을 올려다보았다. 그곳에 산은 없었다. 여자와 짐을 싸서 나가고 없었다. 망덕한……. 하의 말이 떠올랐다.

산은 망덕할 수 없는 사람이었다. 망덕해서는 안 되는 사람이었다. 윤지는 그렇게 믿었다. 파와 하의 은덕과 사랑 없이 산은 존재할 수 없었다. 귀하고 귀했다. 그런 산이라면 행불의 이유에도 그에 값하는 내용이 담겨야 한다는 게 윤지의 생각이었다.

플랫은 중세 유적처럼 투박했다. 지붕 위의 푸른 하늘을 윤지는 바라보았다. 떠나온 나라의 하늘 색깔과 다다른 나라의 하늘 색깔이 달랐다.

윤지는 알 것 같았다. 연락 두절된 산을 어째서 선뜻 찾아 나서지 않았는지. 나서지지 않았는지. 하의 한마디 말에 실린 예감의 무게가 얼마나 큰 것이었는지.

하늘 색깔은 말 그대로 하늘색이었다.

28

어떤 기척이 있었고, 그것이 산의 움직임이라는 것을 이니는 알아차렸다. 이니는 차츰 잠에서 깨어났다. 해저에서 천천히 헤엄쳐 올라오는 은빛 물고기를 떠올렸다. 물고기가 수면에 닿으면 눈을 떠야지, 생각했다.

커튼을 비집고, 바깥을 내다보고, 거실을 오가고, 그러다가 멈추는 산의 움직임이 느껴졌다. 산의 머릿속에 일렁이는 상념이 그를 저토록, 조용하지만 끝없이 움직이게 하는 거라고 여겼다.

산은 집요하게 '결여'를 떠올리고 있었으나, 그의 머릿속 상념이 무엇인지 이니는 알지 못했다.

이니는 눈을 감고도 하루의 때를 가늠할 수 있었다. 해가 진 지 길어야 5분. 땅거미가 내려와 세상이 어스레해지는 순간. 그 순간의 정적 안에 산과 함께 있는 자신을 가만히 쓰다듬어주고 싶었다.

이니는 가끔 그러고 싶었다. 도망쳐 온 자신을, 산과 함께 있는 자신을, 게을러지는 자신을, 꼬질꼬질해지는 자신을, 미약하고 미력해지는 자신을, 쓰다듬어주고 싶었다.

배트맨이 벽을 뚫고 나타나 집 안을 꿈의 궁전으로 바꾸어놓은 뒤로 이니는 방바닥에 누워 빈둥거린 적이 없었다. 조심스럽게 걷고 조심스럽게 앉고 조심스럽게 누웠다.

팰리스 동에서는 팰리스 동에 어울리는 몸가짐이 필요한 거란다……. 그렇게 말하기 시작한 것은 마였다. 바도 웅웅거리며 마의 말에 찬동했다.

이니는 팰리스 동에서 마와 바와 함께 살았다. 명령하는 자는 아무도 없었으나 마와 바와 이니는 명령을 조신하게 따랐다. 명령하는 자가 있었다면 팰리스 동밖에 없었다.

건물은 침묵할 뿐이었다. 명령이 있었다면 그것은 내가 나에게 하는 명령이었다. 몸과 마음을 단속하는 사람은 주로 마였으나, 마는 마 자신을 비롯한 바와 이니의 대표일 따름이었다. 그들은 스스로 명령했고 스스로 따랐다. 팰리스 동은 언제나 새하얗게 빛났다.

이니는 누운 채로, 산의 움직임을 가늠했다. 주변은 더 어두워졌다. 헤엄쳐 올라오는 물고기가 언제쯤 수면에 닿을지 알 수 없었다. 물고기는 언제까지고 어둠 속에서 헤엄쳐 오르기만 할지도 모르는 일이었고, 이니 또한 눈을 뜰 수 없을지도 몰랐다.

상관없다고 이니는 생각했다. 다음 날까지 눈을 감고 있어도 문제 될 게 없었다. 정말 하나도 없었다. 산과 함께라는 것은 그런 거였다.

히만이라는 이름을 알기 전까지 이니에게 남아 있던 그의 인상은 배트맨이었다. 이니는 속으로 그를 배트맨이라고 불렀다.

배트맨은 이니의 집 벽을 뚫고 나타났다. 그가 들어온 벽에는 동그란 구멍이 나 있었다. 구멍에서는 섬광이 뿜어져 나왔다. 마와 바와 이니는 놀라 입을 다물지 못했다.

집 안으로 들어선 그는 한차례 몸을 흔들어 떨었다. 부서진 벽돌의 잔해와 먼지와 모래들이 그의 이마와 어깨에서 후드득 떨어져 내렸다. 어째서 문이 아닌 벽을 뚫고 들어온 것인지 이니는 알지 못했다.

사실이 아닐지도 몰랐으나, 이니의 기억에 남아 있는 장면은 그랬다. 복면과 망토를 쓴 배트맨이 벽을 뚫고 들어와 늠름하게 우뚝 섰다.

그 뒤로 배트맨은 구멍을 통해 바깥과 안을 벌나비처럼 드나들며 무언가를 나르거나 고치거나 장착하거나 교체했다. 이니의 집은 눈 깜짝할 사이에 팰리스 동이 되었다.

팰리스 동은 이니가 살던 그 동네 그 장소 그 건물이 아니라고 누군가가 말했으나 이니는 믿지 못했다. 배트맨이 요술 부리듯 집을 둔갑시키던 기억을 이니는 생생하게 간직하고 있었다.

팰리스 동이 이니가 살던 그 동네 그 건물이 아니라고 한다면, 배트맨이 집을 통째로 들어 옮긴 거였다. 연립주택을 며칠 만에 궁전으로 둔갑시킨 배트맨이라면, 집을 통째로 들어 공중을 날아가는 것은 쉬운 일일 테니까. 이니는 그렇게 믿었다.

팰리스 동에 살게 되면서 마도 바도 돈 버는 일을 멈추었다. 대신 다른 일을 했다. 돈 쓰는 일이었다. 버는 일 대신 쓰는 일은 마에게나 바에게나 낯설고 어색했다.

두 사람은 좀처럼 그것에 익숙해지지 않았다. 그런 마와 바 사이에서 이니는 어찌할 바를 몰랐다.

벌이가 적더라도 돈 벌러 나가는 게 행복할 것 같다고 바는 종종 중얼거렸다. 그러나 실제로 돈 벌러 나간 적은 한 번도 없었다.

일하지 않고 산다는 것은 마와 바에겐 죄스럽고 께름칙한 일이었다. 이니는 마와 바의 마음을 잘 이해했다. 그러나 이니는 그들에게 아무 말도 하지 못했다.

이니는 큰 잘못을 저지른 것 같아 편치 않았다. 그 모든 변화는 이니에게서 비롯된 거였다.

처음 발을 뗀 돌 지난 아이가 스스로 걷고 겁에 질려 주저앉는 것처럼, 마와 바는 자신들이 사 온 물건을 바닥에 펼쳐놓고 한동안 질린 얼굴로 서 있곤 했다.

비싸기만 하고 쓸모없는 물건을 샀다는 후회가 그들의 표정에 가득했다.

그러나 상품이라는 것이 쓸모를 위해서만 만들어진 것이 아니라는 사실을 그들은 차츰 알아갔다. 쓸모가 있어야 상품을 구매하는 것도 아니라는 점을.

거기까지가 어려운 깨달음이었다. 깨닫고 나면 깨달음은 상식이었다. 마와 바의 소비도 풍부한 상식이 되었다. 쓸모 너머의 쓸모라는 놀라운 깨달음으로 이어졌다. 이니는 마음의 부담을 덜었다.

이니도 더는 학교에 다니지 않았다. 마와 바와 함께 팰리스 동에서 살았다.

마는 팰리스 동 꾸미는 일로 하루를 보냈다. 마는 하루가 30시간이었으면 하고 진심으로 바랐다. 그 시간을 팰리스 동 꾸미는 데에 바치고 싶어 했다.

바는 새로 장만한 승용차를 몰고 나가 새로운 친구들을 사귀었다. 이니는 마가 가꾼 집 안에서 아이스크림을 먹고 영화를 보고 영어 교습을 받고 책을 읽으며 일주일에 한 번 오페라 강좌를 듣고 뷰티숍에 들렀다.

팰리스 동과 세 사람에게 소요되는 재화는 단단한 금속 파이프를 통해 충당되었다.

배트맨은 도시가스 파이프 스무 배에 해당하는 굵고 튼튼한 강철 파이프를 팰리스 동에 연결했다. 민감한 연결 부위를 뚝딱 조립해내는 배트맨의 손놀림이 이니에게는 경이로웠다. 필요한 만큼 밸브를 돌리면 실내 조명과 온수, 관리비와 스포츠센터 회원권에 이르는 비용이 공급되었다.

이니는 배트맨의 이름이 히만이라는 것을 알았다. 이히만이었다. 알기 전에는 배트맨이었다. 새 이름이 좀처럼 입에 붙지 않았다. 그러나 필요할 때마다 불러야 했으므로 이니는 입속으로 그의 이름을 연습했다. 히만. 히만. 이히만.

그는 그 이름 말고 다른 호칭이나 직책으로 불리지 않았다. 그는 이히만이었다. 그를 움직이는 사람은 성허였다. 성허의 뜻이 아니면 히만은 움직이지 않았다.

그러나 히만은 자주 성허의 의중을 앞질러 판단하고 미리 움직였다. 히만이 성허의 의중을 잘못짚는 일은 없었다. 히만과 성허는 그런 사람들이었다.

모든 일은 성허가 이니를 데리고 아 언덕에 나타났던 날부터 시작되었다. 마는 팰리스 동에 살게 되었고 바는 직업을 버렸으며 이니는 학교에 다니지 않았다.

이니는 고교 졸업반이었다. 지나던 승용차가 하교하던 이니 곁에 다가와 멈추었다. 반 시간쯤 가면 아 언덕이란 곳이 있는데 그곳을 보여주고 싶다고 말하는 청년의 눈과 마주쳤다. 청년이 앉아 있는 차 안은 넓었고 희미하게 어두웠다. 어둠은 강렬하지 않았다. 그럼에도 모든 것들을 빨아들였다.

이니는 청년과 아 언덕을 한 바퀴 돌았다. 둘러보는 동안 또 다른 청년이 이니 뒤를 따르며 아 언덕 공사에 관해 친절하게 설명했다. 그 청년은 배트맨이었다가 이히만이 된 인물이었다. 성허라는 이름은 훨씬 뒤에 알았다.

첫눈에 히만은 어둡고 날카롭고 강하고 아름다웠다. 그의 첫인상은 이니에게서 지워지지 않았다. 첫날 그는 어딘지 슬퍼 보였다.

언덕을 다 돌고 작별하기 수 초 전, 히만과 이니와 성허가 정삼각형 구도를 취했을 때였다. 그날의 기후와 상관없는 습기가 히만의 표정에 스쳤다. 이니는 그것이 무엇인지 알지 못했다. 어딘가 슬퍼 보인다는 느낌만 들었다.

그 물빛 그늘은 그가 배트맨이 되고 이히만이라는 이름으로 불리기 시작하면서 차츰 보이지 않게 되었으나, 각인된 슬픔의 빛깔은 이니의 기억에서 사라지지 않았다. 히만을 대할 때마다 조금씩 반짝이며 되살아났다.

히만은 성허를 대신해 이니를 가까이서 보살폈다. 팰리스 동과 마와 바를 이니처럼 돌보았다.

이니가 히만에게 물은 적이 있었다. 어떻게 해야 하느냐고. 이니는 그렇게밖에 물을 줄 몰랐다. 마와 바라면 보다 더 갖춘 질문을 했을 것이다. 이런 과분함에 어떻게 처신해야 하는 거냐고.

행복해하면 된다는 답변을 들었다. 히만은 이니에게 말했다. 지금처럼 귀엽고 예쁘게, 라고.

그의 말은 짧고 분명했다. 그의 대답은 성허의 의중이었고 성허의 말이었다. 이니는 그걸 알았다. 과분함에 대한 대가란 그런 거였다. 그것뿐이었다. 지금처럼 귀엽고 예쁘게. 그곳에 있어주면 그게 다라고. 마도, 바도, 기쁘게 그곳에 있어주면 그게 다라고.

답변의 뜻을 잘 몰랐으나, 맘에 드는 물건을 사고 맘에 드는 음식을 먹고 맘에 드는 곳에 가게 되면서, 그리하여 점점 만족하고 행복해지게 되면서, 마와 바와 이니는 답변의 의미를 이해했다.

이니와 마와 바는 앞으로 자신들이 신경 써야 할 일과 애써야 할 일이 어떤 것인지 차츰 알게 되었다. 어렵지 않은 일이었다.

성허가 그들에게 원했던 것은, 그들 스스로 오래전부터 생애를 걸고 꿈꾸고 바라던 것이었다. 성허를 만나기 훨씬 이전부터 꿈꾸고 바라던 거였다. 세상 모든 이들이 꿈꾸고 바라던 거였다.

이니가 성허를 만난 뒤로, 그들 앞에, 그것이 이루어졌다. 그들은 그것을 누리고 만끽했다. 애써야 할 점이라면, 성허가 보기에 흡족할 만큼 누리고 만끽하는 것이었다.

성허가 바라는 것도 그것이었다. 그들의 바람과 성허의 바람은 같았다. 성허는 모든 것을 아끼지 않았다. 바는 근사해졌고 마는 갈수록 아름다워졌으며 이니는 귀여워졌다. 성허가 보기에 더할 나위 없이 좋았다.

산의 기척이 가까워졌다. 아주 가깝다는 걸 이니는 느꼈다. 꿈을 꾸느냐고 산이 물었다. 그렇게 묻는 것 같았다.

산의 목소리는 너무 작아서 안 들릴 지경이었다. 이니의 감은 눈 속 눈동자가 빠르게 움직이고 있다고, 산은 안 들릴 만큼 작은 소리로 말했다.

이니는 조금 더 눈을 감고 있었다. 수면으로 헤엄쳐 오르던 은빛 물고기의 영상은 자취를 감추었다.

산의 작은 목소리마저 더는 들리지 않았다. 기척도 느껴지지 않았다. 이니는 눈을 떴다. 어두워서 아무것도 보이지 않았다.

이토록 어두운 곳에서는 눈꺼풀 속 눈동자의 움직임을 볼 수 없는 거라고 이니는 생각했다. 정말 꿈을 꾼 걸까. 이니는 청신경에 와 닿던 산의 목소리를 기억해내려 애썼다.

늘 감각되던 것인데 말이야.

산의 음성이 명료해졌다. 이니가 눈 뜬 것을 산이 알아차린 듯했다. 이토록 어두운 곳에서 산은 정말 내 눈의 움직임을 살피고 있었던 걸까. 이니는 귀를 연 채 꼼짝하지 않았다.

하늘이 저무는 시각이면 영락없었거든.
그런데 느껴지지 않아. 사라진 거야.

산의 목소리가 조금은 애처로웠다. 집 안에 가득한 어둠이 이니는 좋았다. 산의 말 한 마디 한 마디가 어둠에 먹히는 순간을 이니는 놓치지 않았다. 산이 물었다.

그게 뭔지, 이니, 알겠어?

이니는 대답하지 않았다. 산은 침묵했고 기척을 내지 않았다. 어둠과 침묵이 좀 더 계속되길 이니는 바랐다. 산과 함께인 지금, 이곳의 침묵과 어둠은 영원해도 좋을 것 같았다.

이니는 산을 더듬어 자신의 몸 안으로 이끌었다. 하루 새 몇 번을 그러는 것인지 이니는 알고 싶지 않았다. 그를 안고 깊은 바닷속으로 떨어져 내리는 일이라면 그 일을 쉬고 싶지 않을 뿐이었다.

29

아 언덕에는 구덩이가 있었다. 히만은 그 문장을 종종 떠올렸다. 아 언덕에는 구덩이가 있었다. 아 언덕에는 구덩이가 있었다……

문장은 역사 교과서의 한 줄 같아졌다. 그런 느낌이 히만은 좋았고 안심이 되었다. 아 언덕에는 구덩이가 있었다……

히만은 공사 현장 사무실 창밖으로 그곳을 건너다보곤 했다. 그곳은 풀과 넝쿨과 나무들로 우거져 있었다. 히만 말고는 그곳에 구덩이가 있었다는 걸 누구도 알지 못했다. 성허 없이는 떠올릴 수 없는 구덩이였으나, 성허도 모르는 구덩이였다.

그곳은 공사 영역 바깥이었다. 어떤 차량과 장비도 그곳에 접근하지 못했다. 히만은 현장 총감독이었다. 구덩이……. 히만이 자기만의 비밀을 묻은 곳이었다. 성허도 모르는 사이 성허에게서 비롯된 비밀.

시작은 작은 멍이었다. 히만은 성허의 오른 손목 위로 푸릇한 그늘이 지나가는 것을 보았다.

그것은 교복 소매 속으로 숨어들었다. 성허의 도드라진 정맥인 줄 알았다. 이른 봄이었다. 개학한 지 얼마 안 되어 교실은 어수선했다. 그들은 아 언덕의 고교 2년생이었다.

히만은 성허를 강당 뒤편으로 불러냈다. 고욤나무가 있던 곳이었다. 묻지도 않고 히만은 성허의 웃옷을 벗겼다.

손목에 드러났던 것은 온몸을 뒤덮은 멍의 일부였다. 피멍 든 성허의 몸을 히만은 말없이 바라보았다.

성허를 처음 봤을 때 히만은 그가 혼자라는 것을 알아차렸었다. 한 해 전 봄이었다. 새내기 때여서 교실은 더 어수선했다. 낯선 얼굴이 교실 한 귀퉁이에 앉아 있었다. 전교생이 전교생을 다 알 뿐 아니라 인근의 초등학교 중학교 학생들까지 모조리 아는 시골 아 언덕이었다.

성허가 한눈에 띈 까닭은 낯설었기 때문이 아니었다. 낯선 것보다 먼저 히만에게 와 닿았던 것은 그가 혼자라는 느낌이었다.

느낌이었으나 확신과 다르지 않았다. 히만에게는 그런 게 있었다. 혼자인 것을 알아보는 감각. 알아볼 수밖에 없는 자기 형편에 대한 자각 같은 것. 히만은 혈육이 없었다.

실은 낯선 것보다 먼저, 혼자인 것보다 먼저인 것이 있었다. 히만은 그것에 이끌렸고 성허를 진심으로 대했다.

묻고 말하지 않고도, 확인하거나 다짐하지 않고도, 히만과 성허는 그래서 가까워졌다. 확인하거나 다짐할 일이 아니었다. 한 번의 눈빛으로 상대의 깊은 심연을 건져 올리는, 건져 올려야만 하는 일이었다. 2학년 때도 그들은 한반이 되었다.

2학년이 되면서 히만의 결석이 잦아졌다. 비역산구라는 자를 피하느라 그랬다. 그 사실을 성허만 알고 있었던 것은 아니었다.

산구는 산에 사는 개라는 뜻이었다. 실제로 그가 산에 사는 건 아니었으나 별명이 그랬다. 보는 것만으로도 끔찍해! 히만은 비명을 지르며 그를 피했고 그는 히만을 개처럼 쫓아다녔다.

비역산구가 성허를 모를 리 없었다. 아 언덕에 나타난 낯선 성허를 산구는 곱지 않은 눈으로 흘겼다. 낯설었기 때문이 아니라 히만과 늘 붙어 다닌다는 게 이유였다.

어딨어? 성허를 볼 때마다 산구는 윽박지르며 히만의 행방을 물었다. 어딨냐구? 성허는 끝까지 고개를 저었다.

1년을 그랬다. 성허가 비역산구에게 대들었다.

히만은 당신 앞에 다시는 나타나지 않을걸! 성허는 거기서 말을 멈추지 않았다. 내가 그러라고 했거든! 산구가 침을 뱉으며 물었다. 니가 뭔데? 성허가 대답했다. 히만을 지키는 사람!

멍 든 몸을 보며 안타까워하는 히만에게 성허가 해준 말이었다. 너를 이토록 때렸단 말이지? 히만이 말했다. 너를 때렸다는 것이 용서가 안 돼! 그날부터 히만은 돌팔매질을 시작했다. 무엇이든 돌을 던져 맞추었다.

던지는 요령을 터득하며 놀랍게 발전했다. 벌어진 밤송이에 돌멩이를 던져 가운데 밤톨만 빼냈다. 던지는 방식에 따라 돌멩이가 무섭게 회전했다.

비역산구에 대한 분노와 복수심에서 시작된 돌팔매질이었다. 그러나 히만의 돌을 얻어맞은 것은 산구가 아니라 밤톨과 쥐와 비둘기였다. 돌팔매질의 목적은 산구에 대한 분노를 표출하고 발산하는 것뿐이었다.

비역산구는 대드는 성허를 나무에 묶었다. 나무에 가로 막대를 대고, 나무에는 몸뚱어리를, 가로 막대에는 두 팔을 붙들어 맸다. 칡덩굴로 후리고 몽둥이로 두들기고 주먹과 발길로 복부와 옆구리를 내질렀다.

비 오듯 쏟아지는 매질을 당하면서도 성허는 눈을 부릅떴다. 당신은 나를 어찌할 수 없어! 쉬지 않고 소리를 질렀다. 그랬다고 성허는 히만에게 말했다. 맞은 건 자기였지만 겁에 질린 건 산구였다고.

매 맞는 사정 뒤에는 히만이라는 존재가 있는 거여서, 히만을 지키느라 아픈 것 같아서, 매가 맵지만은 않았다며 성허는 실성한 것처럼 소리 내어 웃었다.

이른 봄 강당 뒤꼍은 쌀쌀했다. 웃음을 따라 성허의 어깨와 옆구리가 위아래로 흔들렸다. 피멍도 따라 출렁거렸고 성허의 얼굴은 일그러졌다. 히만의 얼굴도 일그러졌다.

비역산구는 더 이상 히만과 성허를 괴롭히지 않았다. 그럼에도 히만의 돌팔매질은 멈추지 않았다. 1년이 넘도록 히만은 돌을 던지고 던지고 또 던졌다. 더 빠르고 더 파괴적이고 더 정확해졌다. 3학년 여름이 되었다.

장마가 지난 뒤에도 폭우가 쏟아졌다. 물은 불었다가 줄고 줄었다가 불었다. 아 언덕의 바위와 모래가 쓸려 내려가고 풀이 쓰러졌다.

히만은 여름내 그 모든 것을 지켜보았다. 지켜보며 돌을 던졌다.

물 가운데로 던지고 물 건너로 던졌다. 붉은 흙탕물이 흘렀다. 히만이 구덩이를 발견한 것은 장맛비도 폭우도 그친 여름 끝 무렵이었다.

그것은 불어난 물줄기가 소용돌이치며 돌아 나간 자국이었다. 더는 물이 흐르지 않게 된 계곡에는 흩어진 모래와 돌멩이들만이 한때 그곳에 거센 소용돌이가 지나갔음을 말해주었다. 쓰러져 누웠던 풀들이 다시 일어나 소박한 꽃을 피워내며 드리운 그늘.

그 그늘 속에, 어떤 것에 아주 맞춤한, 바싹 마른 구덩이가 있었다.

물살에 팬 구덩이는 크고 길쭉하고 깊었다. 들어가 누우면 감쪽같이 숨겨질 것 같았다. 어쩌면 그리도 한 사람 들어가 눕기에 맞춤했던지, 히만은 정말로 그 안에 똑바로 누워보고 싶었다.

구덩이는 깔끔하게 말라 있었다. 고분 발굴 현장처럼 구덩이의 벽면과 바닥에는 섬세한 붓 자국 같은 것이 일정한 방향으로 나 있었다. 물이 흐른 흔적이라는 걸 히만이 모를 리 없었다. 구덩이 안에는 흙 부스러기는 물론 먼지 한 점 없었다.

히만은 산국 그늘에 숨은 구덩이에 매혹되었다. 구덩이를 두고 돌아설 수 없을 것 같았다. 우연히 형성된 것의 맞춤한 용도. 히만은 그런 것에 붙들린 적이 없었다. 구멍 뚫린 돌을 보고 뭣에 쓰면 좋을까 고민하던 아이가 아니었다. 구덩이 따위에 매혹될 히만이 아니었다.

그러나 구덩이의 매력은 단단했다. 거역할 수 없었다. 그것은 1년 동안 히만이 단련해왔던 돌팔매질의 이유를 강력하게 환기했다.

히만의 돌팔매질은 비역산구에 대한 분노와 복수심에서 출발했으나 그를 직접 타격하지 못했다. 강도와 정확도는 날로 높아갔으나 높아가는 것뿐이었다.

구덩이를 보는 순간이었다. 돌팔매질 본연의 이유가 갑작스럽게 환기되었다.

구덩이의 매력은 강렬했다. 길고 깊고 깔끔하게 말라 있는 산국 그늘의 깨끗한 구덩이. 그것이 발하고 있던 효용은 발굴보다는 매장이었다.

히만은 산국 송이를 내려다보며 중얼거렸다. 모든 건 다 우연히 맞닥뜨린 이 구덩이 때문이야. 완벽한 구덩이 때문이야. 매혹에서 나는 도망칠 수 없었던 것일 뿐.

히만은 아 언덕에서 내려와 산구에게 편지를 썼다. 또박또박 예쁜 글씨로 썼다.

산국이 예쁘게 피었어.

어딘지 알려줄 테니 그곳으로 와.

내 엉덩이가 근질거리니까, 알았지 형?⋯⋯.

30

성허의 목소리에 히만은 언제나 설렜다. 늦은 밤 지구 반대편에서 들려오는 성허의 음성은 더욱 각별했다.

성허는 히만에게 일의 진척을 물었다. 히만은 고파동 방문 결과를 말하고 민박집과 대학 탐문 계획을 밝혔다. 통화 내용과 관계없이 히만은 성허의 기척만으로도 가슴이 뛰었다.

히만을 지키는 사람!

강당 뒤꼍에서 들었던 그 말의 느낌은 오랜 시간이 지나 타국에서 듣는 전화 음성에도 고스란히 배어 있었다. 성허, 너를 위해 죽고 싶다. 히만에게 비장한 다짐을 불러일으켰던 성허의 음성은 그러나 이제는 히만 혼자만의 것이 아니었다.

성허는 이니에 관해 물었고, 이니에 관해서만 물었고, 이니가 아니면 아무 말도 안 할 것 같았다. 이니뿐이었다. 그러나 '너를 위해 죽고 싶다'는 히만의 각오는 조금도 바래지 않았다. '히만을 지키는 사람'이라 고백하던 성허의, 그때 그 목소리의 여운이 조금도 달라지지 않았기 때문이었다.

걱정은 이니한테 가 있으면서도 히만을 대하는 성허의 목소리는 첫 고백의 부드러움을 잃지 않았다. 그것을 히만은 비애라고 불렀다.

히만에게서 참된 정을 거두어들이지 않은 채 이니를 향하는 성허의 안타까운 마음. 성허의 열정을 이니에게 빼앗겼음에도 성허에 대한 절실한 정을 끝내 포기할 수 없는 히만의 다짐. 그 둘을 히만은 비애라는 이름으로 불렀다.

오래전 두 사람이 나누어 가졌던 애틋함이 이니로 인해 흔들리면서 비애라는 감정으로 변한 거라고 히만은 생각했다. 비애란 누구를 원망하는 마음이 아니라는 것도 알았다.

히만은 이니를 탓하지 않았다. 성허가 이니를 사랑한다면 히만 또한 이니를 사랑할 수 있어야 진실로 성허를 사랑하는 거라고 믿었다.

히만은 자신의 생각을 믿기로 했다. 그러지 않고는 한순간도 성허 곁에 머물 수 없었다. 아무것도 아니었다. 성허 곁에 머물 수 없다면, 그런 세상은, 히만에게 아무것도 아니었다.

두 사람이 나눈 애틋함의 출발은 한 장의 사진이었다. 유명 여배우. 어느 날 돌연 스크린을 떠나 잠적하여 다시는 볼 수 없게 된 여배우의 사진이 두 사람 모두에게 애틋함을 불러일으켰다.

열일곱 살 성허의 품에서 나온 사진이었고, 그것은 히만의 어머니가 생전에 좋아하던 배우였다. 이 오래된 여배우가 너도 좋은 거냐? 히만이 물었다. 일주일 뒤 성허는 그녀의 또 다른 사진을 구해다 히만에게 주었다. 어머니께 드려라. 완전 팬이다, 나는. 히만이 혼자라는 사실을 성허는 그때까지 알지 못했다.

애틋함이든 비애든, 거기에는 어찌할 수 없는 사랑의 감정이 배어 있는 거라고 여겼다.

히만은 성허의 목소리를 더 들으려고 지구 저편에서 걸려온 전화를 붙들고 있었다. 성허의 목소리를 들으려면 이니와 이니의 행적에 관해 끝없이 말하지 않으면 안 되었다.

성허를 듣기 위해 이니를 말하는 것. 그것이 히만의 비애였다. 성허에게서 떠나버리길 원했고 마침내 떠나버린 이니를, 성허를 아프게 하지 않기 위해서라는 이유로 굳이 찾아 나선 것.

31

산은 이니의 음성을 들었다. 이니는 불을 켜고 뭔가를 읽었다. 느렸고 더듬거렸다. 저녁에 이니 스스로 불을 켜는 것은 드문 일이었다.

거실 귀퉁이에 쌓여 있는 책이었다. 읽거나 안 읽거나 그것들은 그곳에 폐휴지처럼 놓여 있었다. 틈틈이 산이 보던 거였다. 창밖을 내다보지 않거나 이니를 바라보지 않을 때 산은 책을 보았다.

글자보다는 그림을 보았다. 책 안에도 창이 있었고 하늘이 있었고 여자가 있었다. 산은 책을 읽지 않고 보았다. 그 책을 이니가 읽었다. 산은 이니의 음성을 듣고 있었다.

아케이드의 상점이…… 백화점으로…… 발전하는 것. 백화점의 원리. 각 층이…… 하나의 단일한…… 공간을 이룬다. 말하자면 한 눈에…… 전체를 바라볼 수 있어야 한다. 가디온 프랑스 건축 34페이지. 가디온은…… 프랑스 건축 34페이지에서 군중을…… 환영하고 계속 잡아끈다는…… 근본 법칙이 어떻게…… 프랭탕 백화점을 지을 때…… 타락한…… 건축 형태로…… 타락한…… 건축 형태로…… 이어졌는지를 보여주고 있다. 상품 자본의 기능.

t 발음이 크고 투박했다. 산은 글의 내용보다 이니의 발음을 들었다. 부정관사 a를 독립된 단어처럼 떼어 읽었다. 느리게, 더듬거리며 읽어나갔다.

이니가 다시 자기 발끝으로 기어 올지도 모른다고 산은 생각했다. 이니는 종일 일어서지 않고 바닥에 누워 지냈다. 24시간 그러기로 작정한 날 같았다.

누운 채로 굴러서 이동했고 스위치를 켜거나 껐고 산의 발끝으로 기어와 발가락을 물었다. 서서 해야 하는 일은 하지 않았다.

기거나 구르면 이니의 머리카락이 출렁거렸다. 그녀의 두피에서 시큼한 냄새가 났다. 샴푸가 떨어져도 새로 사지 않고 이니는 아삼티 우린 물로 머리를 감았다.

아삼티마저 거의 떨어져갔다. 언제 생활용품점에 다녀왔는지 산은 기억하지 못했다.

이니는 거실 안을 종일 굴러다니다가 산의 발끝으로 기어 와 발가락을 깨물었다. 자기 몸을 열고 들어오라는 신호였다. 그게 가능하든 가능하지 않든, 이유와 목적이 뭐든, 산은 말없이 이니의 몸 위로 올랐다.

가능성과 이유와 목적 따위를 몽땅 '소진'하려는 게 유일한 목적이었다. 아무것도 원하지 않게 될 때까지 맹렬히 원하는 것.

지금 이니는 책을 읽고 있다……. 산은 입속으로 중얼거렸다. 그리고 나는 지금 이니의 책 읽는 소리를 듣는다…….

산은 여러 번 그 말을 중얼거렸다. 가슴이 충만해졌다. 소중한 느낌으로 가슴이 부풀었다.

커튼이 쳐진 집 안에 백열등이 켜져 있다, 불빛은 밝지도 않고 어둡지도 않다, 라고 산은 속으로 중얼거렸다. 이니는 더듬거리며 책을 읽는다, 종일 바닥을 굴러다녀서 몸이 더럽다, 씻지도 않고 나와 이니는 여섯 번을 '소진'했다, 남은 것을 소진하기 위해, 아니면 새로 몸 안에 고인 것을 소진하기 위해 서로에게 다가갈지도 모른다, 그럴지 모르나 이니는 지금 책을 읽고, 나는 그녀의 음성을 듣는다, 중요한 것은 그것이다, 나는 이것이 무엇인지 모른다, 그녀와 한집에 사는 것, 살게 된 것, 살면서 하는 말과 몸짓, 방 이쪽과 저쪽에 떨어져서 각자 숨을 쉬거나 한몸이 되어 뒤엉키거나 하는 사정을 나는 알지 못한다, 알지 못하면서 이렇게 놓여 있는 순간의 내가 나는 좋다, 전에 없이 좋다, 이렇게 폐휴지처럼 놓여 있는 순간의 내가 말이다, 이니도 그런 자신이 좋을까, 중요한 건 이런 것들이다, 좋을 뿐 아니라 소중하게 여겨진다는 것, 평생 한 번도 경험 못할지 모르는 미묘한 순간을 이처럼 기적과도 같이 연장해가고 있는 내가 소중하여, 정말로 소중해서, 그런 나를 사랑하고 싶다, 충일한 순간들의 연속, 이전의 나를 배반한 내가 나를 사랑하게 되는 지금, 세상의 좌표를 벗어난 곳에 존재하는 이 새로운 장소가 오로지 나와 이니로 인해 생성되고 유지되는 현재, 그 모든 것들이 좋고, 소중하여, 축배라도 들고 싶다, 그래야 하지 않을까…….

산의 가슴을 부풀렸던 것은 그런 거였다. 캔맥주 두 개쯤 이니와 나누어 마시고 싶다는 마음이 간절했다.

이니가 조용해졌다. 산은 고개를 돌려 이니가 누운 쪽을 바라보았다. 이니는 맨가슴 위에 책을 얹고 잠들어 있었다. 작은 가슴이 고르게 오르내릴 뿐 숨소리는 들리지 않았다.

산은 일어나 바지를 입었다. 주머니에 석 장의 지폐가 있었다. 캔맥주라면 스무 캔 정도 살 수 있는 금액이었다. 그것은 산이 갖고 있던 돈 전부였다. 짜릿한 전율이 몸을 관통했다.

하는 송금을 끊었다. 산의 반응을 유도하기 위한 하의 고육책이었을 거라고 산은 이해했다. 돈이 떨어지면 어떻게 해야 할지 산은 궁리하지 않았다. 돈을 아끼지도 않았다. 또 한 번 온몸에 소름이 돋았다.

캔맥주 두 개로는 아쉬울 것 같았다. 장식용 양초가 세 개쯤 있으면 좋겠다고 생각했다. 집 안의 등을 끄고, 양초에 불을 붙여 바닥에 세운 다음, 이니를 깨우고 캔맥주를 따는 거야. 조금 전 내게 충만했던 느낌들을 이니에게 말해주는 거야. 촛불이 다 꺼질 때까지 모두 얘기해주는 거야.

산은 소리 나지 않게 현관으로 이어진 통로로 향했다. 작고 좁고 어두운 통로. 입속에서는 벌써 맥주의 탄산이 터지는 것 같았다.

침을 삼키며 현관에 다다랐다. 허리를 굽혀 샌들을 신으려는데 이니의 목소리가 들려왔다.

깜짝 놀랄 만큼 큰 소리였다. 금방 잠에서 깬 목소리가 아니었다. 명료하고, 높고, 다급했다.

2층에 가려고?

아니어서, 산은 아니라고 대답했다.

이니는 더 묻지 않았다.

질문에 묻어 오던 이니의 기운이 뚝 소리를 내며 끊어졌다. 괴이쩍을 만큼 조용했다.

산은 귀를 기울여봤으나 이니 쪽에서는 아무런 기척이 없었다. 이니는 잠꼬대로 옆 사람을 깨워놓고 천연스럽게 자는 여자가 아니었다. 아니라는 걸 산은 잘 알았다.

2층에 가려고? 잠꼬대라면 타이밍이 절묘했다. 산이 2층으로 오르는 계단 앞에 다다랐을 때였으니까.

2층에 가려던 것은 아니었으나 2층에 가봐야 하는 거 아닐까, 산은 망설였다. 얼른 현관문을 열고 밖으로 나서지 못했다.

이니의 의중이 분명치 않아서가 아니었다. 2층에 가보라는 뜻은 결코 아니었다. 아니었으나 느낌은 반대였다. 반대여서 산은 망설였고, 2층에 가봐야 하는 것 아닌가 생각했던 것이다.

산은 현관에 온 이유를 까먹었다. 문손잡이를 잡자 떠올랐다. 맥주와 장식용 양초. 산은 정신을 차리고 2층으로 난 계단을 올려다보았다.

높아질수록 어둠의 농도가 짙었다. 계단 위쪽은 완전한 어둠이었다. 산은 현관문을 밀었다. 서늘한 어둠의 살갗이 산의 살갗에 닿았다.

산은 눈짐작으로 거실 한가운데에다 커다란 정삼각형을 그렸다. 세 개의 꼭짓점에 빨간색 장식용 양초를 세우고 불을 붙였다. 삼각형의 한가운데에다 캔맥주 두 개를 놓았다.

어떤 의도가 있어서 그런 건 아니었다. 양초 세 개와 캔맥주 두 개가 있다면 누구라도 그런 구도를 떠올렸을 거라고 산은 생각했다.

산은 피라미드 안에 안치된 파라오의 시신을 상상했다. 천장의 전등을 끄자, 거실은 분묘의 석실처럼 어두워졌다.

어둠 속에서 이니의 기척이 느껴졌다. 불그림자가 이니의 알몸에 어른거리는 것을 산은 말없이 지켜보았다. 이니는 지렁이처럼 기어 어둠 속을 헤엄쳤다.

그녀는 자신의 피기백을 촛불 쪽으로 끌고 왔고, 돼지 저금통의 배를 가르듯 지퍼를 열어 속을 벌렸다.

액수를 가늠할 수 없는 지폐 뭉치를 산은 보았다. 다른 물건들과 어지럽게 섞인 그것도 폐휴지와 다르지 않았다. 이니는 샴푸를 사지 않았고 자외선 차단제를 사지 않았고 속옷을 사지 않았다. 밖에도 나가지 않았다.

이니는 배밀이로 산의 발끝으로 다가와 왼쪽 엄지발가락을 깨물었다. 물리는 순간 산은 이니가 했던 말이 몹시 궁금했다. 2층에 가려고?

그러나 모든 것은 또 한 번의 소진 이후로 미룰 수밖에 없었다. 소중한 것에 관해 말하는 것도. 축배를 드는 것도. 이니의 무릎이 부메랑 각도로 꺾였다.

32

히만은 플라타너스 가로수 그늘에 앉았다. 풍성한 그늘을 외면할 수 없었다. 이니를 찾는 일이 쉽지 않았으나 피로한 것만도 아니었다. 부지런히 걷고 묻고 움직였고 쉬었다.

이니를 찾는 일은 운에 달린 것이라고 히만은 생각했다. 민박촌과 대학가를 탐문하는 것은 시간문제였다. 그러나 이니가 민박촌과 대학가에 머물 것이라는 보장은 없었다. 셰어 하우스와 호텔로 범위를 넓힐 수밖에 없었다. 시간과 운. 히만에게 필요한 건 둘 다였다.

시간은 이니를 찾을 때까지 연장될지도 몰랐다. 성허의 뜻에 달려 있었다. 하지만 운은 누구의 뜻도 아니었다. 이니를 영영 못 찾을 수도 있었다.

운이라고 생각하면서도 히만은 맹렬한 탐문을 멈추지 않았다. 그는 언제나 부지런했다. 그가 성허 곁에 머무는 방식이었다.

히만은 성허와 다른 뜻을 품지 않았다. 한편으로는 이니가 영영 나타나지 않기를 바라면서 히만은 그녀를 찾는 일에 온 힘을 기울였다. 무엇 하나 허투루 지나치지 않았다.

이니의 사진을 보여줄 때마다 민박집 주인들은 인상을 찡그렸다. 플라타너스 그늘에 앉아 히만이 떠올렸던 것은 그런 것들이었다. 사진을 자세히 보기 위해 눈을 가늘게 뜨는 거라고 여길 만했으나, 히만은 그들이 어째서 인상을 찡그리는지 알았다.

최근 석 달 사이 두 명의 여자 유학생이 실종되었다. 실종 신고가 영사관에 접수되었다는 사실을 그들도 히만도 알고 있었다. 두 여학생의 사진이 민박집 거실에 붙어 있었다.

사진을 불쑥 내미는 히만이 달가울 리 없었다. 근데 어떻게 되세요? 그들은 히만에게 물었다. 당신은 아무래도 수사관 같지 않아,

라는 말로 들렸다.

가족, 이라고 히만이 말했으나 그들은 믿는 눈치가 아니었다. 플라타너스 그늘에 앉아 히만이 떠올리는 것은, 조금 전 지나쳐 온 그런 순간들이었다.

그런 순간을 되풀이해서 떠올리고 나면 비로소 오가는 행인이 눈에 들어왔다. 검은 머리 붉은 머리 노랑머리 흰머리 회색 머리가 보였다. 그들의 웅얼거리는 소리가 들렸다.

행인의 걸음과 음성이 낯설었다. 보도블록도 버스가 지나간 찻길의 번쩍이는 노면도 서먹했다. 낯선 나라 낯선 도시에서 홀로 이니의 행방을 쫓고 있는 자신의 이름을 조용히 불렀다. 이히만. 이히만.

아 언덕에서 이니에게 돌팔매질을 가르치던 때가 아득했다. 이니는 돌을 잘 던졌다. 가르치는 거라고 하기 어려웠다. 히만이 돌을 던지면 이니도 따라 던졌을 뿐이다. 낯선 나라 낯선 도시에서 숨고 찾는 관계가 될 줄은 꿈에도 생각하지 못했다.

왜 돌을 던져요?

이니가 물었고, 히만은 대답하지 못했다. 냇물 가운데로 돌을 던지기만 했다.

이니는 더 묻지 않았다. 히만을 따라, 그녀도 냇물 가운데로 돌을 던졌다.

성허가 이니를 다시 데리러 올 때까지 두 사람은 아 언덕 아래에서 말없이 돌을 던졌다.

이니의 팔매질 솜씨가 남다르다는 것을 히만은 그때 알았다. 이니는 가끔 성허와 함께 아 언덕에 들렀다. 그럴 때마다 이니는 히만과 돌팔매질을 했다.

300개쯤 돌을 던지면 들판 집에 갔던 성허가 돌아왔고, 이니는 성허의 차를 타고 아 언덕을 떠났다. 가끔 그랬다. 들판 집에는 성허의 외할머니가 수십 년째 홀로 살고 있었다. 성허의 외할머니는 성허 말고는 아무도 만나지 않았다.

아 언덕 뒤 구렁의 깔끔한 구덩이를 발견한 뒤로 히만은 돌 던질 필요가 없어졌다. 정확히 말하면, 구덩이에서의 마지막 팔매질 이후로 다시 돌 던질 이유가 사라졌다. 그런데도 히만은 돌을 던졌다.

왜 돌을 던져요?

히만은 대답하지 않았다. 비역산구에 대한 분노도 원망도 남아 있지 않았다. 습관일까? 히만은 자신에게 물었다. 더는 팔매질이 필요 없게 되어 헛헛하다는 이유로 그냥 던지는 걸까. 죄의식 때문일까. 두려움 때문일까.

의문은 풀리지 않았고 팔매질은 계속되었다. 파괴력이 약해지는 대신 정확도가 높아졌고 체공 시간이 길어졌다. 어떤 과녁이든 맞추었다. 똑같은 거리 똑같은 높이를 날아도 히만의 돌은 다른 사람 것보다 공중에 오래 머물렀다.

그의 포물선은 우아했다. 냇물을 튕기며 가르는 물수제비는 일품이었다. 분노와 원망의 파괴력을 지녔던 히만의 돌팔매질은 세월이 흐르는 동안 유연한 곡선으로 바뀌었다.

이니가 팔매질을 따라 하기 시작한 것이 그즈음이었다. 이니는 히만의 팔매질이 기품 있고 아름답다고 여겼다.

비역산구는 히만의 편지를 받고 산국 핀 계곡에, 개처럼 나타났다.

아 언덕의 그 늦여름은 그렇게 시작됐고 그렇게 끝났다.

실질적 파괴력을 지닌 히만의 팔매질은 그날의 것이 처음이었고 마지막이었다.

산구는 깔끔한 구덩이 속으로 처박혔다.

천도복숭아만 한 돌멩이가 산구의 뇌 속에 깊이 박혀 빠지지 않았다.

구덩이는 개 무덤이 되었다.

히만은 세 시간 동안 흙을 다졌다.

산구가 흙을 밀어 올리며 솟구칠 것 같아 다지고 다지고 또 다졌다.

그해 아 언덕엔 산국이 전에 없이 흐드러졌다.

히만의 흥분은 가라앉지 않았다. 흙을 다지며 숨을 몰아쉬었다.

거친 숨은 진정되지 않았다. 분노 때문이 아니었다. 죄의식이나 두려움, 후회 때문도 아니라는 걸 히만은 알았다. 보복의 만족 때문도 아니라는 것을.

그 모든 과정에 성허가 있다는 것. 히만의 운명에 성허가 절대적인 것이 되어버렸다는 것. 히만을 흥분케 했던 건 그것이었다. 히만이 안 것도 그것이었다. 방금 일어난 일에 대한 흥분이 아니라, 곧 일어날 일에 대한 북받침이라는 것도. 히만은 그 길로 성허에게 내달아 갔다.

신갈나무 이파리들이 발길에 차였다. 히만은 바위를 뛰어넘고 마른 계곡을 건너고 산모퉁이를 돌았다. 겨잣빛 들판이 눈부셨다. 히만은 자신의 뺨을 적시는 물기의 정체가 무엇인지 몰랐다.

수로 곁 논길을 전속력으로 달렸다. 성허의 집은 들판 한가운데였다. 성허의 외가였다. 그곳에서 성허는 외할머니와 단둘이 살았다. 그 들판 집에 들어가본 사람은 아무도 없었다. 히만은 성허 외할머니의 얼굴조차 보지 못했다.

대문을 두드렸다. 얼마 뒤 성허가 문을 열고 모습을 나타냈다. 히만의 뜨거운 입김이 성허의 얼굴에 훅, 하고 끼쳤다.

성허는 말없이 뒤돌아섰다. 히만은 문간에 서 있었다. 숨이 가라앉지 않았다. 집 안으로 들어가던 성허가 걸음을 멈추고 히만을 돌아보았다.

히만은 성허의 뜻을 알아차렸다. 아무도 들어가보지 못했던 집이었다. 집은 깨끗했고 평범했고 수수했다. 다른 집과 다를 것이 없어서 오히려 낯설었다.

성허가 안마당을 가로질러 툇마루에 올랐다. 집에는 성허 혼자였다.

성허는 건넌방으로 들어갔고 히만이 뒤따랐다. 방 안으로 발을 들여놓는 순간, 성허도 히만이 달려온 뜻을 금방 알아차렸다.

히만은 오래된 이불 위에 쓰러지듯 누웠다. 눈물이 날 만큼 성허가 고마웠다. 어렸을 적, 생전의 어머니가 따주어서 먹던 여린 목화송이 냄새를 히만은 이불에서 맡았다. 비릿하고 들큼한 풋내. 히만은 여린 목화송이 냄새에 현기증을 느꼈다.

다행스럽게도 성허는 주저하지 않았다. 히만의 거친 숨이 가라앉기 전에 성허가 그 숨을 이어받았다. 성허를 위해 죽으리라던 맹세가 피가 되어 히만의 온몸으로 퍼져나갔다.

덜 여문 목화의 연둣빛 푸른 피가 히만의 몸 안을 휘돌며 출렁였다. 히만은 비릿하고 들큼하고 촉촉한 풋내에 몇 차례 혼절했다. 내가 없으면 세상도 없겠지. 그런데 너 아니고는 내가 없는걸. 히만은 중얼거렸다. 성허는 말이 없었고, 의연했고, 동작은 느리면서 단호했다.

히만은 몸 안에서 일렁이던 그날의 여린 목화송이 맛과 냄새와 빛깔을 오래도록 잊지 못했다. 성허와 나란히 누워, 들창문으로 들어오는 들바람을 온몸으로 맞던 순간을 잊지 못했다.

그때 바깥은 온통 겨잣빛이었다. 바람은 땀에 젖은 두 사람의 몸을 오래 어루만졌다. 평생 성허 한 사람을 위해 숨을 쉬겠다고 히만은 다짐했다.

히만은 산국 핀 계곡의 구덩이를 성허에게 말하지 않았다. 구덩이는 계곡에 묻었고 비밀은 가슴에 묻었다.

성허의 방을 나서면서 히만은 여배우의 사진을 또 보았다. 마루 한쪽 벽에 걸린 액자 속 여배우는 어린아이를 가슴에 안고 있었다. 어린아이가 성허의 옛 모습이라는 걸 히만은 금방 알아차렸다. 한 시절을 풍미했던 최고의 여배우가 성허의 어머니였다.

행복한 날들을 당연하게 여겼다. 히만 곁에 늘 성허가 있었다. 성허와 함께 학교를 졸업했고 성허와 함께 아 언덕을 떠났다.

아 언덕을 떠나면서 성허는 부자가 되었다. 알 수도 없고 알기도 싫은 많은 돈이 새롭고 복잡한 가족관계와 함께 그에게 남겨졌다. 떠나면서 부자가 된 게 아니라 부자가 되면서 아 언덕을 떠났다. 성허의 외할머니는 예전처럼 벌판 한가운데 홀로 남았다.

어머니는 어느 날인가 죽었고 외할머니는 외로워졌으나 성허는 혼자가 아니었다. 새롭고 복잡한 가족관계 속에 느닷없이 편입되었다.

성허에게 많은 가족이 생겼다. 그들의 옷과 집과 말과 눈빛은 성허와 달랐다. 성허는 그들처럼 되려고 애썼다. 그러나 성허는 그들 안에서 외로웠으며, 유일한 위안이 히만이었다.

성허는 히만과의 우정과 사랑을 굳건히 지켜나갔다. 성허가 새로운 가족의 일원이 될 수 있도록 히만은 함께 노력했고, 상류사회에 눈뜨기 시작했다.

성허는 아 언덕의 옛 교사 복원 계획을 세웠다. 성허와 히만의 추억이 어린 곳이었다. 두 사람을 위한 사업이었고 총책임자는 히만이었다.

그러던 어느 날, 히만 앞에 이니가 나타났다. 히만은 말없이 돌을 던졌다. 체공 시간을 더해가는 팔매질은 우아했다.

왜 돌을 던져요? 이니가 물었고 히만은 돌만 던졌다. 이니가 팔매질을 따라 했다. 이니의 팔매질은 예사롭지 않았다.

히만은 플라타너스 그늘에서 벌떡 일어섰다. 걷고 묻고 움직여야 한다는 사실을 잠깐 잊었었다. 이니를 찾아야 했다.

버스와 승용차가 지나가고 붉은 머리 검은 머리 노랑머리가 그의 곁을 스쳐 지나갔다. 하늘은 맑았고 가끔 바람이 불어 플라타너스 이파리가 흔들렸다.

왜 돌을 던지느냐고 물었을 때 '비애', 라고 답했어야 했나. 낯선 나라 낯선 도심을 걸으며 히만은 생각했다. 그리고 떠올렸다. 성허가 좋으냐?라고 이니에게 물었던 어느 날의 기억을. 이니는 말없이 고개를 좌우로 흔들었다. 짧게 두 번이었다. 이니도 그때 '비애'라 답하고 싶었던 걸까.

이니의 반응이 놀랍고 반가워서 히만은 길게 물수제비를 떴다. 자꾸 돌을 던졌다. 돌맹이는 경쾌하게 수면을 치며 개울을 건넜다.

히만은 이니가 언젠가 성허 곁을 떠날 것 같다고 느꼈고, 그리되길 바랐다. 그리고 이니는 떠났다. 그렇게 떠난 이니를 찾아 히만은 낯선 나라 낯선 거리를 걸었다.

히만이 거리를 걷는다는 것, 묻고 움직인다는 것, 그러다 플라타
너스 그늘에 잠시 쉰다는 것은 그런 거였다. 비애. 고단할 때마다 히
만은 중얼거렸다. 내 목숨보다 널 더 사랑하니까. 그러하니까……

33

빤딱이.

이니가 말했다.

빤딱이.

10초에 한 번씩 이니는 그 말을 뱉었다. 산은 들었다. 이니의 움직
임이 종종 놀랄 만큼 등속을 유지하듯이, 짧게 뱉는 말과 말 사이
의 간격이 균일했다.

빤딱이. 그 말은 동그랗고 작고 얇고 가볍고 똑똑 끊어졌다. 산은
영성체의 밀떡을 떠올렸다. 뱉는 말의 크기와 느낌이 딱 그것만 했
다. 이니는 그것을 삼키지 않고, 10초에 하나씩 뱉었다.

빤딱이.

이니의 입에서 튀어나오자마자 그것은 발딱 섰다. 빤딱이. 산에게
는 그렇게 들렸다.

집 안은 여전히 어두웠다. 또 오후의 시간이 흐르고 있었다. 가까
이에서 까마귀가 울었다.

음식물 찌꺼기를 먹으려고 까마귀는 종종 애플민트 텃밭에 내려
앉았다. 텃밭은 이런저런 쓰레기로 수북했다. 산은 이니에게 묻지
않았다. 빤딱이. 그것이 무엇인지. 어째서 그 말을 반복하는지.

소쩍새나 따오기 울음 같았다. 이유나 의미 따위 없는 반복일지
도 몰랐다. 빤딱이. 산은 그렇게 생각했다. 듣고만 있었다. 빤딱이.
때로 그것은 무언가를 단순 조립해내는 기계음처럼 들렸다. 일정한
간격을 두고 물품을 만들어 딸깍딸깍 뱉어내는 조립 기계.

그것이 필요해.

빤딱이라는 말 사이에 이니가 끼워 넣는 말이었다.
산은 들었다.

간절히 필요해.

이니의 말이 내용을 이루는 데는 시간이 걸렸다. 이니는 한 마디
씩 뱉었고, 조각말들은 산의 머릿속에 느리게 쌓여갔다.

집 안에는 아무 일도 일어나지 않았다. 커튼이 드리워진 어두운 공간에 산과 이니가 있었다. 그들은 숨을 쉬었을 뿐 움직이지 않았다. 이니가 빤딱이, 라고 말하는 것이 전부였다.

빤딱이. 빤딱이. 빤딱이…… . 그것이 필요해. 그런 사탕을 좋아했어. 빤딱이로 싼 사탕. 빤딱이. 사탕이 좋아서가 아니라 빤딱이. 빤딱종이가 좋아서. 빤딱이. 간절히 필요해. 빤딱이야 그것은. 빤딱종이…… .

이 정도 말이 쌓이는 데 3분이 걸렸다.

중얼거리던 이니가, 뱀처럼 기어 와 발가락을 물지도 모른다고 산은 생각했다. 전기에 감전된 듯 회음부가 찌릿했다. 아무 일도 일어나지 않았으나, 숨을 쉴 뿐이었으나, '언제라도' 어떤 일인가 일어난다는 걸 산은 알았다.

느리게 반복되는 이니의 말, 말과 말 사이에 놓이는 균일한 길이의 공백, 나른하게 흐르는 오후의 시간, 어둠, 그 속에서의 뒤척임…… . 그런 것들은 또다시 닥치고야 말 '소진'의 뻔한 징후였다.

그렇다는 걸 산도 이니도 알았다. 빤딱이. 그 말이 끝나거나 끝나기도 전에 생명의 마지막 한 방울까지 다 짜내려는 격렬한 소진 행위가 시작될 수 있다는 것을.

그 행위는 시작도 끝도 없었다. 양해를 구하는 일 따위 없었다. 둘은 은밀하고 강력한 징후를 두려워하거나 그것에 저항하지 않았다. 빤딱이, 라고 이니가 말하면 산은 들을 뿐이었다. 농밀해지는 징후를 느끼며.

섹스라는 것으로는 두 사람의 소진 행위를 설명할 수 없었다. 둘 사이의 완강한 침묵도 그 때문이었다. 설명할 수 없음. 다만 끝없음. 몸 안에 도는 생체의 기운을 끝없이 지워나가는 것. 깊고 어두운 음부의 나락으로 한없이 추락하는 것. 손가락 하나 까딱할 수 없게 무기력해지는 것. 미래라든가 꿈 따위와 영원히 단절하는 것. 한없이 게을러지고 지저분해지는 것. 아둔하고 어눌하며 더럽고 추해지는 것. 그리되도록 노력하지는 않으나 그리되지 않기 위해 애쓰지도 않는 것. 그것이 시작도 끝도 없는 것의 정체라는 걸, 산과 이니는 알았다.

사탕이 아니라 빤딱종이가 좋아서……. 이니가 말했다. 빤딱종이가 아닌 빤딱종이 소리가 좋아서. 그 소리가 좋아서……. 산은 이니의 말을 들었다.

이니의 말은 날이 갈수록 어눌해졌다. 빤딱종이 소리가 듣고 싶은데, 그 사탕을 사야 할까. 이 나라에 그런 사탕이 있을까. 어떤 건 푸르고 어떤 건 투명하고 어떤 건 빨갰었는데, 소리는 다 같았지. 빤딱종이 소리는 다 같아. 사탕 종이를 손안에 수북이 쥐고 살살 비비면 졸렸어. 죽는대도 두렵지 않을 것 같았어.

그걸 구해다줘. 이니가 말했다. 될 수 있는 한 많이. 아주 많이. 그걸로 베갯속을 하게. 산은 빤딱종이가 어떤 건지 몰랐다. 이니는 그것으로 베갯속을 하겠다고 했다. 사탕을 얼마나 까먹어야 베갯속

할 만큼의 빤딱종이를 얻을 수 있을까. 그런 사탕이 이 나라에 있기나 할까.

산은 망설였다. 그걸 베개 속에 넣고 잠들고 싶거든. 이니는 입술만 움직였다. 산은 혼자서 빤딱종이를 찾을 자신이 없었다. 함께 나가 찾고 싶었으나 이니는 바깥출입을 하지 않았다. 부겐빌레아 길 산책도 일주일째 중단한 상태였다.

이니는 점점 행동반경을 줄였다. 산이 집에 없을 때 이니는 채소 상점에 들러 가지와 토마토와 양상추를 샀다. 그녀가 가장 멀리 나가는 지점이 채소 상점이었다. 그곳에는 얼굴 검은 남자 주인이 언제나 웃는 모습으로 서 있었다.

빵 가게를 찾아 나섰다가 빵 가게를 찾지 못하고 돌아섰던 곳이 채소 상점이었다. 그 뒤로도 이니는 채소 상점 이상 멀리 가지 못했고 빵 가게도 찾지 못했다.

채소 상점보다 조금 더 가까운 곳이 잡화점이었다. 채소 상점과 잡화점은 20미터 정도 떨어져 있었다. 이니는 잡화점까지밖에 나가지 않았다. 그곳에서 이니는 이런저런 드레싱과 스테인리스 강판 같은 것을 샀다. 그러다 잡화점에도 가지 않았다.

채소 상점까지 가다가 잡화점까지만 갔고, 잡화점까지 가다가 집에서 더 가까운 화장품 코너까지만 갔다. 그렇게 반경을 줄였고 어느 날부터 그녀는 어떤 상점에도 들르지 않았다. 바깥출입을 중단하고 집 안에 웅크렸다.

샴푸 대신 아삼티 우린 물을 썼다. 자외선 차단제도 더는 필요하지 않았다. 로션도 쓰지 않았다. 산도 수염을 깎지 않았다.

이니는 토마토 인 발사믹 말고는 요리를 하지 않았다. 생것을 썰어 먹거나 뜯어 먹었다. 식료품은 산이 도서관을 다녀오는 길에 조금씩 샀다.

커튼이 드리워진 뒤로 그들은 달라진 냄새, 달라진 맛, 달라진 생활에 익숙해졌다. 치우지 않고 쓸지 않고 닦지 않았다. 이니에게 필요한 것은 영양크림이 아니라 빤딱종이였다.

산은 얼른 밖으로 나가지 못했다. 빤딱종이를 알 수 없었다.

그러다 이니의 한마디에 모든 게 확연해졌다. 반복되던 빤딱이 사이에 무심코 끼어든 이니의 말을 산은 놓치지 않았다.

셀로판지. 이니는 셀로판지, 라고 말했다.

어린이집에서 그걸로 무언가를 만들던 기억이 산의 머리에 떠올랐다. 여섯 살쯤이었다. 무엇을 만든 게 아니라, 그것을 펼쳐 들고 뛰어다니던 기억.

어린이집 교사는 그것으로 무언가를 만들려 했을 것이다. 그러나 아이들에겐 셀로판지 자체가 경이였다. 믿을 수 없을 만큼 가벼웠고 믿을 수 없을 만큼 얇았고 믿을 수 없을 만큼 간지러운 소리가 났다.

산의 기억은 그랬다. 어떤 아이는 붉은 셀로판지를, 어떤 아이는 푸른 셀로판지를 코앞에 펼쳐 들고 뛰어다녔다. 산이 펼쳐 들고 뛰어다녔던 건 노란 셀로판지였다. 믿을 수 없을 만큼 세상이 노랬다.

산은 소리를 기억해냈다. 셀로판종이에 싸인 사탕도 생각해냈다. 그 종이를 빤딱이라 불렀다는 사실까지 떠오르자 소스라치게 기뻤다.

밖에 나갈 채비를 했다. 문구점에 가면 얼마든지 있을 거야. 이니 쪽을 향해 산이 말했다. 이니는 피기백을 열어 산에게 지폐 한 장을 건넸다. 액면을 확인한 산이 깜짝 놀랐다. 너무 큰 액수였다. 이니가 돈의 감각을 잃어버린 것 같았다.

베개피를 열고 알베개를 꺼냈다. 베개를 베개피와 알베개로 나누었다.

산이 가위로 셀로판지를 오렸다. 손가락 정도의 길이와 폭으로 오렸다. 열 장을 겹쳐 한꺼번에 오렸다. 방바닥 위로 셀로판지 조각이 우수수 떨어져 내렸다.

이니는 그것을 주워 두 손에 모았다. 천천히 비비고 구기며 귀에 갖다 댔다. 소리를 들으며 이니는 흡족해했다. 셀로판지의 양은 충분했다. 이니가 준 돈을 산은 남기지 않았다. 이니는 셀로판지 조각을 베개피에 넣고 지퍼를 잠갔다.

파는 가끔 뒤꼍의 무쇠솥에다 불을 때서 밥을 했다. 재재동산에 감돌던 구수한 밥 냄새를 산은 기억했다. 감쪽같이 사라졌던 기억이어서 낯설었다.

하가 특별히 좋아하던 밥이었다. 밥을 다 푸고 누룽지를 긁기 전에 파는 아궁이에 잠깐 더 불을 지폈다. 누룽지와 무쇠솥 사이에서 자글거리는 기분 좋은 소리가 났다.

누룽지가 노릇하게 익으면 파는 그것을 놋쇠 주걱으로 통째로 들어내는 기술을 발휘했다. 산과 윤지는 탄성을 질렀다. 산은 오랜만에 윤지라는 이름을, 전생의 일만큼이나 아득하게 떠올렸다. 파와 하라는 이름도 그랬다.

셀로판지에서는 그런 소리가 났다. 누룽지가 눌며 내는 소리. 깨 볶는 소리. 입 벌렸던 조개들이 일제히 입 닫는 소리. 양철 지붕에 모래바람 부딪히는 소리. 작은 조약돌이 파도에 구르는 소리.

자잘했으나 그 소리는 세상의 모든 소리를 지웠다. 어떤 큰 소리도 지우는 작은 소리에 산은 놀랐다. 그 소리가 들릴 때는 그 소리 이외의 소리는 들리지 않았다.

베개피를 다 채운 이니는 알베개의 내용물을 빼고 셀로판 조각을 쑤셔 넣었다. 셀로판지는 얼마든지 있었다. 두 개의 베개를 다 채우고도 산은 가위질을 멈추지 않았다.

이니는 셀로판 조각을 바닥에 흩뿌렸다. 발을 딛는 대로 자글거렸다. 이니는 그 위에 누워 뒹굴었다.

베개피와 알베개가 이니와 함께 뒹굴었다. 이니는 여전히 알몸이었다. 땀이 밴 이니의 몸에 붉고 푸르고 노란 셀로판 조각들이 떡고 물처럼 달라붙었다. 알베개보다 베개피가 훨씬 빵빵했다.

산은 더 빨리 셀로판지를 오렸다. 이니는 베개를 안고 뒹굴었다. 방 안은 자글거리는 소리로 가득했다. 세상의 어떤 소리도 두 사람을 침범할 수 없을 것 같았다.

산은 미친 듯 셀로판지를 오렸다. 소진의 징후가 농밀할수록 두 사람의 호흡이 가빠졌다. 그것에 묻혀 질식해도 좋을 만큼 셀로판 조각이 바닷물처럼 집 안에 가득 차길 바랐다.

이니는 산의 발가락을 물고 놓지 않았다. 산도 이니의 발가락을 물고 놓지 않았다.

둘은 서로의 냄새에 익숙했다. 끈적거리는 것을 개의치 않았다. 방 안은 어두웠고 탁했고 더웠다. 격한 움직임이 빤딱종이 소리에 묻히고 묻혔다.

그들은 날마다 더러워졌다. 서로 상관하지 않았다. 두 사람 사이에 없으면 안 되는 것들일 뿐이었다. 참을 수 없이 더우면 찬물을 한 번씩 뒤집어쓰는 것이 전부였다.

'지금'은 빤딱이가 전부였다. 그 소리는 모든 외부를 차단했다. 아무 소리도 아닌 잡음 속으로 산과 이니는 끝없이 추락했다. 다시는 돌아 나오고 싶지 않을 곳으로. 그들은 베개로 귀를 틀어막고 더러운 발가락을 깨물고 빨았다.

34

윤지는 교정 벤치에 오래 앉아 있었다. 그녀의 머리 위에서 푸른 단풍나무 이파리가 흔들렸다.

얼마나 오래 앉아 있었는지 윤지는 알지 못했다. 한낮이었다. 붉은 벽돌 건물과 그 건물들이 이고 있는 하늘색 하늘을 바라보았다. 학생들이 인디언레드의 우레탄 길을 오갔다.

산의 행방을 아는 사람은 없었다. 인문도서관에서 그를 보았다는 학과 사무실 사람을 만난 게 마지막이었다. 윤지는 나흘 동안 인문도서관엘 갔고 해가 질 때까지 그곳에 머물렀다.

논문열람실과 단행본참고자료실과 디지털자료실을 오르내렸다. 산과 마주치지 못했다. 모국어가 통할 것 같은 사람에게 다가가 산이라는 사람을 아느냐고 조용히 물었다.

기대와는 달리 모국어로 대답해주는 사람은 드물었다. 모국어든 외국어든 그들의 대답은 똑같았다. 산을 모른다는 거였고, 영사관에 실종 신고를 하거나 경찰의 도움을 받지 그러느냐는 내용이었다. 당신 같으면 영사관에 실종 신고를 하거나 경찰에 도움을 요청했다고 해서 집에 가 발 뻗고 잘 수 있겠어요?라고 윤지는 되묻지 않았다.

자료실과 열람실을 오르내리며 산과 마주치기를 바랐다. 점차 그녀는 움직임의 반경을 넓혔다. 이런저런 학교 건물을 둘러보고 들락거렸다. 반경을 넓힐수록 학교의 규모가 생각보다 훨씬 크다는 걸 알았다.

인문도서관을 기점으로 원의 크기를 점차 넓혀갔다. 조금씩 커지는 원을 한 바퀴씩 돌 때마다 윤지는 매번 다시 인문도서관에 돌아와 있곤 했다. 그렇게 또 사흘을 보냈다.

그러다 윤지는 움직임을 멈추었다. 석조 계단 난간에 기대어 서거나 나무 벤치에 앉았다. 대출대 앞에 몇 시간이고 앉아 있었다. 그녀의 머리 위로 바람이 지나가거나 나뭇잎이 흔들리거나 커다란 선풍기가 빙빙 돌아갔다.

윤지는 산의 학교를 벗어나지 않았다. 다운타운을 돌며 산을 찾는 일이 의미 없는 일은 아니었다. 그렇게도 해보았다. 그러나 윤지는 더 이상 움직이지 않았다.

산을 찾는 것보다 산이 자신을 발견하는 게 더 빠를지도 모른다고 생각했다. 산이 지나다닐 만한 길목에 서거나 앉았다. 어느 날은 비가 오거나 안개가 꼈고 어느 날은 눈을 뜰 수 없을 만큼 맑고 더웠다.

윤지가 바라보는 대상도 이제는, 사람이 아니었다. 건물과 나무와 햇살 같은 것이었다. 그림자의 기울기 같은 것이었다. 기대서거나 벤치에 앉아 그런 것들을 하염없이 바라보았다.

지금 그녀는 자신이 나무 벤치에 몇 시간째고 앉아만 있다는 사실을 알았다. 머리 위에서 푸른 단풍나무 이파리가 바람에 흔들리고 있다는 것을 알았다.

정말 산이 나를 먼저 발견하기를 바라는 걸까. 스스로 물었을 뿐 대답은 하지 않았다.

윤지는 멀고도 먼 곳에 와 있다는 사실을 잘 알았다. 재재동산과 하와 파, 그리고 고모와의 삶은 지구 반대쪽 일이었다. 너무 멀어서 아스라했다. 윤지는 낯선 도시 한복판에 홀로 놓인 자신을 충분히 느꼈다. 쓸쓸할망정 두렵거나 불안하지는 않았다.

움직임이 멈추면서 산에 대한 상념도 어느 정도 멈추었다. 산의 행방만을 궁금해하던 그녀가 어느 순간 자신의 현재를 문득 자각하기 시작했다.

어째서 나는 산을 찾는 것일까. 어째서 그를 재재동산으로 데려가려는 걸까. 이 질문이 갑작스러운 무력증을 몰고 왔고 그래서 멈춘 거라고 윤지는 생각했다.

재재동산을 떠날 때의 자신과 낯선 외국 도시 한복판에 홀로 놓인 자신. 윤지는 그 둘을 한꺼번에 감당하기가 어려웠다.

떠나오지 않았다면 몰랐을, 그러나 떠나옴으로써 알게 된, 막막한 것이 주는 자유스러움. 윤지가 얼른 감당할 수 없었던 것이 그것이었고, 산을 찾는 움직임을 잠깐 멈출 수밖에 없었다.

산이 먼저 발견해주기를 바라서 멈추었다기보다는, 그녀 자신이 산이 되어 세상에서 자취를 감추고 싶었다. 멈춘 채, 시달리고 있었던 것이다. 그러는 자신한테 윤지는 깜짝깜짝 놀랐다.

재재동산에는 산의 소식을 애타게 기다리는 하가 있었다. 한순간도 윤지는 그 사실을 잊지 않았다. 파는 세상을 떠났고 산마저 연락이 두절되었다. 재재동산엔 하 혼자였다. 윤지가 낯선 나라로 날아온 목적은 하나였고 그것은 명백했다. 윤지는 한시도 그것을 잊은 적이 없었다.

산을 찾아 파의 부고를 전하는 것.

그러면 되는 거라고 윤지는 생각했다. 이후의 일은 산이 결정할 문제였다. 윤지는 산을 잘 알았다. 잘 안다고 여겼다. 파의 부고를 전해 들은 산이 어떤 결정을 내릴지도 짐작할 수 있었다.

그런 짐작마저 없었더라면 산을 찾아 낯선 나라로 날아오는 일도 없었을 거라고 윤지는 생각했다.

산이 나타나면 모든 게 제자리를 찾게 될 거라고 확신했다. 산을 십 수 년 동안 보아온 그녀였다. 파의 부재는 회복될 수 없더라도, 산을 찾게 되면, 산과 하와 재재동산이 예전 같아질 거라는 확신이 들었다. 산에 대한 그녀의 믿음은 오래된 거였다.

재재동산이 떠오를 때마다 윤지는 움찔 몸을 떨었다. 멈추지 말고 산을 찾아 움직여야 한다는 생각이 들었다.

산과는 조금도 좁혀지지 않는 것 같았다. 무기력하게 주저앉아, 흐르는 구름이나 봐서는 안 된다는 걸 깨달았다. 낯선 나라로 날아와야만 했던 이유와 목적을 떠올렸다.

잠깐씩 찾아오는 방기와 일탈의 유혹이 죄스러웠다. 첫 국외여행의 설렘과 막막하기만 한 산의 행방, 낯선 거리 낯선 사람 낯선 언어가 주는 피로감이 도피 욕구를 불러일으키는 거라고 그녀는 생각했다.

찾는 것이 고단하면 잠시 움직임을 멈추는 것도 한 방법이었다. 윤지는 그렇게 했다. 그래서 멈추는 것뿐이라고 생각했다. 근원적 물음 같은 것에 시달릴 때마다 윤지는 재재동산과 재재동산의 하를 떠올리고 떠올렸다. 여행의 명백한 이유와 목적에서 벗어나지 않으려고.

35

하는 푸른 옷을 입었다. 목욕하는 시간을 빼고는 푸른 옷을 벗지 않았다. 그의 모든 옷이 푸른 옷이었다.

하의 푸른 옷은 재재동산과 잘 어울렸다. 잘 어울린다고 윤지는 생각했다. 그것은 재재동산의 색깔이기도 했다. 재재동산도 푸르렀고 하도 푸르렀다.

산도 윤지도 하의 옷을 푸르다, 고만 했다. 초록에 가까웠으나 초록이 아니었다. 블루나 아주르나 카키나 그린이 아니었다는 말이다. 그 모든 것으로서의 푸른빛이었다.

재재동산도 하도 푸른빛이어서 둘은 구별되지 않았다. 하는 재재동산에 감쪽같이 스며들기 일쑤였고, 재재동산은 하 때문에 움직이는 정원 같았다.

　재재동산에서 하를 찾는 일을 산과 윤지는 '숨은그림찾기 놀이'라고 했다. 산과 윤지를 위해서 하는 언제라도 놀이의 주인공이 되었다. 하는 산과 윤지를 끔찍이 사랑했다. 한가족이나 마찬가지였다.

　어느 날 파가 하의 옷 색깔을 국방색이라고 했다. 국방색이라면 법무색도 있는 건가? 윤지가 산에게 물었다. 여고생이 되던 해였다.

　파를 비꼰 것 같아 윤지는 미안했다. 그런 뜻으로 말하려던 게 아니라고 하려는데 산이 입을 열었다. 국방색이라면 외교색도 있어야겠지, 보건사회색도, 라며 산이 막 웃었다. 파도 따라 웃었다. 윤지도 웃었다. 하의 옷 색깔은 그런 거였다. 국가와 관련된 색깔이었다.

　다 푸른색이었으나 하가 입는 옷은 계절에 따라 크기와 형태가 조금씩 달랐다. 무늬는, 있는 것과 없는 것 둘로 나뉘었다. 무늬라면 얼룩무늬였다. 얼룩무늬밖에 없었다.

　그가 쓰는 모자도 푸른색이었다. 챙 없는 베레모와 챙 달린 캡이었다. 모자도 푸른 단색이거나 푸른 얼룩무늬 두 가지뿐이었다.

　푸른색과 얼룩무늬는 그의 피부였다. 웃옷을 다 벗어도 등과 어깨는 여전히 푸르렀고 문신한 듯 얼룩덜룩했다.

　하는 많은 옷을 손수 세탁했고 꼼꼼히 펴서 널었고 잘 말렸다. 거두어 일일이 각을 잡고 정성 들여 수납했다. 입기 직전 꺼내 다리미로 다렸다. 명찰과 마크가 해지거나 떨어지면 새것으로 바꾸어 달았다. 옷에 관한 거라면 하는 파의 손을 빌리지 않았다.

하는 옷과 모자에 번호를 새겼다. 노랗고 빛나는 색실로 새겼다. 금색 실 숫자는 도톰하고 크고 선명했다.

옷이 낡아도 금색 실 번호는 풀어지거나 닳지 않았다. 꽁꽁 뭉친 실오라기 숫자가 먹이에 다닥다닥 들러붙어 떨어지지 않는 좀벌레들 같았다.

낡은 옷에서 떨어져 나온 금색 숫자들이 풀어지지 않은 채 재재 동산 이곳저곳에 굴러다녔다. 산이 세 살 때 숫자를 읽고 쓸 줄 알게 된 까닭도 그 때문이었다.

너희들 옷 색깔은 다 다른데 내 옷은 다 같지 않니? 그래서 번호를 달아 식별하는 거란다.

하가 말했을 때 산도 말했다.

저도 팬티는 다 하얀색이에요. 그런데 번호를 달지 않아요.

윤지는 복사꽃 무늬 원피스를 입고 있었다. 산도 윤지도 일곱 살이었다.

하는 깜짝 놀랄 만큼 크고 길게 너털웃음을 웃었다. 어린 산이 기특해서 하는 숨을 못 쉴 정도로 웃었다. 윤지는 하의 웃음이 무서웠다. 너무 크고 길어서 머리가 어지럽고 땅이 흔들렸다.

눈물까지 질금거리고 나서 하는 웃음을 멈추었다. 그러고서 한 말이었다.

푸른색은 통일, 숫자는 질서란다.

윤지는 그의 말을 알아들을 수 없었다. 그러나 하의 웃음이 무서웠고, 머리가 어지럽고 땅이 흔들렸기 때문에, 뜻과는 상관없이 그 말이 윤지의 기억에 남았다.

어쩌면 그때의 기억이 아닐지도 몰랐다. 하가 유별나게 통일과 질서를 강조하고 좋아했던 나머지, 그렇게 말했을 거라고 윤지가 오인한 걸지도.

통일과 질서는 하의 신념이었다. 그것을 그는 아름답다고 했다. 재재동산은 그의 신념으로 이룩한 아름다운 세상이었다. 아무렇게나 자란 것들, 제멋대로 뻗은 가지를 그는 내버려두지 않았다. 함부로 자란 보리수나무를 그는 호시탐탐 노렸다.

산과 윤지는 하의 신념에 어긋나거나 그것에서 벗어나지 않았다. 산과 윤지는 착하고 사랑스런 아이들이었다. 재재동산의 나무들처럼 하의 극진한 보살핌을 받았다.

어려서부터 산과 윤지는 전지가위와 원예가위와 접목가위를 종류별로 분간했다. 식목가위 P-660! 하가 외치면 산과 윤지는 겨루듯 달려가 가위를 골라 왔다. 윤지도 산도 정확하게 골랐다. 하는 아이들을 칭찬했다.

하는 산과 윤지를 기쁘게 했다. 재재동산은 즐거운 곳이었다. 먼 미래에도 꿈의 동산으로 길이 남을 거라고 윤지는 확신했다. 확신 속에는 산과 함께 재재동산을 떠나지 않고 언제까지고 그와 함께하는 자신의 모습이 그려졌다.

윤지와 산은 부족한 게 없었다. 재재동산 공구실에는 꼭지가위와

소지가위 등 분재에 필요한 가위가 200개도 넘었다. 재재동산을 아름답게 가꾸는 공구들이었다.

하의 신념에 어긋날 수 없는 까닭을 산과 윤지는 알지 못했다. 둘은 재재동산에서 하와 숨은그림찾기 놀이를 했고 하가 원하는 가위를 누가 먼저 찾나 내기를 했을 뿐이다.

어긋날 수도 벗어날 수도 없는 이유를 아는 것은 파뿐이었다. 파는 보리수나무 그늘에서 노래를 부르며 두 아이의 성장을 지켜보았다. 아이들에게 자신이 제멋대로 자란 보리수나무처럼 보여도 상관없다고 파는 생각했다.

파는 보리수나무를 하에게 호락호락 내주지 않았다. 보리수나무 그늘 아래 있을 때 파는 가장 여유롭고 행복하고 거만해 보였다.

산과 윤지에게는 재재동산이 처음부터 있었던 세상이며 풍경이었다. 잘못된 질서가 있다고 해도 두 아이가 그걸 알아차릴 수는 없는 거라고 파는 생각했다. 보리수나무 그늘을 맴돌던 파의 허밍은 언제나 낮고 음울했다.

36

하는 가끔 280구의 주검을 얘기했다. 하는 퇴역 군인이었다. 그는 두 차례 큰 전쟁에 참가했는데 한 번은 내전이었고 한 번은 국외 파견전이었다.

전쟁 얘기를 할 때면 그의 음성은 믿을 수 없을 만큼 차분해졌다. 19년 동안 그는 군인이었다.

첫사랑을 추억하듯 그는 가는 눈을 떴다. 그리고 천천히 전장의 포연 속으로 걸어 들어갔다.

큰 전쟁을 두 번이나 겪었으므로 주검은 그에게 새로울 게 없었다. 그는 전장에서 수없는 주검을 목격했다. 280구의 주검이란 그의 개인 전공 기록에 적힌 '적 사살' 숫자였다.

그러니까 말이다……. 그는 말했다. 그냥 눈으로 바라본 숫자가 아닌 게지. 자신의 지휘봉 끄트머리로 직접, 일일이 '터치'하고 헤아린 숫자라고 했다.

그의 말은 따뜻해서 졸음이 왔다. 그가 지휘봉으로 '터치'한 곳은 언제나 시신의 젖꽂판이었다. 그랬다고 했다. 하나하나 그곳을 터치해가며 숫자를 셌고, 숫자는 그와 부대원의 전공 기록에 빠짐없이 올랐다.

어느 때는 '터치'라고 했고 어느 때는 '그곳을 꼭 눌렀지 뭐냐'라고 했다. 하는 친절하고 자상하게 말했다. 사람이 아무리 망가져도 말이다, 이상하게 그 부분은 남아 있더구나. 젖꽂판은 도망가지 않는다, 라고도 했다. 하의 말을 들을 때마다 윤지는 젖꼭지가 얼얼했다.

내전에서 200, 파견전에서 80, 딱 외우기도 쉽잖니? 그가 말할 때마다 윤지는 수백 년 전에 있었다던 이웃 나라와의 전쟁을 떠올렸다. 승리를 거두었던 장수들의 이름도 떠올렸다.

하는 장수들의 일원이었던 걸까? 물으면 산은 그냥 웃기만 했다. 윤지는 전쟁과 싸움에 관한 거라면 아무런 관심이 없었다.

산이 웃었으나 윤지보다 뭘 더 알아서 웃는 웃음 같지 않았다. 착해서 웃는 웃음이었다. 산은 착해서 웃었고 웃어서 착했다. 외우기 좋게 일부러 200 더하기 80명의 적을 사살한 모양이라고, 윤지는 아무렇게나 생각해버렸다.

윤지 스스로 알게 된 사실이 하나 있었다. 하의 옷과 모자에 새기는 수의 크기였다. 280에서 더는 나아가지 않았다. 숫자가 280에 이르면 1부터 다시 시작했다. 280까지 이르렀는데도 낡은 1번 옷이나 모자가 있으면 하는 그것을 버렸다.

노란 색실의 숫자는 280까지 돌고 돌았다. 몇 차례 돌았는지 윤지는 알 수 없었다. '적 사살' 숫자라는 사실을 안 뒤로 윤지는 하의 옷을 볼 때마다 푸르게 죽어 널브러진 시신을 떠올렸다. 동족과 이민족이 뒤섞인 시신.

그 숫자를 개인 전공 기록에 적는 이유와 그것을 잊지 않고 기억하고 말하는 까닭을 윤지는 알지 못했다. 속옷과 모자에까지 숫자를 새기는 연유는 더욱 알 수 없었다. 윤지에게 그것은 이상한 영웅 전설이었다.

하에게는 금빛 무공훈장이 있었다. 하가 겪은 전쟁이 몇백 년 전의 일이 아니라는 사실을 알게 해줬던 것은 하의 나이가 아닌 그 물건이었다. 금빛 찬란한 훈장을 보면 하가 얼마나 훌륭한 영웅인지 절로 알게 되었다.

훈장이 든 남색 보관함에는 최고 통치자의 치하의 글과 이름과 붉은 도장이 찍혀 있었다.

최고 통치자 관저에서의 엄숙했던 만찬을 떠올릴 때마다 하는 모든 사람의 부러움과 존경을 받아 마땅할 표정을 지었다. 그랬으므로 윤지도 그를 자랑스러워했고 존경했다. 산은 말할 것도 없었다. 산과 윤지는 고귀한 분의 사랑을 한몸에 받고 있다는 사실을 잊지 않았다.

하는 근엄했고 자상했고 친절했다. 목소리는 부드러웠고 재재동산을 가꾸는 손길은 섬세하고 정확했다. 제멋대로인 것과 어수선한 것에는 가차 없었다. 재재동산에는 하의 사랑이 흘러넘쳤다. 산과 윤지는 재재동산의 분재들처럼 하의 넘치는 사랑을 받았다.

전쟁의 참혹함은 훌륭한 전공의 당연하고도 멋진 배경이 되었다. 낮고 부드러운 하의 목소리는 재재동산을 찾아오는 새소리와 어울려 노래가 되었다. 산과 윤지는 하가 몸담았던 파견부대 노래를 4절까지 따라 불렀다.

하의 말은 반복되었고 윤지는 그것에 익숙해졌다. 280구의 푸른 시신은 숫자에 지나지 않게 되었다. 하가 무슨 말을 하든 아무렇지도 않았다. 적병 시신을 수습하는 얘기를 할 때 하의 손에는 날카로운 가위가 들려 있곤 했다.

그는 부하들에게 명령했다. 줄을 맞춰! 이 말은 재재동산에서 그가 홀로 분재작업에 열중하며 나무한테 중얼거리는 소리였다. 줄을 맞춰! 시체일지라도 줄을 맞추지 않으면 그는 견디지 못했다.

소중한 수집품을 쓰다듬듯 그는 시신 한 구 한 구를 자신의 눈에 박았다. 훼손이 심한 시신도 마다하지 않았다. 연합군 장교는 시신을 사랑하는 사람이라며 그를 오해했다.

망실된 부위까지 찾아 시신을 수습하고 줄을 맞추었지만 그것은 어찌할 수 없는 파편이며 잔해였노라고, 그는 껄껄 웃었다. 구체적인 전과를 보고하기 위해 촬영을 해야 했고, 촬영을 하려면 어떤 것이 흙더미고 어떤 것이 시체인지 식별할 수 있어야 하는 거라고 그는 말했다.

시신을 일일이 길게 잡아당겼지. 쭉쭉. 그리고 줄을 맞춰 나란히 늘어놓는 거야. 그래야 사진에 잘 나오니까. 가관이고 장관이었지……. 그는 원예가위로 쉴 새 없이 나뭇가지를 쳐내며 말했다. 가지와 이파리들이 그의 발등에 수북이 쌓였다.

전장에 나가 싸운 것도 통일과 질서를 위해서였고 재재동산을 가꾸는 것도 통일과 질서를 위해서라고 그는 말했다. 통일이라는 말에도 질서라는 말에도 어떤 관형어가 붙었으나 윤지는 기억하지 못했다. 오랫동안 하가 관형어를 빼고 말했기 때문이었다.

윤지는 하의 푸른색 옷과 모자를 통일이라고 여겼고, 그의 손에 쥐어진 가위를 질서라고 알았을 뿐이다. 어떤 식으로 알든 정확하지 않기는 마찬가지였다. 통일과 질서는 하만 알고 하에게만 정확하며 하에게만 통하는 말이었다. 윤지에게 그것들은 옷과 가위일 따름이었다.

푸른 옷을 입고 280구의 시신 얘기를 하며 가위질하는 사람. 그가 하였다. 하는 성실했고 건강했고 믿음직스러웠다. 어린 산과 윤지를 보면 예뻐 어찌할 줄 몰랐다. 그가 가꾼 재재동산은 윤지를 포함한 가족의 꿈의 정원이었다.

하는 인공 산을 만들고 들을 만들고 강을 만들었다. 높이와 장소에 따라 수종을 나누고 이름을 붙이고 보살핌의 방식을 달리했다. 홀로 청청한 나무, 군락을 이루어 위세를 뽐내는 나무, 다른 나무의 위용을 위해서만 필요한 나무, 줄을 맞추어 길게 늘어서야 늠름한 나무, 이파리의 양을 줄일수록 늘씬하고 예뻐지는 나무, 미친 듯이 몸을 틀어 웃음을 자아내는 나무, 온몸에 철사를 감고 시험 재배의 시간을 견디는 나무, 퇴비용으로 자라는 나무……. 나무들은 재재동산에서 하가 부여한 통일과 질서의 소임을 따랐다. 그곳에서 하는 지휘자였다. 스스로 그리 말한 적이 있었다. 나는 말이다, 재재동산을 지휘하는 거란다.

교향악단 지휘자라는 뜻으로 윤지는 알아들었다. 재재동산엔 수천 종의 수목이 자랐고 꽃이 피었고 향이 섞였으며 새들이 날아와 노래를 불렀다. 심포니 하모니 같은 말과 잘 어울렸다.

그러나 하가 말한 지휘자란 중대나 포대 규모 이상의 단위부대,

함정 및 항공기를 지휘하고 통솔하는 직책을 뜻하는 거였다. 그런 뜻이었다는 걸 윤지는 나중에 알았다.

줄을 맞춰! 부하에게 명령하듯, 하는 나무한테 명령했다. 동작 그만! 부대 앞으로! 전체 우로 봣! 재재동산에서 하는 즐거이 나무들을 사열했다.

나무들은 그가 호령하는 대로 동작을 멈추거나 열 지어 나아갔다. 하의 가위는 숨 가쁘게 움직였고 동산의 모형 들판과 강은 나무의 잔해로 그득했다.

전지한 나무에 삼줄을 칭칭 감았다. 겨울나기를 위해 호흡을 달고 따뜻한 옷을 입히는 거라고 그는 말했다. 밑동에서 가지 끝까지 한 치의 틈도 없이 삼줄을 감아 조였다.

나무들은 얼음 마법에 걸린 듯 손목 잘린 팔을 치켜든 채 얼어붙었다. 철갑을 두른 군병이 출정 명령을 기다리며 팔을 들어 장군을 연호하는 모습이었다. 도열한 수백 그루의 나무를 향해, 하는 멋진 거수경례를 날렸다.

윤지는 기시감에 시달렸다. 재재동산의 인공 들판과 인공 강이 잘린 나뭇가지와 이파리의 잔해들로 흘러넘칠 때, 삼줄로 염습한 수백 그루의 나무들이 시체처럼 뻣뻣하게 굳어갈 때, 숫자에 불과했던 280구의 푸른 시신이 생생하고 역한 냄새를 풍기며 윤지 앞에 펼쳐졌던 것이다.

37

하는 전지와 전정의 기쁨을 누렸다.

통일과 질서에 붙던 관형어는 여전히 윤지의 기억에 떠오르지 않았다. 떠오르는 것은 관형어가 아니라 하가 부여한 술어, '아름다운 것'이었다.

통일과 질서는 아름다운 것. 푸른 옷과 가위는 아름다운 것. 재재동산은 아름다운 곳. 돌아가야 할 곳. 윤지는 부정하지 않았다. 그곳은 파와 하의 극진한 사랑과 희생이 있는 곳이었다. 산과 윤지가 함께 자란 곳이었다.

산과 더불어 윤지의 행복이 이어질 재재동산이었다. 윤지는 모든 것을 인정하고 받아들였다. 진심으로 그러했다. 산을 찾아 파의 부고를 전하고, 홀로 재재동산을 지키는 하의 안부를 전하면, 가족의 와해와 근심은 산에 의해 복원되리라 믿었다.

윤지는 손끝으로 자신이 앉은 나무 벤치를 어루만졌다. 바람이 귀밑머리를 스치고 지나갔다. 자전거를 타고 지나가는 학생들이 윤지를 흘끔거렸다.

교정을 오가는 사람들은 많지 않았다. 윤지는 흔들리는 푸른 단풍나무를 바라보았고 먼 하늘을 올려다보았다.

그동안 그녀가 걸었던 곳은 플라타너스 길이 인상적인 인문대학 교정이었다. 산의 학과 사무실도 그곳에 있었다. 플라타너스마다 크고 높았다. 무성하고 넓적한 이파리가 하늘을 가리는 곳이었다.

인문도서관을 중심으로 반경을 넓혀가며 수차례 교정을 돌았다. 그러다 그녀는 인문대학과는 동떨어진 곳에 또 다른 교정이 있다는 걸 알았다. 이번에는 푸른 단풍나무와 붉은 벽돌 건물이 인상적이었다.

그곳에 윤지는 오래 앉아 있었다. 며칠째 그랬다. 움직이지 않고 멈춰 있으면 산이 먼저 자신을 발견할지 모른다고 생각했다. 그러면서 재재동산에서 멀리, 참으로 아주 멀리 벗어나 있음을 깨달았다.

멈춘 그녀의 눈에 보였던 것은 사람이 아닌 풍경이었다. 산을 찾아야 하는 걸까, 잠시 혼란스러웠다. 낯설고 막막한 것에 자신을 방기하고 싶었다.

그녀는 나무 벤치를 쓰다듬고 또 쓰다듬었다. 일어나 교정을 돌거나, 고파동을 걷거나, 폴란드 청년이 묵는 플랫을 찾아야 한다고 생각했다. 영사관에 들러 수소문하거나 학교 주변 다운타운을 뒤져야 한다고 생각했다.

그러나 그녀는 자리에 앉아 있었다. 천천히 하루가 저물어갔다. 내일은 어디를 걸을지, 어떤 곳에 앉아 있게 될지, 그녀는 짐작할 수 없었다.

38

산은 입술을 길게 늘였다. 최대한 늘이고 입술을 살짝 뗐다. 그리고 잠깐 멈추었다. 입술 사이로 무슨 말을 밀어내려 했으나 잘 되지 않았다.

이니.

산이 밀어내려던 말이었다. 입술을 늘인 채 아무 소리나 내어도 그것은 이니가 될 것 같았다. 그러나 되지 않았다.

성대가 울리지 않았다. 아무것도 떨리지 않았다. 어떤 것도 움직이지 않는 오후의 한때가 또 지나고 있었다.

이니는 의자에 눕듯이 앉아 건축 잡지를 읽었다. 소리는 내지 않았다. 글을 읽는 건지 그림을 보는 건지 알 수 없었다. 산은 대체로 그림을, 이니는 대체로 글을 읽는 편이었으나 반드시 그런 건 아니었다.

오랫동안 이니의 몸은 움직이지 않았다. 자는 것은 아니었다. 아무렇거나 상관없었다.

그들이 할 일은 없었다. 할 일이 없다는 생각도 하지 않았다. 그들의 말은 갈수록 어눌해졌고 행동은 굼떠졌다. 그러나 어떤 것들은 더없이 명료해졌다. 이니의 이마와 콧등에 떨어져 내리는 희미한

빛, 산의 몸에서 나는 냄새, 텃밭을 쓸고 가는 빗줄기 소리는 갈수록 명료했다.

산은 다시 입술을 길게 늘였다. 소리를 내려 했으나 역시 아무런 소리도 새어 나오지 않았다. 이니를 부르려던 것이 아니었다. 부를 일도 없었다. 소리가 나오는지 확인해보고 싶었을 뿐이다. 무엇을 위한 확인인지는 몰랐다. 어떤 날보다도 조용한 오후였다.

하오의 햇살이 커튼 사이를 비집고 들어왔다. 이니의 무릎과 어깨에 회초리처럼 떨어져 내렸다. 집 안에 가득한 적요가, 산은 전에 없이 숨 막혔다.

끔찍한 파국이 등 뒤로 시시각각 닥쳐오고 있으나 속수무책일 수밖에 없는 순간의 침묵. 산과 이니를 감싸고 있는 고요는 어쩐지 그런 성질의 적막 같았다.

그들에게 다가올 파국 같은 것은 없었다. 이미 왔을망정 새롭게 올 것은 없었다. 그들의 일상은 잔해처럼 누워 좀처럼 일어서려 하지 않았다. 나른하고 무기력한 날들이 축복 같았다.

이니, 라고 불러보고 싶었다. 재처럼 가라앉은 오후의 시간에다 작은 파문을 일으키고 싶었다. 그러나 되지 않았다. 움직이는 것은 아무것도 없었다.

두 시간이 흘렀다. 이니가 주방 쪽으로 몸을 움직였다. 공기가 느리게 선회하며 이니의 움직임을 따라갔다. 이니는 산의 발치를 천천히 지나쳤다.

이니는 냉장고 문을 열었다. 그녀의 움직임은 또다시 둔속이 되었다. 냉장고에서 먼저 나온 것은 윙, 하는 소음이었다.

오랫동안 차갑게 응축됐던 공기가 내지르는 비명 같았다. 그러나 적요를 내몰기에는 터무니없이 작았다. 냉장고에서 나온 것은 그것뿐이었다.

허리를 굽히고 이니는 냉장고 안을 들여다보았다. 냉장고 안으로 들어가려는 것처럼 보였다. 머리카락이 와락 쏟아져 내렸으나 이니는 상관하지 않았다. 머리통이 얼어버리는 거 아닌가 싶게 이니는 냉장고를 오래 들여다보았다.

냉장고에 무엇이 남아 있는지 산은 기억하지 못했다. 허리를 굽힌 이니의 뒷모습을 물끄러미 바라보았다.

이니가 체리토마토를 한 움큼 꺼냈다. 허리를 펴고 산을 바라보았다. 웃지는 않았으나 이니의 눈 속에 웃음이 가득했다. 가슴 앞으로 늘어졌던 머리카락을 어깨 뒤로 쓸어 넘겼다.

산은 체리토마토에서 눈을 떼지 못했다. 텅 비었던 냉장고가, 이니가 오래 들여다보자, 그녀에게 한 뭉텅이의 싱싱한 체리토마토를 토해낸 것이다.

산은 이니의 눈 속에 가득한 웃음의 뜻을 알 것 같았다. 아무것도 없는 텅 빈 것에서 이니는 자신이 원하는 것을 끄집어내는 마술에 성공했던 것이다.

이니는 삶지도 않고, 껍질을 까지도 않고, 발사믹 소스도 없이, 체리토마토를 씹어 먹기 시작했다. 그녀의 입안에서 붉은 체리토마토가 으깨졌다.

누군가 쾅 쾅 쾅, 현관문을 두드렸다.

39

남자의 거침없는 주먹이 고스란히 느껴졌다.

쾅 쾅 쾅. 다시 현관문이 흔들렸다.

이니는 놀라 쓰러졌고, 고막에 엄청난 압박감을 느낀 산은 귀를 틀어막았다.

겨우 고개를 든 이니가 토마토 접시를 현관을 향해 던지려 했다. 이니의 눈에서 차갑고 푸른빛이 쏟아져 나왔다.

이니가 쥐고 있던 체리토마토가 으스러지며 손을 더럽혔다. 적막했던 오후가 예비하고 있던 게, 저 거친, 노크며, 누군가의 무례한 방문이었단 말인가. 그런 각성이 산 스스로도 거슬렀다.

쾅 쾅 쾅.

거침없는 주먹과 굵고 단단한 팔뚝의 느낌 말고도, 소리에는 남의 집을 함부로 노크할 권리가 있음을 알리려는 의도도 실려 있었다. 일상이 되어버린, 오만하되 오만함을 모르는.

누구도 그 거만함에 저항할 수 없을 것 같았다. 그런 지레짐작에 산은 또 한 번 스스로 거슬렸다.

문밖에는 두 사내가 서 있었다. 여름 제복의 짧은 소매 아래로 비어져 나온 굵고 단단한 팔이 보였다. 세상 어디에 내놓아도 직업을 알 수 있을 제복이었다.

물어볼 게 있어서요.

그래서인지 그들은 신분도 밝히지 않고 안을 기웃거렸다.

그러시겠지요.

산이 맞받았다. 말을 꺼냈던 사내 옆의 다른 사내는, 표정 없이 입으로만 어색하면서도 직업적인 미소를 지었다.

이니는 냉장고 앞에서 현관을 바라보았다. 풀이 웃자랐군요. 제복의 사내가 말했다. 말하는 사내만 말했고 말 안 하는 사내는 말하지 않았다. 좀 잘라주어야 하는 거 아닌가요?

산은 현관문 손잡이를 움켜쥐었다. 굳이 자르고 싶은 맘은 없지만……. 산의 말에 날이 섰다. 나리께서 정 보기 싫다면야 뭐 자를 용의가 없지는 않습니다, 됐습니까? 산은 문을 닫으려 했다.

사내는 커다란 손으로 현관문 모서리를 움켜쥐었다. 동작이 우아하면서도 빨랐다. 노크만큼이나 숱하게 반복한 동작 같았다. 그는 작은 서슬 하나로 기선을 제압했다. 문은 꿈쩍도 하지 않았다.

아, 풀 얘기 때문이었다면 미안해요.

천만에요.

국왕 폐하의 충직한 신하로서 깔끔한 동네를 유지하는 것도 우리의 사명이라 생각하니까요. 하지만 자르고 안 자르고는 댁의 자유예요.

여왕 폐하의 밍크코트도 항상 깔끔하잖아요. 그러니 이해해요.

기분 나빴다면 좀 풀어요.

내 자유죠. 그건.

내 참, 이럴 것까지야 없잖아요.

용건이 끝났으면 가보시죠.

미소를 잃지 않았으나 사내는 완강했다. 산은 문을 당기지 못했다. 사내의 악력이 대단했다. 아직 물어볼 걸 안 물었거든요. 말하는 사내가 말했고 말 안 하는 사내는 여전히 말이 없었다.

어서 물어보시죠, 좀 바쁘니까. 산이 말했고, 바쁘다구요? 사내가 물었다. 하나도 바쁘지 않다는 걸 잘 알고 왔어라는 낯빛이었다.

산은 자신의 이런 식의 짐작과 대응에 넌덜머리가 났다.

괜찮아요?

사내가 다시 물었다. 사내의 시선은 산을 지나쳐 이니를 향했다.

뭐가 말이죠?

손을 다친 것 같은데.

그럴 리가요.

피가 나잖아요.

토마토 요리를 하던 참이었어요.

이니가 물을 틀어 손을 씻었다. 이니의 등속이 무너졌다. 토마토 즙이 말끔하게 씻겨나간 손을 이니는 들어 보였다.

용건을 말하죠. 사내가 말했다. 27번지에 사는 할머니를 봤나요? 봤다면 가장 최근에 본 게 언제였나요? 사내는 팔을 머리 위로 올려 손가락으로 허공 앞쪽을 가리켰다. 애플민트 밭 담장 너머가 27번지라는 뜻이었다. 산은 고개를 흔들었다.

우리에게 심한 욕을 해대곤 했죠. 상관하지 않았어요. 그녀는 도마뱀같이 소리를 질렀어요. 본 적은 없어요. 산이 말했다. 사내가 머리 위로 올렸던 팔을 내리고 산을 바라보았다.

도마뱀같이 소리를 질렀다는 건 뭐죠?

그렇다는 거예요.

도마뱀이 어떤 소리를 내죠?

몰라요, 그건.

그런데 도마뱀같이 소리를 질렀다고 했잖아요?

듣기 싫었고, 도마뱀이라면 멀리 던져버리고 싶었다는 뜻이겠죠.

사내가 미간을 구긴 채 산의 눈을 뚫어져라 응시하며 속삭였다. 죽이고도 싶었겠군. 최면에 걸린 듯 산이 말했다. 도마뱀이라면⋯⋯ 그랬겠죠.

구겨졌던 사내의 미간이 펴졌다. 손의 힘도 풀렸다. 산이 손잡이를 끌어당기자 문이 움직였다. 협조해줘서 고맙습니다. 말하던 사내가 말했고, 말없이 서 있던 사내가 등을 돌려 잡풀 무성한 길로 먼저 나섰다. 말하던 사내가 따라나서며 고개를 저었다.

그의 고갯짓이 뭘 뜻하는지 산은 알지 못했다. 그들이 어째서 찾아왔는지, 사내가 던진 질문의 내용이 뭔지도. 산은 멀어지는 그들의 뒷모습을 바라보았다.

40

이니가 보이지 않았다.

이니.

산의 입에서 절로 그녀의 이름이 튀어나왔다.

입 밖으로 밀어내보려 했으나 나오지 않던 이름이었다. 그랬었다는 게 산은 믿기지 않았다. 집 안은 다시 적요로 가득했고, 이니를 부르는 산의 목소리가 컸다.

산은 주방 뒷문을 열고 애플민트 정원을 휘둘러보았다. 이니는 눈에 띄지 않았다. 애플민트 정원은 이미 정원이 아니었다. 쓰레기가 쌓여 있었고 파리 떼가 그 위를 날았다.

산은 담장 밖 이웃집 후박나무 그늘을 바라보았다. 후박나무 그늘은 언제나 어두웠다. 이웃집 지붕은 파란색이었다. 경찰이 손가락으로 가리켰던 집. 27번지……. 산은 속으로 중얼거렸다.

집 안으로 들어와 이니를 찾았다.

이니는 침대와 벽 사이 좁은 틈새에 웅크리고 있었다. 사람이 들어가 웅크릴 공간이 아니었다. 몸이 워낙 작아 그럴 수 있었으나, 침대와 벽 사이에 끼어 꼼짝 않는 이니의 모습이 낯설었다.

이니.

작은 소리로 산이 불렀다.

갔어?

이니가 물었다.

산이 대답하려는데, 무언가 산의 뇌리를 먼저 치고 달아났다.

갔어?

이니가 다시 물었고,

응.

산은 대답했다.

산은 담장 너머 후박나무 그늘을 떠올렸다. 떠올린 것이 아니라 떠올랐다. 열기를 다한 붉은 해가 이웃집 지붕을 넘고 있었다. 파란 지붕이 검은 실루엣으로 변하던 순간을 산은 기억했다.

그런 것이었다. 산의 뇌리를 치고 달아났던 영상. 산은 좁은 틈새에 박힌 이니를 빼냈다.

도저히 몸을 숨길 수 없는 틈새로 돌진해 박힌 이니를 끌어냈던 것이다. 산은 이니의 두 팔을 들어올리고, 머리를 젖히고, 겨드랑이를 감싸 일으켰다. 이니의 몸은 갓 태어난 가축처럼 흐물거렸다.

이니는 서지도 앉지도 못하고 침대에 누웠다. 등을 보이고 누운 이니를 산은 물끄러미 내려다보았다. 숨을 쉬는 대로 이니의 작은 옆구리가 부풀었다가 꺼졌다.

산은 주방 뒷문을 열고 이웃집 담장과 후박나무와 지붕을 번갈아 바라보았다. 어둠이 빠르게 내리고 있었다. 창문들에서 백열등이 켜지기 시작했다. 주변은 지나치게 조용했다. 까마귀 소리도 바람

소리도 들리지 않았다.

산은 몇 차례고 이웃집 담장과 후박나무와 검게 변한 지붕을 바라보았다. 움직이지 않고 그것들을 바라보았다. 그러다가 산은 문득 알았다. 자신이 그것들을 바라보는 게 아니라, 자신이 그것들에 '노출'돼 있다는 것을.

밖으로 나온 것도 스스로 나온 게 아니라, 그것들에 '호출'당한 거였다. 산은 우두커니 서 있었다. 담장과 후박나무와 검은 지붕과 백열등 켜지는 창문들을 바라볼 수밖에 없었다.

어째서 그것들 앞에 불려 나와 있는 걸까. 몸이 서서히 얼어붙었다. 자신을 응시하고 있는 것들이 머잖아 어떤 판결을 내릴 것만 같았다.

하늘은 암청색으로 짙어졌고 백열등 창문이 더 밝아졌다. 산은 애플민트 텃밭 가장자리에 꼼짝 않고 서 있었다. 아무 소리도 들리지 않았다.

그것은 판결도 뭣도 아니었다. 잠깐 궁금했던, 그래서 금방 잊었던 것이 갑자기 떠올랐을 뿐이다. 어느 날 저녁 느꼈던 '결여'에 대한 궁금증.

그날 산은 오감을 열고 무언가를, 감각되어야 할 어떤 것을 찾고 있었다. '현재 안에 결여된 어떤 것'이라는 사실만 분명할 뿐 결여된 그것이 무엇인지 알지 못했다. 이전에는 있었으나 사라지고 만 것.

그것은 늘 있던 거였다. 저물기 시작하는 하늘과 연관이 있을 듯했다. 하늘이 저물기 시작하면 영락없이 자신의 존재를 드러내던 그 것. 산은 끝내 알아내지 못했다. 그것은, 있다가 사라져, 결여로만 남 은 것이었다.

도무지 알 수 없어 금방 잊혔던 거였다. 그런데 경찰이 찾아오고, 이웃집 담장과 후박나무에 자꾸 눈이 가면서, 비로소 그날 저녁 느 꼈던 결여의 정체가 무엇인지 확연해지고 말았다.

있다가 사라진 것. 그것은 이웃집 노파였다. 정확히 말하면, 저물 녘 이웃집 노파의 음성이었다.

격정에 사로잡힌 노파의 탄성이었던 것이다. 중국 것들, 개도 잡 아먹는다지! 그녀가 빼먹지 않던 말이었다. 못된 칭크. 악마 같은 얼 굴을 내놔봐!

노파는 죽은 걸까. 아니라면 어디에 있는 걸까. 산은 생각했다. 경 찰은 노파가 죽은 걸로 추정했다. 낌새가 그랬다. 산은 다시 생각했 다. 노파가 죽었든 살았든, 자신과 이니와는 무관한 일이라고.

산은 다시 한 번 어두운 주변을 둘러보았다. 노파의 부재, 즉 결 여감의 이유를 알게 되려고 텃밭에 나와 서 있는 것일 뿐이라고 여 겼다.

산이 텃밭에 나와 서 있는 것은 사실이었다. 나와 있는 동안 노파 의 실종과 부재가 결여감의 직접적 원인임을 깨달은 것도 사실이었 다. 노파의 일이 자신과 유관한 것은 거기까지일 뿐이라고 산은 판 단했다.

그토록 자신과 무관한데도 산은 꺼림칙한 기분을 떨치지 못했다. 암청색으로 짙어지는 하늘이, 살풍경한 담장이, 어둡게 웅크린 후박나무가, 갈수록 환해지는 백열등이 뭔가를 밝히려 들겠다고 덤비는 듯했고, 산은 그런 것들에 주눅 들었다.

내가 알아야 할 것이 더 남은 걸까. 산은 골몰했다. 노파의 부재를 깨달은 것은 다른 무언가를 아는 데 필요한 실마리에 불과한 걸까. 언 몸이 풀리지 않았다.

경찰의 말이 떠올랐다. 죽이고도 싶었겠군……. 산은 자신이 뭐라고 대답했는지 잘 알고 있었다. 도마뱀이라면 그랬을 거라고 대답한 건 잘한 일이라고 생각했다. 죽이지 않은 사람은 죽이지 않았음을 그런 식으로 증명하는 것일 테니까.

노파를 죽인 범인이라면, 도마뱀이든 뭐든 절대로 죽일 맘이 없었다고 둘러댈 테니까. 경찰이 고개를 흔든 이유를, 흔들면서 중얼거렸을 말까지 산은 짐작했다. 저 친구는 범인이 아니군…….

누가 죽었을까. 죽기는 한 걸까. 경찰은 노파가 죽었으리라 추정했다. 그러나 그것 또한 산의 추측이었다. 할머니를 봤나요? 봤다면 가장 최근에 본 게 언제였나요? 이런 질문으로는 경찰이 어느 쪽으로 추정하고 있는지를 판단할 수 없는 거라고 산은 생각했다.

산은 주방으로 들어섰다. 적막감의 밀도가 옅어졌다. 경찰이 오기 직전처럼 소리도 움직이는 것도 없었으나 공기가 달라졌다는 걸 산은 알았다.

산은 숨을 들이마셨다. 더 깊게 삼켰다. 공기가 가벼웠다. 이것이었나? 산은 속으로 물었다. 오후의 한때가 유난히 고요했던 까닭이 이것이었나.

적막했던 오후가 예비하고 있던 것이 경찰의 거칠고 무례한 노크였던가. 결여감의 원인이 노파의 부재로 밝혀지려는 것이었을까. 둘 다인가? 조용하고 잠잠했던 이유가?

41

몸을 일으킨 이니가 침대 모서리에 걸터앉았다. 단잠에서 깨어난 아이처럼 물끄러미 산을 바라보았다.

갓 태어난 생명의 눈이 그럴 거라고 산은 생각했다. 이니의 동공은 크고 짙고 깊고 빛났다. 두려움도 걱정도 모르는 눈이었다.

이니의 그런 모습이 새삼스럽지 않다는 것을 산은 곧 깨달았다. 늘 보아오던 이니였고 눈이었다. 어째서 잠깐 다르게 보였던 걸까. 그 또한, 어떤 날보다도 조용했던 오후 탓이라고 산은 여겼다.

이니는 침대에서 내려와 바닥에 앉았다. 커튼을 똑바로 바라보았다. 하품을 하고 팔을 들어 기지개를 켜고 다시 하품했다.

산은 그녀에게 좀 잤느냐고 물었고 이니는 고개를 저었다. 자지 않은 거냐고 산이 되물었다. 이니는 헝클어진 머리카락에 손가락을 넣어 긁으며 고개를 저었다.

침대와 벽 사이에 틀어박혔던 이유가 더 모호해졌다. 바람을 피해 잠들려고 건초 더미로 총알처럼 날아가 박힌다는 페루의 물총새 얘기를 산은 언젠가 들은 적 있었다. 틈새에 박혔던 이니에게는 물총새 반만큼의 절박함도 없었다.

나와 함께…….

맥 풀린 목소리로 이니가 말했다.

응, 너와 함께…… 뭐? 산이 되받았다. 이니는 손바닥으로 자신의 무릎을 문지르며 커튼 쪽을 계속 응시했다. 산은 그녀의 다리가 천천히 부메랑 각도에 접근하는 것을 보았다.

나와 함께…… 무조건…… 언제까지고…… 무슨 일이 있어도…… 그럼 끝내…… 행복할 수 있어…… 죽어도.

이니의 다리는 부메랑 각도에 이르지 않았다. 이니의 손은 더럽고 반들거리는 무릎 위에서 움직였다. 그녀는 커튼에서 시선을 거두어들이지 않았다.

입술만 달싹거렸다. 기운 없이 흘러나오는 이니의 말을 산은 모두 알아들었다. 이니는 토막 난 말을 이어갔고 산은 응, 응, 거렸다.

이니가 자리에서 일어났다. 주방 쪽으로 천천히 걸었다. 산은 그녀의 동작을 주시했다. 등속은 아니었다. 냉장고 앞에 멈춘 그녀가 현관 쪽을 바라보았다. 집 안에서 가장 좁고 어두운 통로가 있는 곳이었다.

통로 끝은 현관이었다. 커튼을 바라볼 때처럼 이니는 현관 쪽을 응시하며 입을 열었다. 그녀의 목소리에는 아무 힘도 실려 있지 않았다.

약속해줄 수 있어?…… 무슨 일이 있어도…… 무조건…… 두 가지…… 어렵지 않은 거니까…… 죽어도…… 두 가지.

물론.

고마워.

뭔데?

냉장고 문 닫을 때…….

닫을 때?

냉장고 문이 완전히 닫힐 때까지, 응? 완전히 닫힐 때까지…… 손을 떼지 않는 거야.

완전히 닫히고 나서 손을 떼는 거겠지.

그거야, 바로.

겨우?

응.

그런 거라면 세상에서 가장 쉬운 일에 속한다고, 산이 웃으며 말했다. 부탁이라는 건 그렇게 쉬운 것뿐이라고 이니가 말했다. 이니는 웃지 않았다.

두 가지라고 했잖아?
이유는 없는 거야. 부탁의 이유. 무조건.
알아. 어렵지 않다니까.
죽어도.
그렇다니까.
2층에 올라가지 않는 거.
첫 번째보다 쉬워.
됐어. 다야, 그게.

이니의 부탁에는 비밀스러우면서도 불안하고 위태로운 낌새가 도사리고 있었다. 그렇다는 걸 산은 느꼈다.

그러나 그 낌새의 기운은 집 안의 적요를 이기거나 뒤집지 못했으며, 산과 이니가 축복처럼 누리는 나른함을 밀쳐내지 못했다.

산과 이니에겐 권태의 사소함보다 중요하고 소중한 것이 없었다. 냉장고 문이 완전히 닫힌 뒤 손을 떼는 것보다, 그리고 2층에 오르지 않는 것보다 우선하는 가치란 그들에게 없었다.

하늘이 무너져도 그보다 먼저인 것은 없었다. 산과 이니가 200년 된 벽돌집에서 무턱대고 사는 방식이란 그런 거였고, '지금 여기'란 바로 그런 세계를 말하는 거였다.

42

히만은 걸음을 멈추었다. 생각에 앞서 몸이 먼저 멈추었다.

머리 위에서 푸른 단풍나무 이파리가 바람에 나부꼈으나 히만은 무슨 나무인지 알지 못했다.

오래된 붉은 벽돌 건물들이 보였다. 아이비로 뒤덮여 예스럽고 그윽했다. 아이비는 푸르고 번들거렸다. 바람에는 습도가 없었다.

멈추고서야 히만은 멈춘 이유를 알았다. 20미터쯤 앞 나무 그늘에 두 남녀가 서 있었다. 두 사람 옆으로 한 무리의 학생들이 지나갔다. 나무 벤치가 곁에 있었으나 남녀는 앉지 않았다.

계속 서 있었다.

여자 쪽이 말했고 남자는 들었다. 여자의 목소리는 히만이 있는 곳까지 들리지 않았다. 멀었고 여자의 음성이 작았다. 히만이 들었던 건 먼 데서 들려오는 자동차 소음이었다.

여자는 머리가 길었다. 노란 헤어밴드가 보였다. 그녀가 입은 원피스 색깔과 같았다. 몸은 말랐고 피부는 짙었다. 원피스 짧은 소매 아래로 노출된 여자의 팔은 길고 가늘었다. 히만의 걸음을 멈추게 한 것들이었다.

공항에서 모국어로 뭐라고 묻거나 대답했었다는 기억은 조금 뒤에 떠올랐다. 히만은 남자를 보고 여자를 보고 다시 남자를 보았다.

남자는 고개를 숙이고 있었다. 여자는 쉬지 않고 말했다. 여자의 말이 작고 낮으며 빠르지 않다는 걸 히만은 알았다. 붉은 벽돌 건물에 오후의 햇살이 쏟아져 내렸다. 그늘 속 남녀는 어두웠다.

남자의 끄덕이는 고갯짓과 쉴 새 없이 움직이는 여자의 입술을 히만은 바라보았다. 여자는 혼자 이 나라에 도착했다. 히만은 알고 있었다. 그리고 여자는 이곳에서 누군가를 만났다. 히만이 눈앞에서 목격하고 있는 장면이었다.

히만 안에서 설렘과 두려움이 교차했다. 혼자 이 나라에 온 것은 자신도 마찬가지였다. 히만은 흔치 않은 이름을 떠올렸다. 산…….
산을, 아니요?

공항에서 여자가 물었던 말이다. 히만은 아뇨, 라고 대답했었다. 여자가 만나고 있는 남자가 산일까, 히만은 생각했다.

히만은 자리를 뜨지 않았다. 두 사람이 마주한 장면이, 이니를 만날 거라는 예감을 불러일으켰다. 성허에게 이니의 무사함을 전하고 이니와 귀국 절차를 밟는 상상을 했다.

그리된다면 성허의 지시를 온전히 수행하는 거였다. 하지만 성취감과는 다른 열기가 히만을 흔들었다.

히만은 이니가 성허 곁을 떠나길 바랐다. 그러나 이니를 찾으라는 성허의 지시를 받고 히만은 이 나라에 도착했다. 정말 이니를 찾게 될까. 그리된다면…….

히만은 멈춘 채 오래 서 있었다. 두 남녀도 나무 그늘 밑에 오래 서 있었다. 여자는 여전히 말했고 남자는 여전히 들었다. 더운 바람이 푸른 단풍나무 이파리를 흔들었다.

공항에서 먼저 물었던 건 히만이었다. 이니를, 아나요? 히만은 물었다. 아뇨, 라고 여자는 대답했다. 두 사람이 똑같은 식으로 묻고 똑같은 식으로 대답했다.

히만은 같은 방식의 질문과 대답이 같은 사태를 몰고 올 것 같은 예감에 시달렸다. 여자가 산이라는 남자를 만났듯 히만은 이니를 찾을 것 같았다.

시달림은 오래된 거였다. 이니를 시기하면서도 히만은 이니를 극진하게 보살폈다. 성허의 뜻이었다. 성허의 뜻에 어긋나지 않는 것. 히만에게는 그것이 모든 것에 우선했다.

더 많이 사랑하는 자가 더 많이 아프다는 걸 히만은 일찍 알아버렸다. 아는 것으로 끝이 아니었다. 오래 견뎠고 시달렸다.

43

히만은 함께하고 싶은 성허와 함께하지 못했다. 거의 모든 시간을 이니를 위해 바쳤다. 아 언덕에 가 있을 경우가 아니면 히만은 팰리스 동으로 출근했고 팰리스 동에서 퇴근했다.

성허가 처음 이니를 데리고 아 언덕에 나타났던 날 이후 줄곧 그래왔다. 하루 중 히만이 성허를 위해 성허와 함께하는 시간은 한두 시간이었다. 지시를 듣고 경과를 보고하는 것이 다였다. 아 언덕에 있든 이니를 케어하든 성허와 함께할 시간은 적었다.

팰리스 동에는 마와 바와 이니가 살았다. 그곳에 깃들여 살았다. 집은 높고 넓고 밝았다.

그곳에서 그들은 아무 일도 하지 않았다. 밥도 하지 않았고 빨래도 하지 않았고 청소도 하지 않았다. 돈도 벌지 않았다.

오로지 그곳에 깃들여 살았다. 높고 넓고 밝은 팰리스 동에 어울리게 살면 되었다. 나머지는 히만과 가사도우미들이 알아서 해결했다. 먹고 입고 노는 경비는 히만이 담당했다. 히만은 슈퍼맨이었다. 이니는 그를 배트맨이라고 불렀다.

경비는 성허에게서 나오는 거였다. 그걸 안 뒤로 이니는 히만을 배트맨으로도 슈퍼맨으로도 부르지 않았다. 필요한 것을 요구하면 말없이 들어주는 성허의 대리인이었다.

히만도 이니에게 요구했다. 성허의 요구였다. 성허와 함께 차를 타고 아 언덕에 들르는 것, 오페라를 함께 관람하는 것 등이었다. 힘들거나 곤란한 일은 요구하지 않았다. 성허는 이니에게 늘 그랬다.

성허는 이니가 흠집 하나 없는 투명한 유리 인형이라고 생각했다. 히만이 보기에 그랬다. 바라보거나 만지기만 해도 절로 행복해지는 인형처럼 애지중지했다. 보살피는 것은 히만이었고 누리는 것은 성허였다. 그러나 성허는 이니를 함부로 바라보거나 만지지 않았다.

성허는 이니를 함부로 대해서는 안 될 사람으로 여겼다. 극단적으로 삼갔다. 그럼으로써 더 큰 만족과 기쁨을 얻는다는 걸 히만은 알았다.

성허는 팰리스 동에다 정성을 쏟아부었다. 히만은 놀랄 따름이었다. 아 언덕 교사 중축 공사도 마찬가지였다. 한풀이하듯 성허는 돈을 썼다. 그의 재산이 얼마인지 히만조차 가늠하지 못했다.

얼른 다 소진하고 나자빠지고 싶어 하는 것처럼 보였다. 다급해하는 성허를 볼 때마다 히만은 그가 안쓰럽고 슬펐다.

히만에게는 팰리스 동과 아 언덕에 들이는 비용이 긴요하지도 적절해 보이지도 않았다. 성허는 돈의 효용을 따지지 않았다. 어쩌면 가장 보람 없고 쓸모없게 흩어버리고 싶은 것일지도 몰랐다. 그것이 성허의 유일한 목적일지도. 그럼에도 성허의 재산은 마르지 않았다.

성허는 최고 여배우의 아들이었다. 홀외할머니와 함께 시골 들판 한가운데서 외롭고 가난한 성장기를 보냈다. 고등학교 졸업과 함께 갑부가 된 내력을 히만은 소상히 알지 못했다.

성허가 말하지 않는 한 히만은 알려 하지 않았다. 갑작스러운 신분의 변화, 그만큼의 놀라움과 갈등, 새로운 가족관계에서 오는 긴장과 슬픔이, 성허의 씀씀이에 묻어났다.

성허의 우울은 재산이 많아 오히려 더 무겁고 민감해졌다. 그는 아 언덕 공사 현장과 팰리스 동을 유령처럼 배회했다. 아 언덕에는 방금 톱으로 켠 상큼한 목향이 가득했고 팰리스 동은 마의 열정으로 나날이 아름다워졌다.

마와 바와 이니는 팰리스 동의 주인이면서 이상한 형태로 팰리스 동에다가 자신들의 삶을 바쳤다. 마는 실내장식에 열정을 보였다. 바는 부러움을 사려고 사람들을 집 안으로 끌어들이려 노력했다. 이니는 마의 열정과 바의 노력이 헛되지 않도록 조심조심 팰리스 동의 현재를 유지하려 애썼다. 그러는 것이 히만에게는 팰리스 동이라는 건물에 바치는 그들의 봉사처럼 보였다.

마는 실키 파우더 같은 화장품부터 명상에 필요하다는 르샤트라의 바닐라 향, 그리고 페리에에 이르기까지 장식에 필요한 물건이면 뭐든 사들였다. 페리에도 그냥 페리에가 아니라 종이 빨대(마가 페이퍼 스트로라고 부르는)가 첨부된 것이었다.

마가 직접 사들이거나 히만에게 주문했다. 실키 파우더는 반드시 닥터 하우시카의 올 오버 실키 파우더야 한다고 주문했다. 히만은 실수를 줄이려고 매번 메모했다. 팰리스 동에 입주한 지 반년도 되지 않아 마는 그런 물건들을 전문가처럼 알고 주문했다.

파우더는 바르는 것이고 향은 태우는 것이며 페리에는 마시는 거였지만, 마는 그것들을 바르지도 태우지도 마시지도 않았다. 진열하고 눈으로 보았다. 용도와 제작사와 가격과 특징을 사람들에게 설명했다.

마의 수집은 그림과 화초와 가구와 주방용품에서 그치지 않았다.

집은 미술관이었다가 박물관이었다가 만물상이 되었다. 키커라는 독일산 축구게임 모형이 거실 중앙에 있었다. 고급 스타우브(히만은 그것을 냄비라고 불렀다)가 덴마크 브랜드 헤이의 DLM 테이블에 놓였다. 주방기구가 아닌 장식품이란 뜻이었다.

히만이 보기에 가장 그럴싸한 장식품은 마 자신이었다. 마는 독특한 주얼리 장식의 프라다 크롭트 톱과 스커트를 걸치고 가장 멋진 포즈로 2분 넘게 동작을 정지했다. 너도 해보렴. 마는 이니를 끌어들여 내기했다. 누가 움직이지 않고 오래 버티나.

장식품으로 가득한 집 안에서 새 옷을 입고 2분 넘게 정지하면서 마는 스스로 장식품이 되었다. 새 옷을 입지 않고도 자신이 전시한 장식물 한가운데서 마는 수시로 동작을 멈추었다. 멈추는 시간이 갈수록 길어졌다. 그녀가 동작을 멈추면 그녀도 장식물도 빛났다.

마도 그 사실을 잘 알았다. 그녀가 동작을 멈추면 장식물 더미에서 그녀를 찾아내기가 어려웠다. 사람이 장식물과 구별되지 않았다. 마가 내기를 걸면 이니도 10분이나 동작을 멈추었다.

성허가 팰리스 동을 방문하면 마와 이니는 장식물 속에서 동작을 멈추었다. 성허를 반기는 그들의 방식이었다. 성허는 그들의 놀이를 재밌어했으며 마와 이니를 귀여워했다.

히만이 보기에도 그들의 귀여움은 엄마와 딸 어느 쪽도 더하거나 덜하지 않았다. 마가 조금은 더 귀엽게 보이려고 애썼다. 성허가 유일하게 소리 내어 웃는 것이 그때였다.

성허 앞에서 바는 모카 포트의 타이머가 되거나 손잡이가 되었다. 폭스 엄브렐라의 가죽 패턴 손잡이가 되었다. 히만은 실제로 바의 손가락이 눈 깜짝할 사이에 와인 스크루로 둔갑하는 것을 보았다. 바는 주로 손과 관련된 어떤 것으로 변신했다.

바의 변신은 마술 같았다. 맨손으로 포도주를 땄고 뜨거운 그릇을 옮겼고 모카 커피의 컵 받침이 되었다.

아, 괜찮네, 신경 쓸 거 없다니까, 허허······.

자신의 몸이나 손을 기구나 도구로 둔갑시킬 때 바가 거는 주문이었다. 아, 괜찮아, 신경 쓸 거 없어, 하하, 가 아니었다. 언제나 아, 괜찮네, 신경 쓸 거 없다니까, 허허, 였다.

글자 하나 틀리지 않았다. 그래서 히만은 그것이 마술할 때의 주문인 줄 알게 되었다. 밝은 전등 밑에서, 코앞에서, 바는 손가락 하나로 가볍게 압생트를 땄고 핸드 밀을 돌렸다.

바의 변신은 성허 앞이 아니라면 볼 수 없는 묘기였다. 성허 앞이 아니면 바는 무엇으로도 변하지 않았다. 성허 앞이라야 그는 반아치형 사다리가 되고 톨릭스 스툴이 되고 펜슬 세제가 되었다.

성허의 셔츠에 무언가 묻으면 바의 손끝이 그곳을 슥슥 지나갔다. 성허는 바가 자신에게 지나치게 마음을 쓴다고 생각했다. 사양하려 해도 바는 아, 괜찮네, 신경 쓸 거 없다니까, 허허, 라고 주문을 넣었다. 얼룩졌던 성허의 셔츠가 감쪽같아졌다.

그런 식이었다. 성허가 팰리스 동을 방문하면 히만의 일이 없어졌다. 바의 몸이 필요한 기구로 둔갑했고 누구보다 앞서 성허의 편의를 신속히 챙겼다.

바의 몸이 계단이 되고 사다리가 되고 발돋움판이 되는 것을 히만은 지켜보았다. 성허는 그 위를 지나갔다. 바가 먼지떨이가 되어 성허의 차를 온몸으로 애무하는 장면을 히만은 여러 번 목격했다.

성허가 팰리스 동에서 돌아갈 때까지 바는 한시도 웃음을 멈추지 않았다. 아, 괜찮네, 신경 쓸 거 없다니까, 허허……. 바가 웃으면 저도 모르게 안면 근육이 따라 말려 올라가는 바람에 히만은 서둘러 표정을 수습하곤 했다.

이니는 마와 바가 이루어놓은 숲에서 살았다. 물론 팰리스 숲의 주인은 성허였다.

정해진 일정이 아니라면 이니는 그곳에서 나오려 하지 않았다. 성허도 이니의 예정에 없는 외출을 좋아하는 편이 아니었다.

이니는 그곳에서 월귤 새순이나 백량금 묘목처럼, 혹은 레서판다나 보노보노처럼 깃들여 살았다. 그런 그녀가 감쪽같이 사라질 거라고는 꿈에도 생각하지 못했다.

굴 파이와 비스코티를 좋아할 때만 해도 이니는 히만을 배트맨이라고 부르던 아이였다. 눈이 크고 말이 없었다. 투명한 살결은 말캉거리는 느낌이었다. 이니의 살결이라면 히만은 살짝이라도 스쳐본

236

적이 없었다.

아 언덕 공사와 이니와 마와 바의 일상을 관리하는 것이 히만의 임무였다. 성허가 허락한 재량의 범주를 히만은 넘지 않았다. 예외가 있었다면 돌팔매질 정도였다.

성허와 이니와 함께 아 언덕에 가는 날이면 히만은 그녀에게 돌팔매질을 가르쳤다. 성허는 아 언덕을 둘러보고 외할머니를 뵈러 들판 한가운데로 걸어 들어갔다. 외할머니를 뵈러 들판에 갈 때 성허는 이니를 대동하지 않았고 자동차를 가져가지도 않았다.

이니는 히만과 함께하는 돌팔매질을 즐거워했다. 이니는 열정을 보였다. 강가에는 던지기에 맞춤한 돌들이 얼마든지 있었다.

히만이 아 언덕 공사 일 때문에 팰리스 동에 가지 못할 때에는 이니가 성허를 졸라 아 언덕에 내려왔다. 돌을 던지지 않고는 못 배길 만큼 이니는 돌 던지는 것을 좋아했다.

더 배울 게 없을 만큼 이니의 팔매질 솜씨는 놀라워졌다. 그래도 이니는 히만과 돌팔매질을 하고 싶어 했다.

이니의 돌팔매질은 강하고 정확하고 빨랐다. 수면 위로 튀어 오른 잉어를 기적처럼 맞춰 떨어뜨렸다. 잉어는 파열되었다. 성허는 이니를 걱정스레 바라보았다. 그러나 히만은 그녀의 팔매질을 멈추게 할 수 없었다.

팔매질을 하고 돌아가면 이니는 팰리스 동에 오랫동안 깃들였다. 마와 함께 동작 정지 내기를 했고, 바의 댄스 연습에 스텝을 맞춰주었다. 근현대 미술사 강의와 오페라 강좌를 일주일에 한 차례씩 들었고 히만은 그녀를 에스코트했다. 히만이 아 언덕으로 내려가면 가사도우미가 그의 역할을 대신했다.

격주로 한 번씩 이니는 인문학 강좌와 승마 교실에 나갔다. 성허가 원한 것이었으나 성허의 바람은 아니었다.

성허에게는 새로운 가족의 그림자가 어른거렸다. 그것의 압박 같았으나 이니도 히만도 묻지 않았다. 히만은 성허의 지시를 따랐고 이니는 히만의 관리를 따랐다. 가족의 그림자에서 자유로웠던 건 돌팔매질뿐이었다.

올 댓 와인이라는 강좌도 그즈음 들었다. 히만 혹은 가사도우미가 운전하는 차를 타고 이니는 교습과 스터디를 오갔다.

영어 교습 말고는 모든 공부가 바깥에서 이루어졌다. 불평 없이 강좌에 다니는 이니를, 강좌에서 있었던 일을 어린애처럼 종알거리는 이니를 성허는 좋아했다.

이니는 강좌의 내용을 말하지 않았다. 강좌에 참가하는 멤버와 강사, 그들의 성격과 외모와 의상과 습관을 말했다. 히만도 그들을 알았다. 성허가 좋아했던 것은 그러는 이니였다. 강좌 내용이 아닌, 사람들에 대해 종알거리는 이니.

성허의 관심사가 강좌의 내용도 강좌를 듣는 사람들도 아니라는 걸 히만은 알았다. 성허의 관심은 오로지 이니였다. 종알거리는 말소리였다.

말이 없던 이니는 넓고 높고 밝은 팰리스 동에 살면서, 마와 동작 멈추기 놀이를 하면서, 바의 댄스 파트너가 되어주면서 말이 늘었다. 그녀는 마와 바의 행복한 모습을 행복한 마음으로 지켜보았다.

이니는 자신이 세상에 둘도 없는 부모를 행복하게 한다는 사실에 놀랐고 점점 자긍심을 느꼈다. 히만은 이니의 그런 변화를 면밀하게 지켜보았다.

이니는 성허의 뜻을 따르고, 성허의 방문을 반기며, 성허가 좋아하는 말을 종알거렸다. 이니의 목소리가 성허에게는 세상에서 가장 기쁜 종소리였다.

이니도 그걸 알았다. 종소리가 울릴 때 성허의 우울은 깨끗이 걷혔다. 성허가 이니로 인해 행복해지는 순간 히만은 고통스러웠다.

이니는 알았다. 지식과 교양보다는 착하고 귀엽고 한껏 행복해야 한다는 것을. 팰리스 동에 봉사해야 한다는 것을. 그것이 성허를 잃지 않는 방법이라는 것을. 히만은 이니를 가까이서 지켜보았다.

히만은 더불어 지켜보았다. 마의 인테리어와 바의 마술과 성허의 웃음을. 성허를 향한 자신의 충심까지.

히만은 무엇도 후회하지 않았고 회의하지도 돌아보지도 않았다. 그는 성허를 자신의 목숨보다 더 사랑한다고 여길 뿐이었다.

히만의 머리 위에서 푸른 단풍나무 이파리가 바람에 나부꼈다. 히만은 비로소 그것이 푸른 단풍나무라는 걸 알았다.

붉은 벽돌 건물로 학생들이 들어가고 나왔다. 학생들은 그다지 많지 않았다. 몇몇은 함께 걸었고 몇몇은 혼자 걸었다. 그들은 말이 없었다. 교정은 넓었고 조용했다.

히만은 두 남녀의 모습이 보이지 않는다는 사실을 깨달았다. 여자가 말하고 남자가 우두커니 듣던, 눈앞의 나무 그늘은 텅 비었다. 히만은 자신이 얼마 동안이나 그 자리에 서 있었는지 알지 못했다.

여자의 노란 헤어밴드와 원피스가 잔영으로 남았다. 어디로 가야 할지 히만은 잠깐 고민했다. 잠깐일 줄 알았던 고민은 쉽게 끝나지 않았고 히만은 그 자리에 좀 더 머물렀다.

그들은 어디로 간 걸까. 알 수 없었고, 알 바도 아니었다. 그래도 그는 생각했다. 그들은 어디로 갔을까. 히만은 좀 더 오랫동안 자리를 뜨지 못했다.

그의 머리 위로 여전히 푸른 단풍나무 이파리가 바람에 흔들렸다. 건조한 바람 끝에 냉기가 묻어 왔다.

산은 애플민트 텃밭으로 나가 아침 햇살을 마주했다. 이니가 잠옷 차림으로 쪼그려 앉던 자리였다. 해가 떠오른 지 오래지만 이니는 잠에서 깨어나지 않았다. 까마귀가 울었다.

애플민트는 거의 보이지 않았다. 밭은 50일 넘게 버린 쓰레기로 뒤덮였다. 이니도 더는 애플민트를 쓰다듬지 않았다. 부겐빌레아 길을 산책하지도 않았다.

산은 이웃과 맞닿은 담장을 바라보았다. 아침 공기가 차가웠다. 옷을 제대로 챙겨 입지 않았다는 걸 깨달았으나 산은 상관하지 않았다. 뭐라 할 노파도 기웃거리는 이웃도 없었다.

잠에서 깨어나 욕실부터 들어가던 습관을 버린 지 오래라는 것도 알았다. 역시 상관하지 않았다. 위생 상태도 형편없었다. 이니는 꽃무늬 잠옷 따위 입지 않았다. 산은 자신의 차가와진 두 팔을 끌어안았다.

까마귀 소리를 들으며 산은 시인을 떠올렸다. 본 적도 읽은 적도 없는 시인이었다. 여성이라는 점만 알 뿐, 시인의 국적도 모국어도 이름도 알지 못했다. 보거나 읽어서가 아니라, 들어서 안 시인이었다.

시인은 비천한 신분이었다. 비천한 신분은 아니었다지만 뭐 비천한 신분이나 마찬가지였지. 이니가 전날 한 말이었다. 이니는 알몸인 채로 바닥에 누워, 산과는 반대쪽 벽을 바라보며 말했다. 그녀는 가리는 일을 잊었다.

이니는 알몸으로 지냈다. 늘 그랬기 때문에 산은 알몸이라는 생각이 들지 않았다. 빤딱종이 베개가 생긴 뒤로 이니는 빤딱종이 베개만 끌어안고 살았다.

비천한 신분에 어떻게 글을 알아 시까지 써서 후대에 알려지게 되었느냐고 산이 물었다. 왕통이었으나 서녀……. 이니는 짧게 대답했다. 돌아섬에 관한 얘기였다. 돌아섬에 관한 얘기라면 이니는 디테일 같은 것에 신경 쓰지 않았다.

그건 오랜만에 듣는, 돌아섬에 관한, 헷갈리는 얘기였다.

시인은 혼인을 포기하고 시인 묵객과 어울렸다. 시를 잘 지었고 인기가 높았다. 그러다 학식 있는 남자에게 빠졌다.

남자는 배우자가 있는 몸이었다. 오랜 구애 끝에 남자의 승낙을 얻어냈으나 조건이 있었다. 다시는 시를 짓지 않겠다는 다짐을 요구받았다.

시인은 남자를 사랑했다. 요구를 받아들이고 시인은 그의 여자가 되었다.

자신의 어미처럼 첩이 된 거지. 이니가 말했다. 재밌는 얘기는 아닌 것 같다고 산이 말했다. 재미로 하는 얘기가 아니야. 이니는 화난 사람 같았다.

이니는 빤딱종이 베개를 배 위에 올려놓았다가 머리 뒤를 받쳤다가 다시 가슴 위로 올려놓았다. 이니의 감정을 산은 가늠하지 못했다.

이웃 여인이 시인을 찾아와 억울함을 호소했다. 남편이 소도둑 누명을 쓰고 옥에 갇힌 사연이었다. 시인은 시를 써서 탄원했고 고을의 원은 탄복하여 이웃 여인의 남편을 방면했다. 이 사실을 알게 된 시인의 지아비가 시인을 내쫓았다.

쫓겨난 시인은 외로이 많은 시를 지었고, 어느 날 그 시들을 온몸에 감고 바다에 몸을 던졌다.

시신은 먼 나라의 바다를 떠돌았고, 떠돌다 그 나라 사람들에게 건져졌고, 그래서 시가 오늘에 전해져오는 거래. 이니가 말했다.

돌아보지 말랬는데, 돌아봐서 죽었다는 얘기?

산이 물었다.

그 얘기긴 한데, 이번에는 돌아보지 않아서 살았다는 얘기.

이니가 대답했다.

산은 헷갈렸다. 시는 돌아보지도 말랬는데 돌아보았고, 그래서 결국 죽었다는 얘기잖아? 산이 되물었다. 이니는 대답하지 않았다. 그게 아니고, 그게 아니라, 라고 말하다가 이니는 입을 다물었다.

산은 자신의 목소리가 높았다는 걸 알았다. 화난 게 아니었다. 그럼 무엇일까, 이 느낌은?

무언가에 화난 것 같았던 조금 전의 이니를 떠올렸다. 석연치 않은 기류가 집 안을 스산하게 배회했다.

산에게는 기류의 흐름이 보였다. 보였지만 그것을 무어라 형용하거나 이름 붙이지 못했다. 기운은 용트림하며 산과 이니를 흘끔거렸다.

산은 침묵했다. 몸 안에 이는 미세한 움직임에 주의를 기울였다.

아내를 구하러 지하세계로 들어간 자가……. 이니는 오르페우스를 여전히 그런 식으로 말했다. 그녀가 말했던 시인도 시인일 뿐 이름이나 국적이 없었다. 이니는 떠듬떠듬 말했다.

지상으로, 나오려 하지만 않았더라도, 그랬더라면, 돌아보지 말라는 명령도 없었을 테고, 아내도 사라지지 않았을 테고…….

산은 이니의 말을 들었다. 그들이 영원히 사는 건, 그곳에서만 가능했던 거야.

침묵하며 산은 이니의 말을 듣고 기억했다. 그러나 이니는 더 말하지 않았다. 거기까지였다. 이니는 금방 지친 듯했고, 입을 다물어버렸다. 그랬으나 산은 계속해서 듣고 있었다.

시를 쓰지 않겠다는 약속을 어겨 시인은 내쫓겼고 죽음에 이르렀다……. 그게 아니고, 그게 아니라, 시로 살아나 영원히 죽지 않게 되었다……. 시인이란 시로 살고 시로 죽는 존재니까. 돌아보지 않아서 살았다는 것. 자신을 내친 지아비를 돌아보지 않아서. 시인이 시 없는 세계를 돌아볼 까닭이 없다. 시 없는 세계의 시인은 죽은 것. 없는 것.

시란 깊고 어두운 세계. 물과 불이 혼동하는 세계. 무지와 무명과 무치의 세계. 꿈과 환영과 전락의 세계. 그 세계에 남는 것. 그것이 영원히 사는 것. 죽음을 넘어서는 것. 그 세계를 벗어나지 않거나, 잠시 벗어나더라도 그곳에 되돌아와 영생하는 것. 학식 있는 지아비에게서 도망쳐 숨는 것. 죽음으로 아주 숨어버리는 것…….

산은 들었다. 헷갈렸지만 소리는 멈추지 않았다.

빠져나와야 할 곳이 아니라 실은 빠져 들어가야 할 곳. 타락과 와해의 그곳. 도망쳐 나와야 할 곳이 아니라 도망쳐 들어가야 할 그곳. 타락과 원죄와 죽음 따위의 말들이 재가 되어 흩어지는 곳. 시와 영생만 남는 곳. 타락을 타락하고, 죄에 죄를 짓고, 죽음을 죽어야 도달하는 그곳. 그곳이 지금 여기, 이곳…….

이니는 벽을 향해 모로 누워 있었다. 산은 그녀의 등과 허리와 엉덩이를 바라보았다. 빤딱종이 베개가 이니의 잘록한 옆구리에 얹혀 있었다. 그녀의 숨소리조차 들리지 않는데, 소리는 어디서 쏟아지는 걸까.

그곳이 지금 여기, 이곳……. 이니의 말이 멈췄다. 이곳이라는 말인지, 이곳일까? 묻는 말인지, 이곳이 되어야 한다는 말인지, 산은 분간하지 못했다. 그녀가 화난 듯했던 까닭도 알지 못했다.

집 안을 배회하는 수상쩍은 기운은 여전했다. 그것은 점점 몸집을 불려 집 안을 가득 메울 것 같았다. 산은 압살당할 것 같았다.

파가 떠올랐다. 하가 떠올랐다. 재재동산이 눈에 보였다.

산은 아무 말도 못했다. 파의 부고를 갖고 온 윤지에게 산은 아무 말도 하지 못했다. 어떻게든 그녀에게 대답해야 한다고 생각했다.

대답해야 하지만 대답하지 못하는 사이 산에게 닥쳐온 것. 수상쩍은 기운이란 그것이었다.

다시 만나기로 하고 산은 윤지를 그녀의 숙소로 돌려보냈다. 이틀 뒤 푸른 단풍나무 그늘에서 보기로 했다. 사흘 뒤에는 돌아갈 거야. 윤지가 말했다. 혼자 이곳에 왔으니 혼자 돌아가는 건 아무렇지도 않아. 윤지의 목소리에는 쓸쓸함이 묻어 있었다. 파의 부고를 전했으니 더 이상 낯선 이 나라에 머물 이유가 없잖아.

46

햇살이 쏟아져 내렸으나 온기가 느껴지지 않았다. 애플민트 텃밭 가장자리에 선 채 산은 하늘을 올려다보았다. 여름이 지나가고 있었다.

까마귀 울음소리가 햇살을 산란시켰다. 바람도 불지 않았고 자동차 지나가는 소리도 들리지 않았다. 지나가는 여름이 이런저런 소음까지 거두어 갔다.

산은 눈을 감았다. 공원 한쪽에서 푸르게 녹슬던 켈트족 영웅을 떠올렸다. 부겐빌레아 산책 길을 떠올렸다. 투명한 살갗의 노파들, 트럼펫보다 큰 소리로 우는 까마귀, 야생 아이비를 떠올렸다.

그것들은 지금도 그 자리에 있을까. 산은 눈을 떴다. 무덥던 여름과 향초 냄새와 매콤한 부식토 향이 함께 멀어져 갔다. 산은 그것들을 그리워하기 시작했다.

달라진 것은 계절과 기온만이 아니었다. 그러나 또 무엇이 달라졌는지 산은 알지 못했다. 느끼되 알지 못하는 것이 있었다. 그것이 애플민트 텃밭 주변을 배회했다.

차가운 살갗을 쓰다듬으며 산은 안으로 들어섰다. 이니는 침대 한가운데 누워 있었다. 산은 다가가 잠든 이니를 내려다보았다. 얇고 흰 시트로 돌돌 말린 채 이니는 똑바로 누워 있었다.

언제부턴가 이니는 꽃무늬 잠옷을 입지 않았다. 어떤 꽃무늬였는지 산도 가물가물했다. 집 안에서 이니는 아무것도 걸치지 않은 채 움직였다. 실내는 춥지 않았다.

이니의 몸에 시트를 만 것은 산이었다.

지난 저녁, 이니는 시인 얘기를 하다가 입을 다물었다. 꾹 다물었다. 그런데도 산은 이니의 목소리를 들었다.

소리는 시나브로 힘을 다하고 스스로 멈추었다. 방 안에는 어떤 소리도 남아 있지 않았다. 오래 적막이 흘렀고, 이니가 입을 열었다.

말아줘.

그녀의 목소리는 작았으나 간절했다. 그리고 건조했다. 시트로 꽁꽁 말아. 산은 그녀를 말기 시작했다. 처음 마는 것도 아니었다. 산이 이니를 마는 동안 그녀는 꼭, 더 꼭, 이라고 말했다.

말아놓으면 그녀의 몸은 더 작았다. 막 제작이 끝난 유아의 미라가 그럴까. 이니는 더 자주 말리기를 원했다. 얼굴만 남겨두고 산은 어깨에서 발끝까지 염습하듯 그녀를 말았다.

잦아진 그녀의 습관은 더 있었다. 이니는 누워 있는 산의 가슴에 귀를 대고 잠들었다. 몸을 말지 않는 날은 그랬다. 그녀는 산의 심장 박동을 느끼며 잠들기를 원했다.

그녀가 산의 발가락을 물거나 그녀의 무릎이 부메랑 각도가 되면 두 사람은 남김없이 소진했다. 소진하는 동안 이니는 겨드랑이 사이에다 필사적으로 빤딱종이 베개를 끼워 넣거나 끼워 넣어주기를 바랐다. 옆구리와 팔 사이의 공백을 견디지 못했다.

필사적이 되는 것은 산도 마찬가지였다. 공백이 생기지 않도록 빤딱종이 베개를 이니의 겨드랑이에 끼워 넣거나, 그녀의 두 팔이 몸에서 떨어지지 않도록 혼신의 힘을 다했다.

그래야 이니는 온전히 소진했다. 소진한 뒤 산의 가슴에 귀를 대고 말아줘, 라고 말했다. 그 일이 반복될수록 그녀의 몸은 작아졌다. 말이 적어지고 느려지고 더듬었다.

산은 지난밤을 떠올렸다. 다른 날과 달랐다. 말을 되찾은 사람처럼 이니는 갑자기 시인 얘기를 했다.

산은 들었다. 어느 순간 그녀는 입을 꾹 다물었고 소리가 저 스스로 말했다.

전날, 이니는 산의 발가락을 물지 않았고 산의 가슴에 귀를 대지도 않았다. 소진하지 않았다. 말아줘, 라고 말했을 뿐이다.

언제나 시트로 말았고 역시 시트로 말고 있었는데도 굳이 시트로 꽁꽁, 이라고 이니는 덧붙였다. 간절하고 건조한 그녀의 목소리가 산은 낯설었다.

꼭, 더 꼭……. 산은 느꼈다. 다른 날과 다르다는 것을. 이것은 무언가 다르다……. 그러나 무엇이 어떻게 다른지 알지 못했다.

그와 비슷한 낌새가, 조금 전, 애플민트 텃밭 주변에 맴돌고 있었다는 사실을 산은 떠올렸다. 계절과 기온의 변화 때문만은 아닌 어떤 것.

그 기운이 이니 때문이라면 그것은 어째서 집 밖 애플민트 텃밭에도 서려 있는 걸까. 산은 침대 위에 잠든 이니를 바라보았다. 그녀는 작은 사물 같았다. 이니는 밖이 아닌 안에 누워 있었다. 밖에 나갔다가 온 것은 자신이라고 산은 생각했다.

산은 거실을 걸었다. 천천히 걸었다. 설치한 뒤 한 번도 걸어본 적 없는 커튼을 바라보았다. 산은 거실 끝 냉장고 앞에 다다랐다. 거실은 좁고 지저분했다.

산은 현관 쪽으로 눈을 돌렸다. 문은 굳게 잠겨 있었다. 거실 끝에서 현관으로 이어지는 좁고 어두운 통로가 여전히 그곳에 있었다. 그곳에서 냉기가 끼쳐 왔다. 어쩌면 2층의 냉기가 계단을 타고 흘러내리는 것일지도 모른다고 산은 생각했다.

산은 냉장고 문을 열고 들여다보았다. 양파와 체리토마토가 보였다. 파슬리 한 묶음이 채소 칸에서 시들어갔다. 달걀이 두 개, 붉은 래디시 한 개, 레토르트 파우치가 두 봉지였다. 그것들을 언제 샀는지 기억나지 않았다.

집요하게 그것들을 들여다보았다. 양파와 체리토마토, 파슬리, 달걀, 붉은 래디시, 레토르트 파우치. 현관 통로에서 끼쳐 오는 냉기와 냉장고에서 흘러나오는 냉기가 구별되지 않았다.

냉장고 문을 열고 그토록 오래 들여다보는 것이 처음이라는 걸 그는 알았다. 오래 들여다볼 특별한 무엇도 없었다. 그러나 산은 냉장고 안을 뚫어지게 응시했다. 양파와 체리토마토, 파슬리, 달걀, 붉은 래디시, 레토르트 파우치……

얼마나 시간이 흘렀는지 알지 못했다. 산은 천천히 허리를 펴고 냉장고 문을 닫았다. 닫는 순간 이니의 말이 떠올랐다. 냉장고 문이 완전히 닫힌 뒤 손을 놓을 것……. 닫히기 전에 손을 놓았는지 닫힌 뒤 손을 놓았는지 기억이 없었다.

아무 기억도 없었다. 상관하지 않았다. 산은 다시 거실을 걸었다. 침대를 바라보았다. 이니는 꾸러미처럼 놓여 있었다.

거실 귀퉁이에 건축 잡지들이 펼쳐져 있었다. 산은 의자에 앉았다가 곧 일어섰다. 커튼의 틈새를 바라보았다. 그러다 산은 석연찮던 기운의 정체와 정면으로 맞닥뜨렸다.

윤지는 사흘 뒤에 돌아간다고 했다. 산은 윤지의 말과 표정을 떠올렸다. 그녀는 재재동산이 아니라, 낯선 도시 낯선 교정의 푸른 단풍나무 그늘에 있었다. 윤지는 산에게 말했고 산은 들었다.

이틀 뒤에 윤지를 다시 만나기로 했다. 하루가 지났다. 어떤 대답이든 윤지에게 건네야 한다고 산은 생각했다. 윤지가 돌아가기 전이든 윤지가 돌아가고 난 뒤든, 산은 대답을 준비해야 한다고 생각했다. 윤지에게 건넬 것이든 자기 자신에게 건넬 것이든.

석연찮던 기운의 정체란, 그것이었다. 이미 대답이 준비되었다는 징후. 준비되었으나 짐짓 모르는 척하려는 심리가 개입해 무언가 혼미해진 것. 그것이었다. 알고 있으나 알고 싶지 않아 불명료해지는 것.

달라진 것을, 산은 이니에게서만 찾으려고 했다. 이니는 지난밤말을 길게 했다. 소진하지 않았고, 산의 가슴에 귀를 대지도 않았다. 건조한 목소리로 말아줘, 라고 말했을 뿐이다. 화난 것처럼 보였다. 산은 이유를 알 수 없다고만 생각했다.

무엇보다 이니는 '토마토 인 발사믹'을 만들지 않았다. 침대에서 일어나지도 않았다.

기이한 일이나 이니는 차갑게 식힌 체리토마토를 하루도 빠뜨리지 않고 아침마다 먹었다. 만들어 먹고 차도 한 잔 우려 마셨을 시각이었다. 그러나 이니는 미라처럼 누워 꼼짝하지 않았다.

그녀의 변화가 산 때문이었으나 그는 그렇게 생각하지 않았다. 몰랐던 것이 아니라, 생각하고 싶지 않았을 뿐이다. 산은 알려 하지 않았다. 이니의 변화를 자신과 연관 짓지 않았다.

윤지에게 혹은 자신에게 건넬 대답이 준비되어 있었으나, 산은 스스로 인정하지 않았다. 준비되었으면서 준비해야 한다고만 생각했다.

달라진 것은 계절과 기온만이 아니었다. 지난밤도 다른 밤과 달랐다. 달라진 것과 달라진 까닭을 모를 바도 아니었다. 모를 바도 아니면서 산은 계속 석연찮은 기운에 시달렸고 대답을 준비해야 한다고만 생각했다.

이니는 '토마토 인 발사믹'을 만들지 않았다. 명백히 달라진 아침이었다. 이니가 어째서 늦도록 일어나지 않는지, 토마토를 왜 안 먹는지, 이니에게도 자신에게도 산은 묻지 않기로 했다.

47

이니는 눈을 감고 누워 있었다. 침대 위에 놓여 있다는 걸 알았다. 언제까지고 나무토막처럼 놓여 있고 싶었다.

단단히 묶인 어깨와 가슴, 허리와 넓적다리, 무릎과 발목을 느꼈다. 조금도 느슨해지지 않은 시트의 탄력이 이니는 흡족했다. 묶인 채 놓여 있으면 깊은 심연으로 빠져들었고, 쉽게 헤어나지지 않았다. 이니는 그런 상태가 좋았다.

움직일 수 없고 움직이지 않게 되는 지점에 닿기를 소망했다. 활동이 완전히 정지되는 순간에 이니는 머무르고 싶었다. 죽음이라는 말은 너무 난해하거나 심플하다는 생각이 들었다. 그래서 이니는 그 말을 떠올리지 않았다.

대신 나무토막, 무기물 따위를 떠올렸다. 스스로 움직이지 못하면서 스스로 마르고 금이 가고 삭거나 풍화되는 것들.

이니는 그런 것이고 싶었다. 모든 운동의 시원, 그러니까 운동 이전의 정지. 그 정지된 지점이거나 정지된 지점에 고여 있을 정적에 닿고 싶었다. 거기에 머물러 정적이고 싶었다.

그 밖의 것들은 어찌 되든 상관없다고 이니는 생각했다. 조금도 흔들리기 싫었다. 파도와 햇빛, 바람, 사람의 움직임, 차량이 지나가고 누군가 바삐 달려가는 것. 뺨을 때리거나 기도하거나 웃거나 비난하는 모든 움직임을 상관치 않겠다고 이니는 다짐했다. 누구를 속이거나 배반하거나 죽이거나 사랑하거나.

그러는 것이 어쩐지 자신의 확고한 권리인 것 같았다.

몸이 묶이면 운동 제로 지점에 쉽게 매혹되었다. 매혹은 그리움이 되었다. 이니는 밤새 그리움의 바다를 떠다녔다. 아득한 그곳에 닿기를 소망하며. 말을 잊고 깨어남도 잊고 언젠가는 모든 움직임이 자신에게서 떠날 거라는 생각에 기꺼워하며.

누구도 자신의 희구를 방해하지 못할 거라고 생각하면 이니는 기분이 좋아졌다. 애당초 나오지 말았어야 할 지하 왕의 세계로 다시 걸어 들어가, 탄생 이전으로 묵묵히 되돌아가는 자신을 상상했다.

어루만지고 달래는 말들, 헐뜯고 비방하는 말들 다 뿌리치고, 움직임이 없던 세계로 의연히 회귀하는 것은 모든 존재의 꿈이며 마땅한 도리였다. 이니는 그렇다고 생각했다. 이니가 시트에 말린 채 빠져드는 심연이란 그런 생각과 기분과 느낌의 수렁이었다.

산이 움직였다. 이니는 그의 기척을 고스란히 느꼈다. 산은 느린 걸음으로 거실을 걸었다. 냉장고 문을 열고 오랫동안 들여다보았다. 눈을 감고 있었으나 이니는 산의 동작을 알아챘다.

애플민트 텃밭에 나갔었다는 것도 이니는 알았다. 그가 어떤 차림인지, 현관 쪽 통로를 어떤 눈빛으로 바라보았는지도 가늠할 수 있었다.

산은 건축 잡지가 펼쳐져 있는 거실 귀퉁이를 노려보았다. 의자에 잠깐 앉았으나 곧 일어섰다. 그리고 커튼 틈새를 바라보며 멈추어 섰다. 그때 산의 서슬이 느껴지지 않았다. 움직임 없이 산은 그곳에 오래 서 있었다.

산과의 소진 행위도 소망의 또 다른 지향이었다. 멈춤의 지향이 시트로 묶이는 거라면, 해체의 지향이 산과의 소진이었다. 이니는 그렇게 생각했고 그렇게 느꼈다.

사물처럼 묶여 가만히 놓이는 것은, 소멸을 시간의 풍화에 맡기는 일이었다. 끊임없이 나누었던 산과의 격렬한 행위는, 소멸을 불의 산화에 맡기는 일이었다. 이니는 산과의 소진 행위로 자신의 존재가 급속히 해체되는, 괴멸의 쾌락을 맛보았다.

산과의 합일은, 뜨거운 부정이라는 자기 해체 없이 이루어질 수 없었다. 이니는 극점에 다다르기 위해 에너지 제로 상태에 빠졌고, 산도 그러했다고 믿었다. 소진이란 모두 타버리는 것이었다.

뜨겁고 차가움의 차이, 빠르고 느림의 차이가 있긴 했으나, 소진 행위와 묶이는 행위는 이니가 이르고자 하는 한 지점을 향했다. 이니는 때로 소진했고, 때로는 묶였다.

합일이란 한마음이 된다기보다는, 하나가 되기 위해 서로 다른 존재가 와해되거나 흩어져야 하는 조건을 필요로 하는 말이었다. 이니는 그렇게 생각하고 소망했다. 퇴행과 소멸의 극점에 닿는 도리로서의 합일.

그런데 지난밤은 다른 밤과 달랐다.

이니는 산의 발가락을 물지 않았고 산도 이니의 다리 각도를 확인하지 않았다.

처음으로 그들은 소진하지 않았다. 이니는 산의 심장박동 소리를 듣지 않았다. 이니가 산에게 말아줘, 라고 말했을 뿐이다.

커튼 앞에 멈추었던 산이 움직였다. 주방 뒷문을 열고 다시 텃밭으로 나가는 것을 느꼈다. 문이 여닫히며 내는 놋쇠 경첩의 마찰음이 이니의 귀를 거슬렸다.

양팔을 쓰다듬으며 산은 하늘을 보고 푸크시아나무와 후박나무를 번갈아 바라보았다. 눈을 감고 있었으나 이니에겐 산의 모습이 보였다. 아침 기온은 쌀쌀했다. 웅크린 산에게서 초조한 기색이 느껴졌다.

산은 다시 집 안으로 들어왔다. 싱크대로 갔다가 의자 쪽으로 향했다. 움직일 이유 없이 움직인다는 걸 이니는 알았다. 지난밤에도 산은 그랬다.

그는 그냥 움직였다. 느린 걸음으로 어두운 거실을 돌고 또 돌았다. 산은 발짝 소리도 숨소리도 내지 않았다. 움직이면서 한 번씩 이니 쪽을 흘끔거렸다. 거실이 아니라 산은 상념 속을 배회하는 거라고 이니는 생각했다.

그를 비집고 들 틈을 이니는 찾지 못했다. 이리 와 앉아봐, 라고 말하고 싶었으나 입이 떨어지지 않았다. 낮에 무슨 일 있었어? 질문은 다만 이니의 몸속에서 열기처럼 솟았다가 스러졌다. 이니 혼자 스스로 와해되고 해체될 수 없었다. 언제나 산의 격정과 호응이 필요했다.

산은 커튼 앞에 멈추었다가 걷고, 거실 귀퉁이에 멈추었다가 걸었다. 그림자가 혼자 걷다 멈추고 멈추었다가 걷는 것 같았다. 그림자는 합성수지처럼 얇고 딱딱하고 평평하고 가벼워 보였다. 그 무엇도 빨아들이지도 투과시키지도 못할 것 같았다.

느낌의 정체는 불확실했고 강도는 미약했으나 낯설고 아득하여 불안해지기에는 충분했다. 이니는 아무것도 시도할 수 없는 저녁이라는 것을 알았다.

그림자의 느낌이란 지금까지의 산이 아닌 산이었다. 이니를 향해 있던 그의 문이 남김없이 닫힌 듯했다. 혼자만 그런 낌새에 시달리는 것은 아닐지도 모른다고 이니는 생각했다. 산도 본인의 변화를 알아챘거나 상념 속을 배회하며 알아가고 있는 듯했다.

이니는 잠깐 그의 발가락을 무는 상상을 했고 깜짝 놀랐다.

발가락을 물면 그가 어떻게 반응했었는지 거짓말처럼 떠오르지 않았다. 그녀가 문 발가락이 그의 몸에서 힘없이 떨어져 나와 그녀의 입안에 덜렁 남는 장면이 떠올랐다.

이니는 입속의 이물을 뱉듯 말했다.

그것이 시인의 이야기가 되었다. 시인이 비천한 신분은 아니었다지만 뭐 비천한 신분이나 마찬가지였지……. 이니는 입안에 비릿한 피 맛을 느끼며 인상을 찡그렸다. 산은 그녀의 얘기를 들었다.

이니는 아무것도 시도할 수 없는 저녁이 견딜 수 없었다. '돌아보지 않아서 영원히 살게 되었다는 시인' 얘기를 한 것도 그 때문이었다. 숨을 내쉬며 이니는 그 얘기를 했다.

영원히 사는 건, 그곳에서만 가능했어……. 이 말을 끝으로 이니는 입을 다물었다. 비릿한 피 맛도 가셨다는 걸 알았다. 더는 인상을 찡그리지도 말을 하지도 않았다.

엄청난 피로가 이니에게 몰려왔고, 온전한 정지와 정적의 순간에 닿고 싶다는 열망만 남았다. 이니는 꺼져가는 목소리로, 말아줘, 라고 산에게 말했다.

48

몸을 말아 달랬던 것은 씨더렛 선생이었다.

이니는 씨더렛을 떠올렸다. 씨더렛은 이니에게 몸을 말아 달라고 했었다.

일주일에 두 차례 팰리스 동을 방문해 이니에게 영어를 가르쳤던 선생의 호칭이 씨더렛이었다. 그는 It was를 '이뜨 워즈'로 발음했다.

그가 어째서 팰리스 동을 방문하기 시작했는지, 어째서 그에게 영어를 배우지 않으면 안 되었는지, 소상한 내력을 이니는 알지 못했다.

원치 않는 강좌와 교실에 적을 두었듯 이니는 영어를 배웠다. 마는 '동작 멈추기 놀이'를 하며 팰리스 동을 꾸몄고, 바는 주문을 외며 포트 손잡이나 와인 오프너로 둔갑했다. 이니는 문화예술 강좌를 듣고, 말을 타고, 영어를 배웠다.

영어 교습은 나쁘지 않았다. 씨더렛은 강요하지 않았고 성급하게 진도를 나아가지 않았다. 씨더렛은 서 있는 것조차 힘든, 나이 든 남자였다. 머리는 회색이었고 몸은 가늘고 옷은 후줄근했다. 목소리는 작고 떨렸다. 눈빛이 맑고 깊었으나 슬퍼 보였다.

이니는 그런 것이 맘에 들었다. 서 있으면 살짝 벌어지는 그의 다리도 괜찮았다. 이니는 팰리스 동을 방문하는 그를 반겼고, 그는 이니를 보고 활짝 웃었다.

이니는 영어 성적이 좋지 않았었다. 시골 학교에서 6, 7등급이었다. 학교에서 말고는 영어를 따로 공부한 적이 없었고 공부하고 싶은 맘도 없었다. 그런 이니였으나 씨더렛의 영어가 벅차지 않았다.

이니가 학교에서 배웠던 것, 이미 알고 있는 것을 그는 반복했다. 그는 뭔가를 새롭게 가르치지 않았다. 아는 것을 반복하고 반복하고 반복할 뿐이었다. 그러고는 잘했다, 고 칭찬했다. 그게 다였다.

이니는 자신의 영어 실력이 오르는지 어쩐지 알 수 없었다. 테스트가 없었다. 할리우드 영화를 볼 때 배우들의 말이 띄엄띄엄 들린다는 것뿐이었다.

'씨더렛과 지낸다'는 말이 어울린다고 이니는 생각했다. 단어를 외고 문장을 반복해 읽는 시간보다, 간식으로 먹은 고구마 그라탱의 치즈와 빵가루 비율에 관해 얘기하는 시간이 더 길었다.

그러던 어느 날 씨더렛이 말아줘, 라고 말했다. 장난치듯 놀이하듯 이니는 씨더렛을 말았다. 마와 바의 잠옷 두 개를 잇대어 말아놓은 씨더렛의 몸은 훨씬 작았다.

왜 말아 달라는 건지 알 리 없었다. 씨더렛이 이렇게 저렇게 말아 달라며 주문했고, 이니는 그렇게 했을 뿐이다.

이유 따위가 중요한 게 아니라고 이니는 생각했다. 뭐든 주저 없이 이니에게 말하는 씨더렛, 그리고 그의 주문이라면 어떤 것이든 해주고 마는 이니. 그녀가 기꺼웠던 건 두 사람의 그런 관계였다.

영어 교습은 이니만 받는 것이 아니었다. 문화 강좌를 함께 듣는 여자들 중에는 영어회화 실력이 월등한 이가 많았다. 그들은 폴, 브라이언, 엘리나, 루시 등등의 원어민에게 개인지도를 받았다. 나이든 동족의 남자에게 교습받는 사람은 이니뿐이었다.

씨더렛은 성허의 은사였다. 히만의 은사이기도 했다. 그는 중축 중인 아 언덕 목재 교사에서 영어를 가르치던 사람이었다. 그에게 이니의 개인 교습을 부탁한 것도 성허였다.

자조 반 자랑 반인 말로 씨더렛은 자신이 제국대학 출신이라며 웃었다. 그의 웃음으로는 자조와 자랑을 구별할 수 없었다. 이니는 매번 그의 웃음이 헷갈렸다. 곤란하거나 민망할 때도 그는 기쁘거나 즐거울 때와 같은 웃음을 웃었다.

제국이라는 국호를 사용했던 이웃 나라에 유학했었다고 그는 말했다. 그래서 제국대학이었다고. 그러나 그가 유학하던 때는 제국이 패망한 뒤였다. 대학 명칭에서 제국이라는 호칭이 사라졌다는 걸 이니는 알고 있었다.

그럼에도 스스로 제국대학 출신이라고 말하는 건, 아무래도 자랑 같지 않았다. 제국이었던 시절의 자랑이고 보람이고 긍지였던 대학을 나왔으면서도, 그는 무슨 이유에서인지 제국대학 출신이라고 말하면서 반쯤은 자조를 섞었다.

그래도 발음은 말이야, 과에서 내가 최고였어. 그러면서 그는 이니 앞에서 하필 considerate라는 단어를 자랑스럽게 발음해 보였다. 그제야 이니는 그의 별명이 considerate에서 왔을지도 모른다고 생각했다.

그는 첫음절을 작고 짧게 발음하고 두 번째 음절에 강세를 두어 길게 발음했다. 그의 별명과 비슷하게 들렸다. 올바른 발음인지 아닌지 이니는 알 수 없었다. 그의 발음은, 자조와 자랑을 구별할 수 없는 그의 웃음과 같았다.

발음이 어떻든 별명이 뭐든 이니는 그가 좋았다. 언제나 똑같은 웃음을 짓는 것도 그랬고, considerate라고 발음할 때 한 바퀴 빙글 돌리는 그의 손가락 동작도 멋졌다.

그는 턱까지 올라오는 쥐색 폴라와 면바지와 코르덴 재킷의, 홀쭉하게 마르고 자그마한 할아버지였다. 처음 보는 사람에게 아임 씨더렛! 하며 피에로처럼 웃었다. 삿된 욕구가 창백하게 증발한 듯한 흰 피부가 편안했다. 어딘지 아늑하고 흡족해질 때마다 이니에게 꽁꽁 말아 달라고 보채는 그가 사랑스러웠다. 그는 미혼이었고 가족이 없었다.

히만이 말한 씨더렛의 유래는 엉성한 데가 있었다.

강가에서 200개의 돌을 던진 히만이 이니에게 물었다. 돌 200개를 던지는 데 얼마나 걸렸겠느냐는 히만의 질문은 심드렁했다. 이니는 얼른 대답할 수 없어 머뭇거렸고, 히만은 그만큼의 시간만큼 얻어맞았다고 말했다.

성허가 역사 선생이었던 담임에게 200대를 맞았다. 밀대 자루로 얻어맞고 교탁 아래 엎드려뻗쳤다. 교실에도 복도에도 남아 있는 학생은 없었다. 성허가 복원하고자 하는 목재 교사의 어느 한 교실이었다고 히만은 말했고 이니는 들었다.

히만은 교문 밖에서 성허를 기다렸다. 성허는 나오지 않았다. 빈 교실에 하염없이 엎드려뻗쳐 있던 성허를 발견한 것이 제국대학 출신 영어 교사였다.

가거라. 영어 교사가 말했다. 성허는 일어서지 않았다고 히만은 말했다. 영어 교사보다 담임이 500배 무서웠거든. 히만의 이야기는 그저 심드렁했다. 이니는 200개의 돌멩이를 삼킨 강물을 바라보았다.

아무 기척도 없었으나 성허는 엎드려뻗친 채 무심코 교실 출입문 쪽을 바라보았다. 그곳에 영어 교사가 버티고 서 있었다. 너, 아주 가지가 되었잖니? 온몸이 가짓빛으로 멍 들었다는 뜻인 줄은 나중에 알았다고 했다.

성허는 영어 교사의 말 때문이 아니라 눈빛 때문에 일어섰다고 했다. 담임의 허락 없이 집에 가도 아무런 화가 닥치지 않을 거란 확신을 영어 교사의 눈빛에서 읽을 수 있었다고.

당시 상황을 전하는 히만의 말투는 그만저만했다. 그러나 눈빛만큼은 아니었다. 히만의 눈빛으로 이니는 당시 영어 교사의 눈빛을 충분히 짐작했다. 성허가 담임의 허락 없이 집으로 돌아갔다는 말의 뜻을 이니는 완벽하게 이해했다.

담임과 영어 교사 사이에 짧고 강렬한 설전이 있었다. 교무실에서 다투는 소리가 교문까지 들렸다. 히만은 쩔뚝거리는 성허를 부축해 학교를 빠져나왔다.

담임은 성허가 교칙을 위반했기 때문이라고 했고, 영어 교사는 사람 나고 교칙 났지 교칙 나고 사람 났느냐고 큰소리쳤다. 영어 교사는 담임에게 '교칙에 밥 말아 먹을 사람'이라고 소리 질렀다. 그랬다고, 히만이 말했다.

이니는 히만의 말을 웃으며 들었으나 히만은 웃으며 말하지 않았다. 이니는 그런 씨더렛을 상상할 수 없었다. 씨더렛은 그럴 사람이 아니었고 그런 말을 할 사람도 아니었다.

그때도 내 말을 믿지 않고 다들 웃었지. 히만이 그렇게 말하자 이니는 더 웃을 수 없었다. 가짓빛으로 멍 들었던 성허의 몸이 깨끗이 나았을 때 학우들은 그때 일을 깨끗이 잊었다. 씨더렛이라는 말도 함께 잊었다. 씨더렛은 오로지 성허와 히만, 둘이 나누어 가지게 된 이름에 불과했다.

영어 교사가 담임을 향해 날렸던 마지막 일격이 영문 아포리즘이었다. 그 한마디로 담임은 완패당했다. 히만은 아이들 앞에서 아-포-리-즘이라고 정확하게 발음했다. 그러나 그날 교무실 유리창을 뚫고 교문까지 들렸다던 크고 짧고 멋진 아포리즘을 히만은 정작 기억하지 못했다.

아포리즘의 내용이 뭐냐고 묻는 아이들 앞에서 히만이 털어놓았던 말은 씨더렛이라는, 파편에 지나지 않은 단어였다. 씨더렛? 씨더렛? 씨더렛이라고? 아이들은 고개를 끄덕였다. 그래, 참으로 짧고 멋진 아포리즘이구나. 씨더렛!

아이들은 영어 교사를 보면 선생과 히만을 번갈아 바라보았다. 씨더렛이라며 수군거리는 소리를 영어 교사도 듣는 듯했다. 그러나 그 일은 성허의 몸에서 멍이 사라지며 잊혔다.

씨더렛이라는 말은 성허와 히만 사이에서만 주고받는 영어 교사의 경칭이었다. 아 언덕 목재 교사에서 있었던 일들이었다. 그리고 정말로 성허에게는 화가 닥치지 않았다. 그 일에 관련해서만은 그랬다.

씨더렛은 아나요?

어느 날 이니가 그에게 물었다. 그날도 씨더렛은 꽁꽁 묶였다. 묶일수록 그는 작아졌다. 이니가 풀지 않으면 1센티미터도 움직이지 못했다. 이니가 이어 물었다.

왜 씨더렛일까요?

몰라요.

이니는 씨더렛과 그렇게 지냈다. 그녀는 영어 문장을 읽고 쓰고
말하고 외우고 반복했으며 씨더렛을 묶었다. 이니의 방 안에서 은밀
하게 이루어지는 일이었으나 둘 사이엔 은밀하고 말고 할 것도 없었
다.

두 사람은 더듬더듬 외국어를 주고받으며 소꿉장난하듯 이니는
묶고 씨더렛은 묶였다. 씨더렛과 지내는 동안 이니의 방은 팰리스
동의 또 다른 세계였다.

몰라요?
몰라요. 아무것도.
아무것도?
묶여 있으면 그래요.
어쩌나?
그게 좋아요.
어떻게요?
그냥요.
말해봐요, 나한테.
…….
하고픈 말 있다는 거 알아요.

……

그러니 말해봐요, 나한테.

……

어서요.

떠나게 될 거예요.

내가요?

네.

어딘가로 멀리 간다는 뜻인가요?

깊이 들어간단 뜻이기도 해요.

그런가요?

그래요.

떠나는군요.

나도요.

아무것도 모른다면서 그런 건 아는 건가요?

안다기보다는 그냥 보여요.

보여요?

아는 게 없어진다는 건 그런 거예요.

씨더렛은 그날 저녁 자신의 작은 집에서 홀로 세상을 떠났다. 사흘 뒤로 예정되었던 영어 교습은 이루어지지 못했다.

체액이 빠져나가 더 작고 수척해진 씨더렛의 몸이 침대 위에 놓여 있었다. 이니는 히만이 촬영해 온 동영상을 보았다. 실내의 불은 꺼져 있었고 빛깔이라고는 침대 주위를 감싼 새벽의 푸른 어둠뿐이었다. 창문에는 흰색의 롤스크린이 반쯤 내려져 있었다.

촬영자의 걸음에 따라 씨더렛이 누운 침대가 작은 배처럼 출렁거렸다. 씨더렛의 얼굴은 서리가 덮인 듯 새하얬다. 화면으로도 찬 기운은 확연했다. 그의 임종을 지킨 사람은 없었다. 이니는 그의 가족에 관해 알지 못했고 들은 바도 없었다.

얼굴은 천장을 향해 있었다. 수척해진 만큼 콧날이 더 높고 더 날카로웠다. 양 뺨이 움푹 꺼져서 입술 끝은 말려 올라간 느낌이었다. 입가에 번진 우연한 미소 때문에 그의 마지막이 외롭거나 쓸쓸해 보이지 않았다. 외롭거나 쓸쓸하지 않았기를, 이니는 바랐다.

그의 미소에서 잠깐 화면이 정지됐다. 외롭거나 쓸쓸해 보이지 않는 그의 미소를, 이니는 견디지 못하고 외면했다. 미소라는 것이 음영의 착시 효과였다는 것을 이니가 처음부터 몰랐을 리 없었다.

49

그가 떠났다. 이니는 같은 말을 중얼거렸다. 그가 떠났다. 그가 떠났다. 나도 떠난다고 했다. 이니는 한동안 자신의 방에서 나오지 않았다. 강좌에도 마장에도 나가지 않았다. 마와 바는 이니가 씨더렛을 애도하는 거라고 여겼다.

이니는 방 한가운데 누워 지냈다. 자신에게 이미 왔거나 오고 있거나 올지도 모를 변화를 주시했다. 떠난다면 어떻게 떠난다는 건지, 이니는 궁금했다. 침대 위에 반듯하게 누워 있으면 씨더렛처럼 하얗게 죽어갈 것 같았다.

이니는 자신에게 일어나는 어떤 변화도 느끼지 못했다. 누워 지낸 지 나흘째 되던 날 목이 말랐다. 다음 날 조금 더 목이 말랐다. 무엇을 마셔도 갈증이 가시지 않았다.

변화는 목마름이 전부였다. 그리고 이니는 묶였다. 이니를 묶은 것은 히만이었다.

묶이지 않으면 목마름이 가시지 않을 것 같았다. 그럴 것 같다는 느낌이 문득 들었고 지워지지 않았다.

히만은 정확한 사람이었다. 그처럼 기계적인 사람을 이니는 본 적이 없었다. 묶으라면 묶을 사람이 그였고, 풀라면 풀 사람이 그였다.

여자 가사도우미가 있었으나 이니는 히만에게 부탁했다. 실행과 정지가 뚜렷한 사람이었다. 묶되 아무것도 묻지 말고. 아무에게도 말하지 말고……. 이니의 믿음대로 실행되었다. 히만이어서 가능한 일이었다.

섬세한 손길로, 강한 악력으로, 기계의 치밀함으로, 히만은 이니를 묶었다. 히만이 이니에겐 남성도 여성도 아니었다. 아 언덕에서 처음 본 순간부터 그랬다.

히만의 성은 오로지 성허를 향했다. 그것은 강철만큼 굳건했다.

다른 이와 나누어 가질 성이 그에겐 남아 있지 않았다.

이니는 묶였고, 묶이고서 알았다.

떠난다는 말의 의미. 멀리 가는 것이면서 깊이 가는 것이기도 하다는 뜻. 씨더렛의 떠남과 자신의 떠남에 대해서도 알았다.

무서울 만큼 알았다. 묶여 있으면 아무것도 모르게 된다는 말까지 알았다. 알고 모름의 문제가 아니라는 것도 알았다. 앎도 모름도 아니면서 그 모든 것이라는 것도. 그래서 말할 수 없고, 무서우나 외면할 수 없고, 쓸쓸하나 슬프지 않으며, 다만 어딘가를 끝없이 향할 뿐이라는 것도. 팰리스 동도 아 언덕도 다시는 돌아볼 수 없게 되었다는 것도.

다섯 시간 동안 이니는 자신의 방에 혼자 묶여 있었다. 그녀가 요구했던 다섯 시간이 지난 뒤 이니는 히만에 의해 풀렸다.

이니는 어딘가를 맹렬히 향했다. 묶이기 전과 묶인 후는 다른 생이었다. 그녀가 향하는 곳은 특정 나라도 지역도 아니었다. 이곳이 아닌 곳일 뿐이었다.

이름과 역사 언어 따위 아무래도 상관없었다. 그녀가 향하는 곳은 그런 것들 이후거나 이전이었다.

이니는 인터넷 세계지도를 펼쳤다. 눈을 감고 펜 끝으로 모니터 가운데에다 점을 찍었다. 이니는 그곳을 향해 움직이기 시작했다. 섬나라의 도시였다.

점을 모니터 중앙에 놓고 거듭거듭 확대 버튼을 눌렀다. 누르고 또 눌렀다. 땅은 놀라운 속도로 펼쳐지고 점은 그만큼 작아졌다. 세상이 깊게 깊게 파헤쳐졌다. 이니는 그곳에 빠져들었다.

더는 확대 버튼을 누를 수 없게 되었을 때, 그곳에는 오래된 붉은 벽돌집 몇 채가 놓여 있었다. 건물 사이사이에 푸르게 박힌 것은 텃밭처럼 생긴 정원들이었다.

주택가를 벗어난 곳은 거대한 나무들로 우거진 공원이었다. 분수대와 공연장과 청동상과 잔디밭이 보였다. 공원 한쪽으로는 정체를 알 수 없는 긴 분홍빛 선이 진하게 그어져 있었다.

이니가 떠날 곳이었다. 떠나가 닿을 곳이 아니라 떠남의 시작점일지도 몰랐다. 이니는 날마다 노트북에 매달렸다. 노트북은 그녀 앞에 은밀한 길을 열었다.

씨더렛은 떠났다. 이니도 떠나게 될 거라고 씨더렛은 말했다. 다섯 시간 묶인 뒤 이니는 떠난다는 것이 무엇이며, 향할 곳이 어디인지를 알았다.

떠남을 준비하던 이니의 흔적이 노트북 회로에 거미줄처럼 남았다. 마와 바, 성허와 히만과 나눈 통화의 흔적은 휴대폰에 입김으로 남았다.

떠나기 전 이니는 그것들을 물속에 넣었다. 노트북은 저수지에 수장하고 휴대폰은 강심에 던졌다. 이니의 마지막 온기와 자취가 물 밑에서 차갑게 식어갔다.

이니는 묶인 채 침대에 놓여 있다는 걸 알았다. 전날 밤 산이 묶은 거였다.

오전이 지나고 오후로 진입하는 시각이었다. 묶여 있으면, 눈을 뜨지 않아도 이니는 시간의 흐름을 정확히 알았다.

이니는 마음속으로 산의 이름을 불렀다. 산. 산……. 그리고 자리에서 일어나지도, 토마토 샐러드를 만들지도 않는 자신을 생각했다. 다른 날과 다른 아침이었다. 이니는 귀를 기울였다. 까마귀 울음소리는 그대로였다.

산과 어두운 방에서 지내고, 밤마다 남김없이 소진하고, 나무토막처럼 움직임을 멈춘 채 정지와 적막의 순간에 가닿곤 했다. 그동안이니는 그럴 수 있었다. 매일 아침 토마토 샐러드를 먹고, 옷도 입지 않은 채 뒹굴며, 나른하고 게으르게 시간을 보냈다. 빤딱종이 베개와 두꺼운 커튼과 아무렇게나 자라는 애플민트 덕분이기도 했으나, 무엇보다 산이 있어서 모든 게 가능했던 거라고 이니는 생각했다.

산과의 마주침은 예사롭지 않았다. 이니는 그때를 떠올렸다. 오후의 햇살이 마천루 숲에 떨어져 내렸고, 건물 외벽에 반사된 광선이이니의 눈을 찔렀다. 깊이 찔렀다. 기분 나쁘면서도 푹신한 공황이몸을 에워쌌다. 이 나라에 당도한 지 두 시간도 지나지 않았을 때였다.

사람들이 몰려들었다. 이니는 그들의 눈빛을 기억했다. 균형을 잃고 버스 정류장에 쓰러진 자신을 누군가 일으켜 세웠다. 몰려들었던 사람들의 눈빛이 하나둘 멀어졌다.

이니는 누군가의 손을 잡고 도심의 운하를 따라 걸었다. 유도화
가 피어 있었고 튀김 기름 냄새가 났다.

감자튀김집에서 그의 이름이 산이라는 것을 알았으나, 그에 관해
새롭게 알아낸 것은 그 뒤로도 없었다. 그가 자신의 플랫을 나와 낯
선 여자와 동거를 시작했다. 이니는 알았다. 산에게도 예사로운 일
이 아니었다는 것을.

현재의 안온한 권태도 그처럼 지속되는 기묘한 우연의 맥락 안에
서 가능하다는 것을 이니는 알았다. 산이 없었다면 이런 정황들이
작동하지 않았을 거라는 것도.

산 없이 어떻게 격렬한 소진과 갑작스런 용해와 투철한 삼투가
가능할까. 이니는 발끝을 움직여보았다. 몸은 꼼짝하지 않았다. 이
대로 몸이 풍화해가는 것만으로는 퇴행이 어쩐지 더디거나 부족할
것 같았다.

그와 함께가 아니라면 떠남도 회귀도 완성되지 못할 것 같아 불
안했다. 이니는 속으로 산, 하고 불렀다. 산은 거실을 천천히 오갔다.
뒤꼍에 다녀오고, 냉장고를 들여다보고, 현관 쪽을 바라보았다. 의
자에 앉았고, 커튼 앞에 오래 서 있었다. 이니가 속으로 산, 하고 부
를 때마다 산은 이니가 누워 있는 쪽을 흘끔거렸다.

돌아갈 곳. 그곳에서도 산과 함께이고 싶었다. 사람의 몸을 갖고
돌아갈 수 있는 최후 지점까지 이니는 산과 함께이고 싶었다. 여자

하나와 남자 하나로 이루어졌던 세상. 죽음 이전의 그곳. 지혜도 선악도 없던 곳. 타락 이전이라 타락도 없던 곳.

그러나 산의 기척이 달랐다. 지난밤은 그동안의 밤과 다른 밤이었고, 아침도 지난 아침들과 다른 아침이었다. 산의 기척이 달라지는 순간 모든 것이 달라졌다.

산의 기척이 어떻게 달라졌는지 이니는 알았다. 이니는 씨더렛처럼 꽁꽁 묶여 있었다. 다 알았으므로 이니는 눈을 뜨지 않았고 토마토 인 발사믹을 만들지 않았고 말을 하지 않았다.

소진과 용해와 삼투도 더는 가능하지 않다는 것을 알았다. 산은 그곳이 아닌 저곳으로 '돌아서려' 했다. 이니와 다른 방향이었다.

이니는 외롭고 쓸쓸하다고 느꼈다. 서리가 온몸을 감싸는 듯했다. 눈을 감은 그녀가 볼 수 있는 것은 푸른 어둠뿐이었다. 눈을 떠도 이제는 산의 눈에서 직선 필라멘트의 부메랑 화인을 찾을 수 없을 것 같았다.

이니는 언제까지고 나무토막처럼 놓여 있길 바랐다. 방 안을 떠도는 공기가 자신의 육신을 마르고 닳고 흩어지게 할 때까지.

50

새를 들여놓을까 생각 중이란다.

재재동산을 거닐며 하가 말했다. 새요? 윤지가 물었다. 하는 고개를 끄덕이지도 소리 내어 대답하지도 않고 웃었다. 하의 입은 컸고 입술도 두꺼웠으나 말없이 웃을 때는 입술이 한정 없이 길게 늘어나며 얇아졌다.

지나치게 길게 늘어나며 얇아진다고 윤지는 언제나 생각했다. 길고 얇아진 입술은 비닐 랩을 씌운 것처럼 반들거렸다. 흡족할 때 짓는 웃음이었으나 윤지에게는 근엄한 웃음이었다.

하의 턱은 둥글고 컸다. 웃을 때 입술 끝은 좌우로 길게 늘어나며 양쪽 귓불에 걸렸고, 그의 둥글고 큰 턱 한가운데에 그믐달 모양의 호가 그려졌다. 그런 모습으로 하는 재재동산을 거닐었다.

턱을 치켜들고 한 손엔 지휘봉을 쥐었다. 검고 흰 페인트가 칠해진 세 뼘짜리 지휘봉이었다. 쥐는 부분은 까맣고 두꺼웠다. 나머지 부분은 점점 가늘어지며 흰색이었다. 전쟁터에서도 잃지 않았던 거였다. 페인트는 늘 새롭게 칠해졌다. 그것은 윤지보다 산보다도 나이가 많았다.

다른 한 손은 뒷짐을 지었다. 허리는 쭉 폈다. 줄지어 선 분재들 사이를 지날 때 하는 그런 동작을 취했다. 그가 재재동산을 거닐면 식물은 그를 주시했다. 주시하도록 가꾸었고 배열했다. 몇몇 식물은 단풍이 들기 시작했다. 새라구요? 윤지가 다시 물었다.

그래, 새. 새라는 말 처음 듣니? 새라는데도 자꾸 묻는구나. 정말 저 단풍나무는 그윽해. 여든두 살 먹은 나무란다. 영험이 깃들었어.

새는 저절로, 많이 찾아오잖아요.

저절로 찾아오지만 저절로 날아가지.

새는 그런 거잖아요.

윤지가 또 잖아요, 라는 말투를 쓰는구나. 고치라고 했을 텐데.

새는 저절로 날아오고 저절로 날아가요.

그런 새 말고.

새장에서 키우는 새 말인가요?

새를 들인다는 건 그런 뜻이겠지.

얼마나 들여놓으실 건데요?

새도 길들이면 새장에 가두지 않아도 된다.

여러 마리요? 20마리? 아니면 50마리?

마릿수가 중요한 게 아니란다. 조화지.

조화요?

그렇고말고. 조화. 재재동산은 조화니까. 자연은 완벽한 조화란다. 조화롭지 않다면 새를 왜 들이겠니. 새들은 나무를 위해 노래 부를 거야. 내가 새들한테 노래를 가르칠 거란다.

어떤 새들일까요? 참새 같은 건 아닐 테고. 구관조 같은 거요?

그럴 테지. 왕관앵무랄까.

흰눈썹황금새, 노랑부리뻐꾸기, 어치도요?

안 될 이유 없지. 나중엔 참새도 길들일 생각이다.

다 길들일 수 있어요?

먹이. 먹이만 좋으면 돼. 나는 길들이는 방법을 안다. 다 할 수 있
어. 두고 보렴. 내가 누구니?

위대한 하.

녀석, 놀리긴……. 넌 걱정이 뭐니?

없어요.

정말이냐?

저는 재재동산에 있는 걸요.

그래 넌 재재동산에 있다.

하와 함께 있어요.

그래 너는 하와 함께 있다.

오후의 햇빛이 두 사람의 정수리에 떨어져 내렸다. 식물의 가지와
이파리에도 떨어져 내렸다.

보리수나무가 있던 곳. 그곳에는 아홉 개의 옹기 화분이 새로 놓
였다. 화분은 사방오리, 함박꽃나무, 다래, 유동, 박달나무, 산뽕나
무, 으름, 비목, 양버즘나무한테 각각 분양되었다. 하늘은 날마다 조
금씩 높아졌다.

하는 재재동산 바위에 걸터앉아 윤지가 가져온 도시락을 먹었다.
재재동산에는 흰 꽃무늬가 점점이 박힌 검은 화강암이 세 개 있었
다. 그중 가장 크고 평평한 바위에서 하는 쉬거나 점심을 먹었다.

화분에서 자라는 나무들은 하나같이 작아서 점심을 먹는 하의

몸집이 커 보였다. 나무들의 나이는 윤지보다 많은 것도 있었고 하보다 많은 것도 있었다.

나무의 요소를 빠짐없이 갖춘 것들이었다. 그러나 재재동산 나무들은 같은 종류의 바깥세상 나무보다 키가 100분의 1에도 미치지 못했다.

재재동산에 들어서면 원근 감각에 혼란이 왔다. 코앞의 나무도 까마득히 멀어 보였다. 바위에 앉아 점심을 먹는 하는 거인이었다.

하는 맑은 간장에 초밥을 찍었다. 햇볕 잘 드는 날 하는 재재동산에서 초밥 먹는 것을 즐겼다. 만든 것은 윤지였으나 가르친 것은 하였다. 새우와 새조개와 연어를 고르고 다듬는 법, 도미의 껍질을 벗기고 보관하고 숙성시키는 요령, 고추냉이를 갈고 개고 뭉치고 얹을 때 주의할 점, 간장의 종류와 맛, 락교의 재료와 기술을 윤지는 하에게서 배웠다.

락교의 재료가 염교라는 것도 알았다. 하는 그것을 토란부추라고 불렀다. 윤지는 초밥을 옻칠 나무 도시락에 담아냈다. 하는 칭찬을 아끼지 않았다.

초밥은 파의 일이었다. 초밥 만드는 법을 윤지에게 가르쳐주지 않은 채 파는 세상을 떠났다.

파가 끝까지 지켜내려던 보리수나무 자리를 윤지는 바라보았다. 보리수나무는 흔적조차 없었다. 새로 들인 아홉 개의 옹기 화분 위로 가을볕이 떨어져 내렸다.

화창한 볕 아래서 하는 윤지가 만들어 온 초밥을 맑은 간장에 찍었다. 윤지는 재재동산 나무들의 이름을 외웠다.

윤지는 수백 종의 나무 이름을 알았다. 재재동산을 가로지를 때마다 윤지는 나무 이름을 따박따박 분명하게 불러주었다. 그래야 할 것 같았다.

재재동산 나무들은 윤지가 어렸을 적부터 윤지에게 보챘다. 윤지는 나무들이 보챈다고 생각했다. 무얼 보채는지는 알 수 없었다. 알 수 없었으나 나무들의 이름을 따박따박 불러줘야 할 것 같아서 윤지는 그렇게 했다.

하는 '조화'를 위해 재재동산에 새를 들이겠다고 했다. 재재동산의 새로 길들이겠다고 했다. 여러 종류의 새 이름을 알게 될 것이며, 그것들을 따박따박 부르게 될 것이라고 윤지는 생각했다.

받지 않고 뭐 하니?

하가 말했다. 윤지의 휴대전화기가 떨고 있었다. 누구에게서 온 것인지 짐작하는 눈치였다.

문자예요.
읽어보렴.

역시 하는 알고 있었다. 윤지에게 온 메시지지만 자신에게 온 것이기도 하다는 사실을.

마지막 초밥을 삼키고 나서 하는 혀끝으로 입술을 핥았다. 젓가락을 나무 도시락 위에 나란히 얹었다.

윤지는 재재동산에 쏟아져 내리는 햇빛이 숨 막혔다. 어디선가 한 무리의 새들이 무섭게 지저귀며 몰려들 것 같았다.

하의 짐작이 새로울 건 없었다. 재재동산에서 하와 함께 있을 때면 윤지의 휴대전화기가 울렸고 발신자는 늘 같은 사람이었다.

윤지는 문장을 읽어 내려갔다.

점심으로 때운 핫도그가 너무
맛있었어. 너무. 정말 너무.
너무너무. 값도 싼 것이 어찌나
맛있던지. 꿈에서도 먹고
싶다. 꿈에서도 나와랏! 잘 거거든.
너무 늦게까지 책을 봤네.
아, 그거, 핫도그. 학생회관에 늘
있던 거라는데 왜 나만 바보처럼
이제야 그걸 발견했으까이. 그랬으
까이. 파가 생각난다. 그랬으까이,
하니까. 파가 보고 싶다. 파가 보

고 싶어. 윤지는 점심을 먹었을까.
먹는 중일까. 어서 내일이 왔음 좋
겠다. 핫도그 또 먹게. 옆에서 하가
보고 계시지? 웃고 계시지? 빙긋,
웃는 모습 선하다. 안뇽 하. 하. 하.
하. 하. 생각나지 않아요. 재재동산
팻말 왼쪽에 서 있던 나무 이름.
바오바브나무 닮은 나무. 다육식물 염좌
처럼 생긴 거. 염좌 맞나? 다육은 안
키우잖아요, 하. 알려줘요. 하. 낼. 지
금 자야 하니까. Z Z Z Z……

51

버스를 타고 집으로 돌아가려고 산은 오후 네 시 반의 거리에 섰
다. 날은 맑았다.

1년 반 동안 보아온 건물과 하늘과 차량과 인파가 그 거리에 있
었다. 버스 도착 시각을 알리는 전광판이 깜빡거렸다. 산은 건물과
하늘과 차량과 인파와 전광판을 둘러보았다.

4분 뒤면 집으로 가는 버스가 도착하게 돼 있었다. 4분이면 금방
이잖아. 산은 중얼거렸다. 산이 날마다 이용하는 버스는 홍옥 빛깔

이었다.

타자마자 그는 2층으로 올랐고 맨 앞자리에 앉았다. 매일 그랬던 것은 아니지만 그러고 싶었다. 2층 앞자리에 앉으면 운이 좋은 날이라고 산은 생각했다.

푸른 버스도 지나갔다. 노란 버스도 지나갔다. 자전거를 탄 사람들은 기후에 상관없이 자전거 전용 도로를 달렸다. 비가 오면 비를 맞고 달렸다.

주말에는 자전거를 빌려 타고 집 주변을 돌까 자주 생각했지만 산은 한 번도 마을을 둘러본 적이 없었다. 학교 교정을 온전히 돌아본 적도 없었다. 버스를 기다리며 산은 그런 사실들을 떠올렸다.

길 건너편 석조 건물들 사이로 도심을 흐르는 강이 보였다. 강물은 언제나 탁했고 강물 위로는 길기만 하고 폭이 좁은 배들이 느리게 지나갔다.

전봇대에 매달린 화분에는 붉은 꽃이 지고 흰 용담과 앵초류가 피어났다. 즐비한 석조 건물과 도리아식 기둥은 계절과 관계없이 지루했다.

그런 것들을 바라보다 보면 어느새 버스가 도착했다. 오후 네 시 반. 늘 그랬다. 거리의 빨갛고 둥근 소화전과 빨갛고 네모진 공중전화 부스는 지구가 망해도 오래오래 남을 것 같았다.

그런 게 있었다. 감자튀김, 석조 건물의 첨탑, 성당의 아치형 입구, 담벼락의 그래피티, 나이 든 여자들의 튀어나온 엉치 같은 것들. 안 없어질 것 같은 것들. 오후 네 시 반, 버스 정류장에 서 있는 산에게 새로울 것은 하나도 없었다.

1년 반은 짧지 않았다. 길 건너 DTK, SANYO 간판이 걸린 건물에서 시도 때도 없이 쏟아져 나오는 인파는, 그것이 실재하는 것이든 아니든 산에게는 강력한 기시감이었다. 감자튀김이나 담벼락의 그래피티도 그런 거였다. 버스 정류장도 그런 거였다.

산은 밀집한 석조 건물 블록 뒤쪽으로 시선을 던졌다. 그곳은 마천루 숲이었다. 다양한 현대식 건물들이 제각각 하늘을 찔렀다.

새로 솟은 건물들은 푸르거나 거뭇하게 코팅된 판유리를 외벽에 두르고 있었다. 외계인과 소통하려고 조성한 하버타운 같다고 산은 생각했다. 그런 건물과 하늘을 SF 소설 표지에서 본 적이 있었다.

산은 마천루의 뜻이 궁금했다. 휴대전화로 마, 천, 루, 를 찾았다: 하늘을 찌를 듯 높이 지은 건물.

천은 하늘, 루는 다락. 하늘 다락. 마의 뜻이 풀리지 않았다. 마천루. 마.

산은 검색창에 마를 쳤다. 마摩 : 갈다. 문지름. 닦다. 연마함. 쓰다듬다. 어루만짐. 닿다. 스침. 가까이 다가가다. 접근함. 고치다. 새롭게 함. 사라지다. 소멸함. 갈무리하다. 감춤. 헤아리다.

'어루만짐'을 산은 눈여겨보았다. 하늘을 어루만짐. 하늘을 어루만지는 건물. 마천루.

그는 휴대전화 자판을 빠르게 눌렀다.

너, 노트북 DTK에서 샀다고 했어?

응답이 왔다.

아니. 찰튼 거리 세컨드숍에서.
그랬구나. 나는 왜 네가 DTK에서 샀다고 알고 있지?
버스 탈 때 너 매일 그 매장을 봐서 그런가?
중고였구나, 그 노트북?
응.
그것도 폴란드 제품이니?
물론. 그런데 왜?
그냥.
너도 사려고?
나 지금 버스 정류장이거든.
엊그제 나랑 하버에서 폴란드 음식 먹었잖아.
그래.
맛과 가격이 딱이었잖아. 아니야?
그랬지.
내가 쓰는 폴란드 노트북이 딱 그래.
중고 사라고? 폴란드 제품으로?
좋다니까. 그러니 내 것을 사.

네 것을?

난 필요 없어졌어. 기절할 만큼 싸게 줄게, 친구.

버스를 기다리던 사람들이 웅성거리며 한쪽으로 몰렸다.

얼마나 싸게 줄 건데? 산은 자판을 누르며 사람들 쪽으로 움직였다. 강아지 한 마리 값이면 돼. 강아지도 강아지 나름이지.

모여 선 사람들 틈으로, 바닥에 쓰러진 여자의 모습이 보였다. 얼굴은 안 보였고 치마 아래로 비어져 나온 약간 꺾인 가늘고 창백한 다리가 보였다. 한 남자가 얼결에 여자를 부둥켜안고 있었다.

남자는 당황한 기색이 역력했다. 모여든 사람들을 휘둘러보았다. 남자의 눈과 산의 눈이 마주쳤다. 앞집 강아지 정도면 돼. 얼마나 하는지 앞집에 물어보고 결정할까? 산은 휴대전화기를 들여다보았다.

사람들이 흩어졌다. 쓰러졌던 여자도 얼결에 그녀를 부둥켜안았던 남자도 보이지 않았다. 번쩍거리는 광선을 마천루 숲이 반사해냈다. 산, 왜 대답이 없는 거야? 무슨 일 있어? 산은 천천히 자판을 눌렀다. 집으로 돌아가는 중이야. 가서 말하자.

버스가 도착했다. 산은 2층으로 올라갔다. 앞자리에 빈 좌석이 있었다. 운이 좋은 날인가? 노트북이 공짜로 생길지도 모른다고 산은 생각했다.

운전자 없는 차량이 저 혼자 움직이는 것 같았다. 2층에 앉으면 그런 느낌이 들었다. 버스가 아무 데나 들이받을 것 같았다.

앞 유리가 지나치게 투명할 때는 버스가 정거할 때 몸이 앞으로 튕겨 나가 길 위로 떨어질 것 같았다. 실은 운전자 머리 위에 앉은 셈이었다. 엉덩이 아래 있을 운전자를 떠올리면 산은 조금 미안해졌다.

2층 맨 앞에 앉는 일은 무섭고 즐겁고 미안한 일이었다. 그래서 재미있었다. 취향이 촌스럽긴 해도 즐거우면 그만이라고 생각했다. 이런 얘기들을 산은 재재동산으로 보냈다.

버스의 이마가 가로수 이파리를 스치며 나아갔다. 산은 그런 장면을 동영상에 담아 윤지에게 보냈다. 산은 플랫으로 돌아가는 길이었다. 플랫으로 돌아가고 있다는 걸 산은 알았다.

아홉 시간 전에는 재재동산을 데웠을 햇살이 말이야, 지금은 이곳에 와 있단다……. 산이 윤지에게 전송하는 문자란 그런 거였다. 아무 일도 없는 오후의 내용이었다.

52

히만은 흰 식탁에 앉아 베이컨을 천천히 썰었다. 크지 않게 잘라 입안에 넣고 오래오래 씹었다.

베이컨의 짠맛에 익숙해졌다는 사실을 떠올렸다. 호텔 식당엔 사람들이 별로 없었다. 이른 시각이었다. 창가의 빈 식탁에 막 떠오른 아침 햇살이 떨어져 내렸다.

든든하게 먹어둘 생각이었다. 히만은 접시를 가슴 앞쪽으로 당겼다. 오랜만에 제대로 된 아침을 먹어야겠다고 생각했다.

히만의 접시에는 두툼한 베이컨과 불에 구운 수제 소시지가 있었다. 계란 프라이 하나, 줄기째 수확했을 체리토마토 아홉 개, 블랙푸딩 하나, 큰 표고버섯 한 개와 베이크드 빈이 곁들여 있었다.

소시지는 베이컨만큼 짰고 체리토마토는 향이 진했다. 계란 프라이의 고소한 맛은 혀가 아닌 정수리가 느꼈다.

유니폼을 입은 종업원들이 파이와 피시케이크가 쌓인 쟁반을 들고 히만 곁을 지나갔다. 오래 걸렸어. 응, 차명계좌였거든……. 지난밤에 들었던 성허의 전화 음성이 히만의 귓가에 남아 있었다.

식탁보도 접시도 히만의 드레스 셔츠도 흰색이었다. 식탁보엔 접혔던 자국이 선명했다. 접시 표면에 깨끗하고 기분 좋은 윤기가 흘렀다. 호텔 세탁소에서 찾은 히만의 드레스 셔츠도 잘 다려져 있었다.

육류의 짠맛에 익숙했고, 블랙 푸딩도 거부감이 없었다. 부족할 것 없는 아침이었다. 부족할 것 없는 아침이라고 히만은 생각했다. 이니의 송금 명세가 밝혀졌다. 입금처는 부동산 중개업소였다. 부동산 중개업소는 히만이 묵었던 호텔에서 지하철로 15분 거리였다.

히만의 손이 움직이는 대로 포크와 나이프에서 빛이 튕겨 나왔다. 반들거리는 재질의 포크와 나이프였다. 히만은 잠깐 동작을 멈추고 포크와 나이프를 접시에 내려놓았다.

입에 든 음식을 오래 씹어 삼키고, 빈 손바닥을 비비고, 조심스럽게 포크와 나이프를 쥐었다. 곧 떠나게 될 호텔을 히만은 휘둘러보았다. 호텔은 처음 투숙했을 때보다 더 낡고 작게 느껴졌다.

히만은 자리에서 일어나 음식 진열대로 걸어갔다. 무언가 더 필요하다는 생각이 든 것은 아니었으나 히만은 일어서서 음식 진열대로 향했다. 그리고 한참을 두리번거렸다.

히만이 집어 든 것은 새우 칵테일이었다. 칵테일 잔에 채소와 데친 새우와 레몬 조각을 넣은, 좀 장난스러운 음식이었다. 히만은 그것을 들고 자리로 돌아와 앉았다.

반들거리는 포크와 나이프를 들고 베이컨을 썰었다. 체리토마토 한 개를 반으로 썰었다. 손끝이 떨렸다. 히만은 포크와 나이프를 얼른 접시에 내려놓았다. 왠지 그것들을 오래 들고 있어서는 안 될 것 같았다.

새우 칵테일을 어떻게 해야 할까 히만은 망설였다. 입에 털어 넣어야 할지 포크로 하나하나 찍어 먹어야 할지 판단이 서지 않았다. 이니와 마주치면 뭐라고 해야 할까. 아무 생각도 떠오르지 않았다. 새우 칵테일을 어떻게 해야 할까 그 생각뿐이었다. 히만은 포크를 쥐지 못하고 멍하니 새우 칵테일을 내려다보았다.

입안의 것이 목구멍으로 넘어갔는데도 히만은 포크를 들지 않았다. 입놀림도 멈추었다. 새우 칵테일은 여전히 요령부득하였다. 식탁은 컸고 식탁보와 접시의 표면과 그의 드레스 셔츠가 눈부셨다.

무엇 하나 부족할 것 없는 아침이라고 히만은 되뇌었다. 든든하게 먹어두어야 한다고 생각했다. 그 생각뿐이었다. 그러나 히만은 포크를 집어 들지 않았다. 새우 칵테일은 그대로였다.

호텔의 아침 식당을 배회하는 무언가가 있었다. 능동적으로 감각할 수 없는 무언가. 그것이 히만의 마음과 시선을 흔들었다. 흔들렸을 뿐 히만은 무엇이 자신을 흔드는지 알지 못했다.

그것은 나뭇잎을 건드리고 지나가는 바람 같은 거였으나 바람은 아니었다. 흔드는 것만 있을 뿐 그것의 정체도 이름도 알 수 없었다.

분명하지도 않으면서 식당을 배회하는 그것은 홀 안을 가득 채울 기세로 몸집을 불렸다. 더 어색하고, 거칠고, 부담스러워졌다. 히만은 자리에서 일어섰다.

왜 이러는 걸까? 자신에게 물었다. 왜 이러고 있을까. 새우 칵테일은 그대로였고 접시의 음식도 반이 남았다. 이유를 알 수 없었다. 히만은 식당에서 나가고 싶었다.

냅킨을 접어 식탁 위에 놓았다. 포크가 접시에 부딪히며 나는 소리가 몇몇 식탁에서 들려올 뿐 홀 안은 조용했다. 사람들은 대화도 없이 느리게 움직이며 음식을 먹었다.

홀은 절반쯤 비어 있었다. 히만은 식탁과 식탁 사이의 통로를 천천히 걸었다. 출구 쪽으로 향하던 히만이 몸을 돌려 어딘가를 바라보았다. 음료 전용 냉장고 위에서 TV 화면이 어른거렸다.

크지 않은 화면이었다. 손님을 배려해 음을 소거한 티브이였다. 히만에겐 소리가 있어도 없어도 그만이었다. 빠른 말도 빠른 자막도 그는 따라잡을 수 없었다. 그것은 번쩍이는 그림일 뿐이었다.

출구의 손잡이를 밀다 말고 히만은 다시 고개를 돌렸다. 화면은 어떤 침대를 비추고 있었다. 평범하면서 약간 지저분한 침대였다. 화면은 어두웠고 푸른빛을 띠었다.

경찰 마크를 뒤로한 채 마이크 앞에 선 제복의 사내가 잠깐 나오고, 화면은 다시 푸른 어둠에 묻힌 침대를 비추었다. 제복의 사내가 무어라 말했다. 입을 놀릴 때마다 콧수염이 실룩거렸다.

히만은 알아듣지 못했다. 콧수염 남자의 얼굴이 지나치게 크다고 생각했다. 붉은 벽돌집 전경이 화면을 채웠다. 맑은 하늘에 구름이 높았다. 노파의 시신은 2층에서 발견되었으며 지름 5센티미터의 두 개골 함몰 흔적이 보인다는 자막이 떴다.

히만은 빠르게 지나가는 자막을 읽을 수 없었으나 알았다. 침대 위의 구겨진 시트 때문이었다. 구김이 묘했다. 묘한 구김 때문에 들리지도 읽히지도 않는 말과 글이 히만에게 들리고 읽혔다.

그것은 강보 같았다. 어린아이를 감싸는 포대기. 아니면 영아나 유아를 염습했던 수의 같았다. 자막은 빠르게 지나갔다.

히만은 콧수염 남자의 입모습과 자막과 화면을 한꺼번에 읽었다. 기묘하게 구겨진 시트 때문이었다.

내용물은 사라지고 흔적으로만 남은 시트였다. 그러나 히만은 시트의 모양만으로 알았다. 그 안에 무엇이 들어 있었는지 알았다. 무언가를 '묶었던' 자취였다. 히만은 잘 알았다.

집에는 두 명의 동양인 남녀가 기거해왔으며, 경찰은 행방이 묘연해진 그들을 추적 중이라 밝혔다. 콧수염의 브리핑을 자막이 빠르게 따라갔다. 화면은 무성한 풀과 쓰레기 밭이 되어버린 정원을 번갈아 비추었다.

히만은 두개골 함몰의 원인까지 알았다. 돌팔매질하던 강가의 무수한 조약돌이 스쳐 지나갔다. 히만은 화면에서 눈을 떼지 못했다. 화면이 점점 확대되었다.

구겨진 시트 안에는 어둠이 고여 있었다. 그 속에서 글 한 줄이 모습을 드러냈다. 화면은 깨끗하지 않았고 시트 안은 여전히 어두웠고 글씨는 작았다. 화면이 확대되다가 멈추었다.

종이에 쓴 글씨인지 시트에 쓴 글씨인지 분간할 수 없었다. I WILL ARISE AND GO NOW. 정지한 TV 화면이 부르르 떨었다. 히만의 손도 떨렸다. 왜 이러는 걸까? 히만은 자신에게 물었다. 그러나 대답 같은 것은 더 이상 필요하지 않았다. 식당에 들어설 때부터 히만의 몸은 느끼고 있었다. 소시지, 베이컨, 새우 칵테일, 그리고 TV 뉴스.

호텔을 나섰다. 하늘이 맑았고 구름은 높았다. 화면에서 잠깐 보았던 것과 같은 하늘이었다. 히만은 유일하게 밝았던 그 짧은 장면을 떠올렸다. 붉은 벽돌집을 떠올렸다. 이니에게 집을 소개해준 부동산 중개인의 주소와 전화번호를 떠올렸다. 어디로 가야 할지 히만은 망설였다.

푸르고 어두웠던 화면 속 침실의 인상이 지워지지 않았다. 히만은 아침 햇살을 등진 채 천천히 걸음을 옮겼다. 길가 차양 밑 대나무 의자에 앉아 모닝커피를 마시는 관광객 곁을 지나쳤다.

침실은 고분 같았다. 집기들은 수천 년 만에 빛에 노출된 유물처럼 단출했다. 장식 없는 침대 위에 헝클어진 강보 하나가 달랑 놓여 있었다.

침실 영상은 그게 전부였다. 히만은 앞서 걷는 여자를 아무 생각 없이 따라 걸었다. 여자는 스톤 워싱 청바지에 어깨 한쪽을 드러낸 티를 걸치고 있었다.

수천 년 만에 세상 빛에 드러난 유물 같았으면서도 강보 속 어둠은 누군가 금방 빠져나가며 남긴 흔적처럼 보였다. 청바지 여자를 뒤따르며 히만은 강보 속 생생한 적막을 떠올렸다. 그것에 사로잡혀 있었다.

적막을 남기고 떠난 때가 언제든, 떠난 이가 누구든, 아무도 그를 찾을 수 없을 것 같았다. 그가 도착한 곳은 수천 년을 소급한 지점일지도 몰랐다. 앞서 가던 청바지 여자가 자취를 감추었다는 것을 히만은 알았다. 히만은 걸음을 멈췄다.

강보에 어두운 그림자를 남기고 떠난 사람은 이승의 존재가 아닐지도 몰랐다. 히만은 주변을 둘러보았다. 둘러보며 자신에게 묻고

답했다. 질문과 대답을 기억하지는 않았다. 히만이 멈춰 선 곳은 광장 한가운데였다.

이승의 존재라 하더라도 찾을 수 없으며, 찾는다고 해도 그는 이미 그가 아닐지도 모른다고 히만은 생각했다. 관광 통역 서비스 요원이 히만의 곁을 오갔다. 광장 한가운데 우뚝 솟은 석탑 꼭대기에 낯익은 국기가 바람에 흔들렸으나 어느 나라 국기인지 히만은 알지 못했다.

하늘 가운데로 빨간 풍선 하나가 멀어졌다. 이른 시각이었으나 광장에는 사람들이 많았다. 아침 햇볕이 따가웠다. 그러나 모자를 쓴 사람도 양산을 쓴 사람도 없었다.

약속이나 한 듯 사람들은 가방을 어깨에 비껴 멨다. 광장 건너편 뮤지컬 전용 극장 간판은 노랗고 빨갛고 파란 우산으로 덮여 있었다. 기온이 빠르게 상승했다.

광장 가장자리에 노점들이 들어서는 중이었다. 트럭에서 엄청나게 크고 길쭉한 빵들이 차례차례 내려졌다. 트럭 옆은 마임 공연 준비로 바빴다. 보이는 건물의 창들은 가로 폭이 좁고 세로 길이만 길었다.

히만은 여전히 광장 한가운데 멈춰 있었다. 그와 함께 멈춰 서 있는 것은 외투 걸이 모양을 한 방향표지 기둥이었다. 바람이 불었다. 하늘은 좀 더 높아졌고 구름이 사라졌다.

석탑 계단에 앉은 어떤 이는 휴대전화기를 들여다봤고 어떤 이는 통화했다.

　보석상 앞에서는 암갈색 피부의 청년이 역시 암갈색 피부의 중년 사내의 구두를 닦았다.

　자전거를 개조한, 용도를 알 수 없는 삼륜차가 광장 한복판을 가로질렀다.

　분수는 작동 전이었다.

　공기 중에는 크루아상에서 나는 버터 향이 옅게 떠돌았다.

　거리의 화가들은 화구 박스를 풀지 않은 채 머그잔의 것을 홀짝거렸다.

　히만은 여전히 광장 한가운데 서 있었다.

소진되지 않는, 소진의 신화
구효서 장편소설 『타락』

이소연

소진되지 않는, 소진의 신화
구효서 장편소설 『타락』

이소연

1

진정 새로운 존재는 이전에 있던 것들을 파괴하면서 온다. 따라서 사람들은 자신의 곁에 당도한 새로움을 저마다 처한 입장에 따라 다양한 방식으로 경험하기 마련이다. 어떤 이들에겐 충격이자 불현듯 떨어지는 내리침으로, 또 다른 이에겐 은근한 유혹자의 모습으로 다가올지 모른다. 기존에 자리 잡고 있던 질서, 규범, 권위가 무너지면 그와 함께 잃을 것이 많은 사람들은 새로움을 반기지 않는다. 그들에게 새로움은 불편하고 심지어 잔인하기까지 하다. 이를테면 겨우내 헛간 속에서 먼지투성이가 된 채 잠들어 있는 구근들에게 새로운 주기를 여는 계절은 껍질을 찢고 죽어야만 하는 두려운 시기가 아닐 수 없다. 그래서 T. S. 엘리엇은 4월을 가리켜 "가장

잔인한 (달)"이라는 수식어를 달지 않았던가.

소수에 불과하지만 새로운 것의 도래를 숨죽여 반기는 이들도 있다. 이들은 기존의 세계에서 억압받고 버림받았던 이들이며 자신들을 옥죄는 대상에 마지막 힘까지 짜내어 저항하던 존재들이다. 이들은 마지막 남아 있는 생명력을 한 번 더 투여할 수 있는 기회를 손꼽아 기다린다. 거의 죽은 것이나 다름없는 생명들이 마지막 숨을 붙이고 모여 있는 세계의 밑바닥, 그곳은 새로움을 상상하기에 적절한 장소다. 그곳에는 때가 되면 언제든 불사를 준비가 되어 있는 작은 것들의 목숨이 꿈틀거리고 있다. 막판, 끝, 소실점에 있는 상태는 역설적으로 그 이후에 도래할 '시작'에 가장 가까이 있다는 것을 의미하지 않는가.

그래서 우리는 특정한 대상, 특히 하나의 예술작품을 두고 '새롭다'고 말할 때 커다란 위험을 감수해야 한다. 만일 자신을 억압하는 대상에 대한 전면적인 부정과 급진적인 거부를 함축하지 않고서 새로움을 운위한다면 이는 거짓일 것이다. 그러므로 구효서의 '새로운' 소설(아니, 차라리 '새로운' 구효서의 소설이라고 하는 편이 더 적절할 것이다. 관형어의 위치를 살짝 옮겼을 뿐이지만 두 구절은 엄연히 다른 뜻을 지닌다.)을 대할 때 우리는 사람들이 보여주는 여러 가지 다른 반응을 섬세하게 가려내야만 한다.

28년 동안 꾸준한 신뢰를 받아온 작가에게 새로움을 기대한다면, 이 말은 어떤 의미를 지닐까. 작가에게는 자신을 걸고 다시 시작점에 서는 위태로운 모험이요, 독자에게는 오랫동안 아껴온 미더운 이야기꾼을 잃을지도 모르는 도박에 경솔하게 마음을 주는 일이 아니겠는가. 구효서의 장편소설 『타락』은 이러한 의문을 단순한 우려에 머물게 하지 않고 지극히 현실적인 당혹감으로 바꾸어버린다. 이 소설을 읽은 독자는 그 앞에 놓여 있는 작품과 더불어 한 작가가 구축해온 세계 자체가 와해되는 놀라운 광경을 필경 목도하고 만다. 이 소설은 하나의 '서사'를 읽는 독자들이 기대하는 것들, 관습 일체, 익숙한 코드들을 하나씩 깨뜨려나간다. 스토리는 헐겁고 사건들은 좀처럼 진전되지 않으며 이야기들은 제자리에서 헛도는 것처럼 느껴진다. 처음부터 흐릿하게 묘사되어 있는 등장인물들은 사건이 거듭될수록 더욱 자신의 개성을 잃어가는 것처럼 보인다. 인물들은 살과 피를 지닌 살아 있는 육체라기보다 기계 또는 자동인형처럼 움직인다. 심지어 소설이 진행될수록 그나마 있던 움직임마저 점점 희미해지고 스러져간다.

그렇다고 해서 이 소설이 구축하는 세계가 불명료하거나 불가지不可知한 상황에 놓여 있다는 뜻은 아니다. 오히려 어떤 이미지들은 너무나 산뜻하고 명징한 나머지, 텍스트의 경계를 넘어 독자들에게 바로 육박해 들어오는 착각을 불러일으킨다. 이러한 이미지들은 상대적으로 빈약한 스토리의 연쇄에 풍부한 양감을 부여한다. 만일 소설에서 '리얼리즘'이야말로 필수불가결한 덕목이라고 믿는 사람이 있다면, 그에게 『타락』은 많은 번민을 안겨주는 작품이 될 것이다.

소설 속에 등장하는 인물, 사건, 배경 가운데 어느 것 한 가지도 '현실'과 거리가 먼 상황에서도 우리는 그 작품을 '현실적'이라고 느낄 수 있는가? 이러한 질문에 대한 대답은 '예'이다. 그리고 이에 대한 증거를, 우리는 『타락』에서 목도하게 될 것이다. 『타락』에 각인되어 있는 이미지들은 '현실적'인 것이 아니라 세계 안으로 침투해 들어오는 '현실' 그 자체에 가깝다. 이들은 소설이라는 낯익은 양식 혹은 강령을 소각해버리고, 이로부터 자신을 살아 숨 쉬게 하는 동력을 얻어낸다.

2

『타락』은 사랑에 빠진 두 남녀의 이야기다. 낯선 이국땅에 온 유학생 '산'은 어느 날 갑자기 하늘에서 떨어져 자신의 품으로 들어온 여자 '이니'와 운명처럼 만난다. 둘은 곧 이니가 마련한 교외의 고택에서 동거생활을 시작한다. 그 과정 사이에는 어떤 복잡한 의견 조율이나 번거로운 절차도 개입되지 않는다.

이전의 사태가 목전의 사태에 지배되어 까맣게 잊히는 것.
산은 그날 이전의 세상이 그날 이후의 세상에 지배되어 시나브로 사라지는 사태를 떠올렸다. 그리고 나쁠 거 없다고 중얼거렸다. 산은 지금 여기, 이니와 함께, 명료한 세상에 있다는 사실에 매료되었다. (32쪽)

우리는 지극한 사랑이 그 이전의 시간과 이후를 날카롭게 나누고 쪼개는 결정적인 사건이라는 사실을 안다. 산은 이니를 만난 이후 전혀 다른 시간의 흐름 속으로 서서히 빠져 들어가기 시작한다. 과거와 미래로부터 단절된 현재, 오로지 도려낸 듯한 생생한 현전으로만 이루어진 헐거운 연쇄 고리, 그 안에서 두 사람은 서로에게 오롯이 집중한다. 둘 사이엔 길고 복잡한 대화도 존재하지 않는다. 느릿하게 몸을 일으키고 눕히며, 이따금 사랑의 행위를 나누는 것 외에는 요리하고, 먹고, 무언가를 읽고, 이따금 걷는 기계적인 동작을 반복하는 것이 전부다. 그 안에선 오로지 '지금, 여기'에 두 사람이 존재한다는 것, 사무치는 '현재'만이 확고해질 따름이다.

이쯤 되면 이러한 상태를 가리켜 '사랑'이라고 부를 수 있을지 망설여진다. 어느 순간, 두 사람의 관계가 정서적인 교감보다 서로를 물고 빨고 핥는 기계적인 행위로 환원되었다고 느낄 때, 서로를 움켜쥐고 죽음에 가까운 지경으로 추락하는 모습을 가리켜 사랑이라고 할 수 있을까. 두 사람은 사랑이라는 클리셰를 넘어서는 일을 필두로 기존 세계의 언어와 개념들을 하나씩 교란시키고 뒤집기 시작한다. 그 가운데 하나가 소설의 제목이기도 한 '타락'이라는 단어다. 그러면 산과 이니는 과연 죄악과 퇴폐의 냄새가 강하게 묻어 있는 '타락'의 상태에 빠져든 것일까? 성서에 따르면 최초의 인간, 아담과 하와는 신의 명령을 어기고 에덴동산에서 추방된 이후 타락의 길을 걷는다고 한다. 그들의 후손이 세계에 퍼져나가 인간의 문명을 건설하고 다시 신의 설계에 의해 구원에 이르기까지, 인류의 역사는 지난한 타락과 재생의 서사로 점철되어간다. 그러나 작가에 의해 이러한 신화는 거꾸로 뒤집어진다. 그는 인간에게서 문명을 거부하고 다시 수치를 모르는 아이, 짐승, 사물의 상태로 돌아가고자 하는 강력한 충동을 찾아낸다. 그에게 있어 '타락'의 이름에 걸맞은 행위는 자신에게 주어진 것들을 모조리 소진하고 영점으로 직하하는 치명적인 움직임일 터이다.

작가는 성서의 창조 신화에서 가져온 것이 분명한 상징들을 곳곳에 심어둠으로써, 자신이 반생성, 탈구원의 신화를 새롭게 쓰고 있다는 사실을 명백하게 한다. 이 소설은 아담과 하와 이외에도 세간에 잘 알려진 유서 깊은 연인들의 이야기를 독자에게 계속해서 환기하고 있다. 그 가운데 직접 이니의 입을 통해 이야기되는 이름이 오르페우스와 에우리디케 커플이다. 불의의 죽음을 당한 아내를 데려오기 위해 명부까지 따라갔으나 결국 뒤돌아보는 바람에 그녀를 지상으로 데려오는 데 실패한 한 시인의 이야기는 마치 복선처럼 산과 이니, 두 사람의 관계에 어두운 전조를 드리운다. "어째서 돌아보지 말랬던 걸까, 라고 이니는 말했다. 이니의 말은 의문문이 아닌 평서문이었다. 다음 말도 마찬가지였다. 돌아보지 말랬는데 어째서 돌아봤을까……."(29쪽) 이니는 어쩌면 끝까지 타락의 궁지로 돌진할 자신을 과연 산이 따라올 수 있을지, 중도에서 돌이키거나 포기하지 않을지 의심했는지도 모른다. 아니면 소설의 결말을 미리 엿본 독자처럼 산의 돌아섬을 이때 이미 알고 있었던가.

어떤 독자는 책을 읽으며 소설의 배면에 또 한 쌍의 신화적인 연인들이 그림자처럼 아른거리고 있다는 사실을 느꼈을지 모른다. 피그말리온과 갈라테이아가 바로 그들이다. 피그말리온은 자신이 만든 조상彫像을 너무도 사랑한 나머지 그와 사랑에 빠지고 마는 유명한 예술가의 이름이다. 그리고 갈라테이아는 그의 간절한 염원을 이뤄주기로 결심한 신의 뜻에 따라 하루아침에 따뜻한 피가 흐르는 생명을 갖게 된 여인이다. 그러나 『타락』에서 이 연인의 신화는 거꾸로 상대를 인간에서 짐승으로, 나아가 사물에 가까운 상태로 퇴화시키는 남녀의 이야기로 전도된다. 이니와 산은 서로에게 반反 피그말리온이요 뒤집혀진 갈라테이아와 같은 치명적인 영향을 미치는 존재다. 아담과 하와, 오르페우스와 에우리디케, 피그말리온과 갈라테이아, 그리고 산과 이니에 이르기까지, 이들은 우리에게 생경하지만 근원적인 질문을 던진다. 왜 둘인가? 타락도 회복도, 소진도 재생도, 죽음도 삶도 한 쌍의 연인이 있어야 추구할 수 있는 것인가? 그것은 어느 쪽이든 변환에 이르는 문턱에 둘의 '합일'이 전제 조건처럼 놓여 있기 때문이리라. "합일이란 한마음이 된다기보다는, 하나가 되기 위해 서로 다른 존재가 와해되거나 흩어져야 하는 조건을 필요로 하는 말이었다. 이니는 그렇게 생각하고 소망했다. 퇴행과 소멸의 극점에 닿는 도리로서의 합일."(255쪽)

여느 신화나 우화를 비롯한 대부분의 서사들이 한 쌍의 짝패를 필요로 하는 이유는 그들을 통해 생성과 소멸의 신비를 엿볼 수 있기 때문이다. 이들은 자신에게 집요하게 침투해 들어오는 외부세계에 필사적으로 맞서 독립적인 상상계를 구축해간다. "가능성과 이유와 목적 따위를 몽땅 '소진'하려는 게 유일한 목적이었다. 아무것도 원하지 않게 될 때까지 맹렬히 원하는 것."(172쪽) 마지막 순간까지 홀로 남아 이 목적을 성취하는 이니는 인간들의 영혼을 구원으로 이끌어가는 원형적인 여성상 아니마anima를 연상케 한다. 그러나 산은 결국 자신을 불러 온 '윤지'에게 반응해 이니의 곁을 떠남으로써 '타락에 이르는 무능력'을 보여준다. 오비디우스의 『변신』에는 결정적인 순간에 초자연적인 힘으로 인해 형질 변경을 일으키는 수많은 존재들이 등장한다. 작은 여인에서 사물의 상태로, 그리고 빈 공간만 남기고 사라진 이니가 초인 혹은 초자연적인 존재라고 한다면 중도에 포기하는 산은 인간적인 한계를 갖고 있는 인물이다. 이 둘을 구별하는 요소는 자신을 옥죄고 있는 억압의 굴레를 스스로 벗어버리는 데 필요한 '충동'의 강도일 것이다. 한 사람은 현실의 좌표에 부정합을 일으키는 틈이 되었고 한 사람은 아버지의 호출에 이끌려 이편에 남았다. 둘 가운데 '타락'에 이른 자는 과연 누구인가?

3

산과 이니의 또 다른 공통점은 둘 다 모두 다른 사람이 만든 인공 낙원에서 도망쳐 나온 망명객들이라는 사실이다. 산과 이니에게 있어 타락은 아버지 '하'가 정성스럽게 가꾼 '재재동산'을, 그리고 '성허'가 만든 '아 언덕'과 '팰리스 동'을 벗어나는 행위를 뜻하기도 한다. 전정가위를 흔들며 통일과 조화를 외치는 하의 모습은 권력을 휘두르는 독재자의 표본이자 자연 위에 군림하고 있다고 착각하는 인간의 문명 자체에 대한 알레고리이기도 하다. 그에 비해 빗장을 닫아걸고 그 안에서 증가해가는 엔트로피의 흐름에 자신을 내맡기는 이니의 모습은 기존의 문명에서는 상상한 적이 없는 '다른' 존재양식에 대한 일종의 실험이라고 보아도 좋을 것이다. 가능하다고 여겼던 것들의 모든 가능성을 소진해버리는 것, 그것은 이전에는 깨닫지 못했던 새로운 잠재력을 발견하기 위한 전제조건이 된다. 아버지의 제복과 연장으로 일군 문명을 거부하는 삶의 양식에 투신하는 것, 이는 이니와 산의 선택이자 이들을 만들어낸 작가의 의지와도 무관하지 않을 것이다.

작가는 어느 인터뷰에서 글쓰기를 가리켜 "글로서 글을 깨는 것, 파괴하는 것"이라고 고백한 적이 있다. 그에게 있어 『타락』이라는 작품은 바로 이러한 "끝없는 이문파문以文破文"의 과정 자체가 아닐까. 마찬가지로 아버지에 의해 부과된 제도와 관습으로부터 탈주하는 등장인물들은 또한 글쓰기의 모험을 감행하는 작가 자신의 분신들이 아닐까. 만일 그러하다면, 이 소설을 일종의 '메타픽션' 또는 '메타-글쓰기'라고 읽는 것도 무리는 아닐 터이다. 무엇보다 『타락』에서 시도되는 서사적 실험은 이국의 고립된 땅에서 벌이는 두 남녀의 기행奇行과 오버랩되는 장면이 적지 않다. 작가와 작중인물들, 이들은 모두 기존의 세계에서 실현되지 않은 채 남아 있는 영역, 즉 존재의 순수한 잠재성을 회복하는 일에 스스로를 던진다. 그러나 역설적인 것은 재래의 낡은 관습을 벗어던진 이들의 시선을 통해 세계는 역설적으로 선명한 '현전'의 상태를 회복한다는 점이다.

느슨하고 느리게 진행되는 사건의 흐름에 비해 이 소설의 이미지들은 거침없이 진입하고 스스럼없이 변하면서 다채로운 계열체들을 생성해낸다. 이들을 마주한다는 것은 자신이 지닌 오감과 지성을 한꺼번에 활성화시키는 일을 뜻한다. 이러한 경험은 작중인물들이 '지금 여기'에서 실존하고 있다는 감각을 집요하게 추구하고 있다는 사실과 자연스럽게 맞물릴 수밖에 없다. 직관에 호소하는 투명한 이미지들의 생성, 약동. 이것이야말로 작가가 소설의 가능성 너머에서 본 글쓰기의 잠재된 역량이 아니었을까. "이미지는 절멸하는 것, 다 타버린 것, 하나의 몰락이다"*라고 말한 들뢰즈를 상기해보라. 그는 현실적인 가능성을 모두 소진하고 이를 통해 주체마저 소진될 때 나타나는 어떤 약동하는 이미지에 대해 기술한 바 있다. 이때 이미지란 하나의 미학적 사건이며 동시에 가능성의 세계에서 가려져 있던 숨겨진 잠재성이 터져 나오는 틈이다. 그리고 한 사람의 주체에게서 이런 이미지를 만들어내는 힘은 설명할 수 없는 '충동'으로 표현된다. 이는 대부분의 사람들에게 한 개체를 죽음에 이르게 하는 악마적인 힘으로 보일지 모르지만 드물게는 새로운 사건을 준비하는 역동적 흐름으로 비치기도 한다.

예술은, 진정한 언어는 무언가를 독자에게 전달하려고 하기보다 자기 자신이 하나의 '사건'이 되어 세계 안에 '발생'하기를 소원한다. 이러한 언어를 만나게 되면 우리는 이에 부딪혀, 겪어내고, 통과하는 수밖에 도리가 없을 것이다. 바로 『타락』이 목표로 하는 것도 이러한 지점이 아닐까? 우리는 소진되어가는 인물들의 이야기를 읽으며 함께 소진되어가는 느낌을 받고, 그가 보여주는 찬란한 이미지들의 성찬에 경탄하며, 현전하는 감각이 일깨우는 잠재성에 끌려들어가는 자신을 발견하곤 한다. 그리하여 스스로를 소진하는 예술은 우리에게 '다른' 세계의 가능성을 흘낏 보여주는 통로가 된다. 이를테면, 고치처럼 조그맣게 뭉쳐진 이불과 그곳에서 무엇인가가 빠져나간 흔적에서 우리는 대체 무엇을 '이해'할 수 있는가. 그녀는 스스로를 유폐하고 산화한 후 히만과 독자들의 눈앞에 사라짐, 소진, 멸滅의 이미지만을 남긴다. 그리고 소설은 다시 시작점으로 돌아가 산의 눈앞에서 다른 사람의 품 안에 떨어진 이니의 모습을 보여줌으로써 지나간 모든 사건들이 다른 평행우주에서 펼쳐질 듯한 환상을 남겨준다. 이니는 정말로 적극적인 소진의 행위를 통해 세계의 좌표계를 탈출하는 데 성공한 것인가? 아니면 이니-에우리디케는 자신과 끝까지 함께할 연인을 찾아 계속 이승을 윤회하는 것인가? 이도 저도 아니면 텅 빈 이부자리는 그녀의 비참한 죽음에 대한 은유에 불과한가?

시를 쓰지 않겠다는 약속을 어겨 시인은 내쫓겼고 죽음에 이르렀
다……. 그게 아니고, 그게 아니라, 시로 살아나 영원히 죽지 않게 되었
다……. 시인이란 시로 살고 시로 죽는 존재니까. 돌아보지 않아서 살
았다는 것. 자신을 내친 지아비를 돌아보지 않아서. 시인이 시 없는 세
계를 돌아볼 까닭이 없다. 시 없는 세계의 시인은 죽은 것. 없는 것.
시란 깊고 어두운 세계. 물과 불이 혼동하는 세계. 무지와 무명과 무
치의 세계. 꿈과 환영과 전락의 세계. 그 세계에 남는 것. 그것이 영원
히 사는 것. 죽음을 넘어서는 것. 그 세계를 벗어나지 않거나, 잠시 벗
어나더라도 그곳에 되돌아와 영생하는 것. 학식 있는 지아비에게서 도
망쳐 숨는 것. 죽음으로 아주 숨어버리는 것……. (244-245쪽)

이니는 이 세계에서 사라져 다른 또 하나의 시공간에서 되살아
남으로써 구원이 아닌 타락을 통한 부활-영원회귀 신화에 종지부
를 찍는다. 이는 곧 그녀가 이승에서는 돌올한 이미지, 잠재된 역량,
예술로 반복해서 재현될 것임을 예고한다. 이니를 찾으러 이국에
건너온 히만은 TV를 통해 이니의 사라짐과 그녀가 기거했던 집에
남겨진 시신의 소식을 듣는다. 텅 빈 이니의 자리, 그녀가 죽인 노
파의 시체, 운명을 비껴 나간 산과 광장 한가운데 홀로 서 있는 히
만……. 이러한 이미지들은 이제 어떻게 텍스트에 균열을 내어 우

리의 현실에 침입할 것인가? 이미 이야기를 모조리 들어버린 독자는 짐작할 것이며 아직 읽지 않은 이들은 곧 시작하게 되리라. 그들의 눈과 손과 의지에 의해 페이지가 소진되는 날 이제 막 풀려나온 이야기들은 마르지 않는 이미지의 샘이 된다. 그리고 우리는 목격한다. 심연에서 막 흘러나온 소설이 무성한 이미지들을 산출하면서 스스로 타버리는 광경을. 그것은 어쩌면 다른 세계에서 넘어온 '이니', 가녀리지만 뜨거웠던 한 여인의 분신이 아닐까.

---

* 질 들뢰즈, 『소진된 인간』, 이정하 옮김, 문학과지성사, 2013, 68쪽.

작가의 말

세 계절을 썼다. 작업실에 문제가 생겨 마을 도서관을 오가며 썼
다. 다 쓰고 작업실을 옮겼다.

도서관 창밖에는 감나무가 있었다. 자주 그 감나무를 내다보았
다. 챕터가 끝나기 전에는 좀처럼 움직이지 않는 게 나의 글쓰기 습
관이었다. 그런데 이 소설을 쓰면서는 자주, 너무도 자주 자리를 떴
다. 창가로 갔고 감나무를 내다보았다. 그리고 자리로 돌아와 몇 문
장을 이어 썼다.

봄에 잎이 나고 여름에 꽃이 피고 가을에 풋감이 열렸다. 그것들
을 고스란히 지켜보았다. 그러는 동안 소설은 시나브로 끝이 났다.

노트북 전용 좌석에서 창가까지는 여덟 걸음 정도였다. 바닥 공사
가 잘못됐는지 걸음을 옮길 때마다 삐걱거리는 소리가 났다. 여간
조심해서 걷지 않으면 안 되었다.

소설을 마칠 때까지 나는 노트북 전용 좌석과 창가를 얼마나 오 갔던 걸까. 이 소설을 쓴 것은 노트북 전용 좌석과 창가까지의 그, 거리이며 삐걱이는 소리였던 것만 같다. 새순이 돋고 짙어지고 번들 거리던 감잎과 대롱대롱 열리던 풋감이었던 것 같다. 여름내 유리창 에 부딪히던 실비였던 것 같다.

소설은 내버려두고 나는 그것들과 거기서 도대체 뭘 한 걸까. 그 런데도 소설은 써졌고, 써졌다는 게 경이로웠다. 나는 이전과는 다 르게 소설을 쓰고 있었던 것이다. 소설 쓰는 버릇이 달라졌던 것도 그 때문이었다.

이 장편을 쓴 뒤로 단편도 다르게 써진다는 사실을 알았다. 새로 얻은 작업실 밖으로는 산자락이 보인다. 이제와는 다른 사람이 되 려는가. 오늘도 자주, 너무도 자주 자리에서 일어나니 말이다. 일어 나 산자락을 바라본다. 날마다 다르고 시시각각 다르다. 돌아와 앉 아 또 몇 자 적는다.

나는 내가 전에 어떤 작가였는지 잊고 싶은가 보다. 잊고 싶은 마 음이 자꾸 또 다른 소설을 쓰게 한다. 자꾸자꾸. 나는 그것이 시방 고맙다.

2014년 가을

구효서

다
락

지은이 구효서
펴낸이 양숙진

초판 1쇄 펴낸날 2014년 10월 6일

펴낸곳 (주)현대문학
등록번호 제1-452호
주소 137-905 서울시 서초구 신반포로 321(잠원동)
전화 02-2017-0280
팩스 02-516-5433
홈페이지 www.hdmh.co.kr

ISBN 978-89-7275-718-4 03810

* 책값은 뒤표지에 있습니다.
* 파본은 구입처에서 교환해 드립니다.